KNAUR
SCIENCE FICTION

Herausgeber
Hans Joachim Alpers

Alfred Bester gehört nicht zu den Vielschreibern, aber das wenige, was er schreibt, ist von hoher Qualität.

Unter den 11 Storys dieses Bandes befinden sich Meisterstücke wie »Geliebtes Fahrenheit« (Fondly Fahrenheit) – die Geschichte eines Roboters, der bei hohen Temperaturen »durchdreht«.
Einige der hier vorgelegten Geschichten erschienen vor Jahren verstreut in Anthologien und verschwanden in den Truhen der Sammler. Zum erstenmal bekommt der deutsche SF-Leser mit dieser Ausgabe Gelegenheit, die besten und berühmtesten Storys Alfred Besters zu erwerben. Er wird bald herausfinden, weshalb Bester zu den größten Autoren der Science Fiction gerechnet wird.

Alfred Bester wurde 1913 geboren und begann 1939 Science Fiction zu schreiben. Seine Romane »The Demolished Man« (Sturm aufs Universum) und »The Stars My Destination« (Die Rache der Kosmonauten) zählen zu den Spitzenleistungen der amerikanischen Science Fiction.

September 1978
Deutsche Erstausgabe

Titel der Originalausgabe »Starburst«

Aus dem Amerikanischen von Uwe Anton
Umschlaggestaltung Creativ Shop München,
Adolf + Angelika Bachmann
Umschlagillustration George Jones, Liverpool
Satz Appl, Wemding
Druck und Bindung Augsburger Druckhaus, Augsburg
Printed in Germany
ISBN 3-426-00705-3

ALFRED BESTER

HÄNDE WEG VON ZEITMASCHINEN

Science-Fiction-Erzählungen

Deutsche Erstausgabe

DROEMER KNAUR

Für Anthony Boucher
und J. Francis McComas

Inhalt

Verschwindibus

Dies war nicht der letzte Krieg und auch nicht jener Krieg, der alle anderen Kriege beenden sollte. Man nannte ihn den Krieg für den Amerikanischen Traum. General Carpenter zumindest hatte diese Vorstellung und benahm sich dementsprechend.
Es gab Generäle, die für den Krieg zuständig waren (lebenswichtig für eine Armee), Generäle, die für die Politik zuständig waren (lebenswichtig für die Verwaltung), und solche, die für die Öffentlichkeitsarbeit zuständig waren (lebenswichtig für einen Krieg). General Carpenter war einer der Besten der letzten Sorte. Geradeheraus und dickköpfig, hatte er Ideale, die so edel und verständlich waren wie seine Meinung über Geld. Im Geist von Amerika war *er* die Armee, die Verwaltung und der Schild der Nation, ihr Schwert und rechter Kampfarm. Sein Ideal war der Amerikanische Traum.
»Wir kämpfen nicht um Geld, um Macht oder darum, die Welt zu beherrschen«, kündigte General Carpenter beim Festdiner des Pressevereins an.
»Wir kämpfen einzig und allein für den Amerikanischen Traum«, sagte er vor dem einhundertzweiundsechzigsten Amerikanischen Kongreß.
»Unser Ziel ist nicht Aggression oder die Rückführung der Nationen in die Sklaverei«, sagte er beim jährlichen Festakt der Offiziersakademie von West Point.
»Wir kämpfen um den Bestand der Zivilisation«, erzählte er dem Pionierklub von San Francisco.
»Unser Einsatz gilt dem Ideal der Zivilisation: der Kultur, der Dichtkunst, den einzigen Dingen, die einer Erhaltung würdig sind«, sagte er beim traditionellen Erntedankfest von Chicago.
»Dies ist ein Krieg ums Überleben«, sagte er. »Wir kämpfen nicht für uns, sondern für unseren Traum, um die besseren Dinge des Lebens, die nicht vom Angesicht der Erde verschwinden dürfen.«
Amerika kämpfte. General Carpenter forderte einhundert Millionen Männer. Also bekam die Armee auch einhundert Millionen Männer. General Carpenter verlangte zehntausend U-Bomben. Zehntausend U-Bomben wurden geliefert und ins Meer versenkt. Der Feind setzte ebenfalls zehntausend U-Bomben ein und zerstörte die meisten amerikanischen Großstädte.

»Wir müssen uns gegen die Horden der Barbarei verschanzen«, sagte General Carpenter. »Gebt mir tausend Ingenieure.«
Man schickte eintausend Ingenieure, und einhundert unterirdische Städte entstanden tief im Erdboden, direkt unter den Ruinen.
»Gebt mir fünfhundert Experten für sanitäre Anlagen, achthundert Verkehrsexperten, zweihundert Experten für Belüftungstechnik, einhundert Verwaltungsfachleute, eintausend Kommunikationsexperten, siebenhundert Personalchefs ...«
General Carpenters Liste mit Forderungen nach technischen Experten war schier endlos. Amerika wußte nicht, wie es sie erfüllen konnte.
»Wir müssen eine Nation von Experten werden«, wies General Carpenter die Generalversammlung der amerikanischen Universitäten an. »Wenn wir den Kampf um den Amerikanischen Traum gewinnen wollen, muß jeder Mann und jede Frau zu einem bestimmten Werkzeug für einen spezifischen Produktionsvorgang werden, gestählt und geschliffen durch Ausbildung und Erziehung.«
»Unser Traum«, sagte General Carpenter anläßlich eines Frühstücks der Wall-Street-Spekulanten, »gleicht dem der sanften Griechen von Athen, der edlen Römer von ... äh ... Rom. Es ist der Traum von den schöneren Dingen des Lebens. Von Musik und Kunst und Dichtung und Kultur. Geld ist nur eine Waffe, die im Kampf für diesen Traum benutzt wird. Ehrgeiz ist nur eine Leiter, auf der man zu diesem Traum emporklimmen kann. Fähigkeiten sind nur Werkzeuge, um diesen Traum zu erschaffen.«
Die Wall Street applaudierte. General Carpenter bat um einhundertfünfzig Milliarden Dollar, um fünfzehnhundert begabte Wissenschaftler, die für einen Dollar pro Jahr arbeiteten, um dreitausend Experten für Mineralogie, Treibstoffchemie, Massenproduktion, chemische Kriegführung und Luftverkehrstechnik. Er bekam alles. Die Nation arbeitete mit Höchstgeschwindigkeit. General Carpenter mußte nur einen Knopf drücken, dann bekam er seinen Experten.
Im März des Jahres 2112 n. Chr. erreichte der Krieg einen Höhepunkt, und der Amerikanische Traum lief in Gefahr, aufgegeben werden zu müssen. Nicht an einer der sieben Fronten, wo Millionen Männer sich in heftige Kämpfe verbissen hatten, nicht in einem Armeehauptquartier oder einer Hauptstadt der kriegführenden Nationen und auch nicht in den Produktionszentren, die weiterhin Waffen und Ausrüstungsgegenstände ausspuckten, sondern in der Station T eines Armeehospitals der Vereinigten Staaten, einhundert Meter tief unter dem, was einst das New Yorker Krankenhaus St. Albans gewesen war.

In St. Albans war die Station T so etwas wie ein Mysterium. Wie alle Armeehospitale war St. Albans so organisiert, daß in jeder Abteilung eine bestimmte Kategorie von Krankheiten behandelt wurde. Patienten, denen der rechte Arm amputiert wurde, gehörten zu der einen Abteilung, und solche, die von nun an ohne linkes Bein leben mußten, zu einer anderen. Männer mit Strahlenverbrennungen, Kopfverletzungen, Verstümmelungen und geringfügigen Gamma-Vergiftungen wurden in der jeweils dafür zuständigen Abteilung behandelt. Das medizinische Korps der Armee hatte neunzehn Klassen von Kriegsverletzungen beschrieben, die sämtliche Gehirn- und Gewebeschäden einschlossen. Dafür wurden die Buchstaben A bis S benutzt. Aber wozu diente dann die Station T?

Das wußte niemand. Die Türen waren zweifach verschlossen. Besucher fanden keinen Einlaß. Die Patienten durften die Abteilung nicht verlassen. Man sah nur Ärzte kommen und gehen. Ihre verblüfften Gesichter gaben Anlaß zu den wildesten Vermutungen, enthüllten aber nichts. Immer wieder versuchte man die Schwestern auszufragen, die in Station T Dienst taten, aber sie hüllten sich in Schweigen.

Zwar machten verschwommene Gerüchte die Runde, aber sie waren unbefriedigend und widersprachen sich teilweise. Eine Raumpflegerin versicherte glaubhaft, sie habe dort geputzt, aber niemand habe sich in der Abteilung aufgehalten. Überhaupt kein Mensch sei dort gewesen, nur zwei Dutzend Betten, sonst nichts. Waren die Betten benutzt worden? Ja, zumindest in einigen schien geschlafen worden zu sein, sie waren zerwühlt. Gab es Anzeichen dafür, daß die Station überhaupt benutzt wurde? O ja. Persönliche Gegenstände auf den Tischen und so weiter. Aber in der ganzen Station lag der Staub millimeterhoch. Als wäre lange niemand mehr dort gewesen.

Die öffentliche Meinung entschied sich dafür, daß es eine Geisterabteilung war. Nur für Gespenster.

Aber ein Nachtwächter berichtete, er sei an der Tür vorbeigegangen und habe Gesang vernommen. Was für ein Gesang? Eine fremde Sprache, ja. Was für eine Sprache? Der Nachtwächter kannte sie nicht. Einige Worte klangen wie … nun, wie »Juche, heut geht's auf die Reise«.

Die Gerüchte verbreiteten sich mit fieberhafter Geschwindigkeit und besagten schließlich, in jener Station würden Spione gefangengehalten.

St. Albans warb Küchenpersonal an und kontrollierte die Anzahl der Menüs. Dreimal täglich wurden vierundzwanzig Tabletts in die Station gebracht, und vierundzwanzig Tabletts kamen auch wieder heraus.

Manchmal waren die Speisen verschwunden, aber meistens hatte man sie nicht angerührt.
Die Gerüchte wurden immer verrückter, und schließlich setzte sich die Annahme durch, Station T sei eine Lasterhöhle. Dort sollten Schmuggler und Schieber ihre Gelage abhalten. In der Tat: »Juche, heut geht's auf die Reise!«
Was ein Krankenhaus im allgemeinen angeht, so reicht der Gesprächsstoff höchstens für ein Häkelkränzchen. Wenn es aber um die Patienten geht, wird die Volksmeinung leidenschaftlich und heftig. Im Januar 2112 war St. Albans noch ein ruhiges, gut geführtes Hospital. Im März 2112 begann es dort zu gären, und behördliche Aufzeichnungen befaßten sich zum ersten Mal mit der inneren Unruhe im Hospital. Der Prozentsatz der erfolgreichen Behandlungen sank. Die Patienten begannen zu simulieren. Nun wurden auch belanglose Verletzungen eingeliefert. Meutereien flackerten auf. Der Ärztestab wurde ausgetauscht – ohne Erfolg. Die Patienten begannen gegen Station T zu rebellieren. Wieder wurden die Ärzte gewechselt und dann noch einmal, aber die Unruhe blieb.
Schließlich erreichten diese Nachrichten auch General Carpenters Schreibtisch – und das über öffentliche Kanäle.
»In unserem Kampf um den Amerikanischen Traum«, sagte er, »dürfen wir auch diejenigen nicht ignorieren, die sich schon selbst aufgegeben haben. Schicken Sie mir einen Experten für Krankenhausverwaltung.«
Der Experte kam, konnte aber auch nichts tun, um die Ordnung in St. Albans wiederherzustellen. General Carpenter las die Berichte und feuerte ihn.
»Mitleid«, sagte General Carpenter, »ist der wichtigste Bestandteil der Zivilisation. Schicken Sie mir einen fähigen Chirurgen.«
Der fähige Chirurg kam. Er konnte den Aufruhr in St. Albans nicht brechen, und so brach General Carpenter ihn. Aber mittlerweile wurde Station T schon wieder in den offiziellen Berichten erwähnt.
»Schicken Sie mir«, sagte General Carpenter, »den Experten, der für Station T zuständig ist.«
Das St.-Albans-Hospital schickte einen Arzt, Captain Edsel Dimmock. Er war ein untersetzter junger Mann, schon kahlköpfig, und obwohl er die Universität erst vor drei Jahren verlassen hatte, besaß er bereits einen guten Ruf als Experte für Psychotherapie. General Carpenter mochte Experten. Er mochte auch Dimmock. Und Dimmock bewunderte den General als Sprecher einer Kultur, die er bislang wegen seiner zu

spezifischen Ausbildung noch nicht kennengelernt hatte, von der er aber hoffte, er könne sie genießen, nachdem der Krieg erst einmal gewonnen war.

»Schauen Sie einmal, Dimmock«, begann General Carpenter. »Wir alle sind heutzutage Werkzeuge, ausgebildet und geschliffen, um eine spezifische Arbeit zu erledigen. Sie kennen unser Motto: Arbeit für jeden, und jeder für seine Arbeit. Aber jemand erledigt seine Aufgabe in Station T nicht zufriedenstellend, und wir müssen ihn eliminieren. Zuallererst einmal: Was zum Teufel ist Station T eigentlich?«

Dimmock stotterte und machte hilflose Gesten. Schließlich erklärte er, es sei eine spezielle Abteilung, in der besondere Kriegsverletzte behandelt würden. Patienten unter Schockeinwirkung.

»Dann haben Sie also Patienten in der Station?«

»Ja, Sir. Zehn Frauen und vierzehn Männer.«

Carpenter wedelte mit einer Akte. »Hiernach heißt es, die Patienten in St. Albans behaupten, Station T stehe leer.«

Dimmock war schockiert. Das sei nicht wahr, versicherte er dem General.

»In Ordnung, Dimmock. Also liegen dort vierundzwanzig Krüppel, deren Aufgabe es ist, wieder gesund zu werden. Ihre Aufgabe ist es, sie zu heilen. Warum, zum Teufel, regen sich die anderen Patienten darüber auf?«

»Nun, Sir ... Vielleicht, weil wir sie eingesperrt halten.«

»Station T ist eine geschlossene Abteilung?«

»Ja, Sir.«

»Warum?«

»Damit die Patienten auch dort bleiben, General Carpenter.«

»Dort bleiben? Was meinen Sie damit? Versuchen sie zu fliehen? Sind sie gewalttätig oder so etwas?«

»Nein, Sir. Nicht gewalttätig.«

»Dimmock, ich mag Ihre Antworten nicht. Wollen Sie etwas vertuschen? Und ich mag noch etwas nicht. Diese T-Einordnung. Ich habe mit dem Verwaltungsexperten des medizinischen Korps gesprochen, und er behauptet, es gäbe gar keine T-Klassifikation. Was zum Teufel geschieht also in St. Albans?«

»N ... nun, Sir ... Wir haben die T-Klassifizierung erfunden. Sie ... Es ... es handelt sich dabei um besondere Fälle, Sir. Wir wissen nicht, was wir mit Ihnen tun oder wie wir sie behandeln sollen. Wir ... wir haben versucht, alles geheimzuhalten, bis ein *modus operandi* ausgearbeitet ist, aber wir sehen uns vor ganz neue Phänomene gestellt, General, vor eine brandneue Entwicklung!« Hier triumphierte der Experte in Dimmock über dessen Disziplin. »Das ist sensationell, Sir! Wir werden medizinische Geschichte machen. Bei Gott, wir sind auf die größte Entdekkung aller Zeiten gestoßen!«

»Welche Entdeckung, Dimmock? Spezifizieren Sie bitte.«

»Nun, Sir, Fälle mit Schockeinwirkung. Ausgeflippt, fast katatonisch. Kaum Atmung, langsamer Puls, keine Reaktionen.«

»Ich habe schon Tausende solcher Fälle gesehen«, brummte Carpenter. »Was ist denn daran so ungewöhnlich?«

»Nun, Sir, bis jetzt ähnelt das Krankheitsbild dem der standardmäßig erfaßten Q- oder R-Klassifikation. Aber diese Patienten sind ungewöhnlich. Sie essen und schlafen nicht.«

»Nie?«

»Einige von ihnen nie.«

»Und wieso sterben sie dann nicht?«

»Das wissen wir eben nicht. Der Kreislauf ihres Metabolismus ist durchbrochen, aber nur im anabolischen Bereich. Ihr Cetabolismus läuft weiterhin ab wie zuvor. In anderen Worten, Sir, sie geben Abfallprodukte ab, nehmen aber keine neuen auf. Sie eliminieren die Müdigkeitsstoffe und erneuern abgenutztes Gewebe, aber ohne dabei zu schlafen oder zu essen. Gott mag wissen, wie das vor sich geht. Einfach phantastisch!«

»Und deshalb sperren Sie sie ein? Ich will damit sagen ... Glauben Sie, daß sie irgendwo Nahrung stehlen oder heimlich schlafen?«

»Nein, Sir ...« Dimmocks Gesicht überzog sich mit einer dezenten Schamesröte. »Ich weiß nicht, wie ich es erklären soll, General. Ich ... wir sperren sie wegen des wirklichen Geheimnisses ein. Sie ... nun, sie verschwinden.«

»Sie tun ... was?«

»Sie verschwinden, Sir. Lösen sich in Luft auf. Direkt vor unseren Augen.«

»Das meinen Sie doch nicht im Ernst?«

»Doch, Sir. Sie sitzen auf einem Bett oder stehen irgendwo herum. In einem Augenblick sieht man sie noch, im nächsten schon nicht mehr. Manchmal halten sich alle vierundzwanzig in der Station auf, manchmals überhaupt keiner. Sie verschwinden und kommen ohne Grund und ohne festes Schema wieder zurück. Deshalb halten wir die Station verschlossen. General Carpenter, in der gesamten Geschichte von Krieg und Kriegsverletzungen hat es noch nie einen solchen Fall gegeben. Wir wissen nicht, wie wir damit fertig werden sollen.«

»Bringen Sie mir drei von diesen Leuten«, sagte General Carpenter.

Nathan aß Eier Benediktine auf Toast, trank zwei Gläser Ale und rauchte eine John Drew, rülpste genußvoll und erhob sich vom Frühstückstisch. Er nickte Gentleman Jim Corbett zu, der daraufhin sein Gespräch mit Diamond Jim Brady unterbrach und ihn auf dem Weg zur Kasse begleitete.
»Wem würdest du in diesem Jahr den Wimpel gönnen?« erkundigte sich Gentleman Jim.
»Den Dodgers«, gab Nathan Riley zurück.
»Sie haben kein Niveau.«
»Sie haben Snider und Furillo und Campanella. Sie werden dieses Jahr die Meisterschaft erringen, Jim. Ich wette darauf, daß sie es schneller schaffen als jedes andere Team zuvor. Bis zum dreizehnten September. Schreib dir das Datum auf und sieh dann nach, ob ich recht behalten habe.«
»Du hast immer recht, Nat«, sagte Corbett.
Riley lächelte, unterzeichnete den Scheck, schlenderte auf die Straße und nahm eine Kutsche zum Madison Square Garden. An der Ecke Fünfzehnte und Achte Straße stieg er aus und ging die Treppen zu einem Buchmacherbüro hinauf, das über einer Radiowerkstatt lag. Der Buchmacher blickte ihn an, nahm einen Umschlag hervor und zählte fünfzehntausend Dollar ab.
»Rocky Marciano siegt mit K. o. über Roland La Starza in der elften Runde«, sagte er. »Wie zum Teufel kannst du so etwas derart genau voraussahnen, Nat?«
»Davon hängt mein Lebensunterhalt ab«, lächelte Riley. »Nimmst du auch Wetten auf die Wahl entgegen?«
»Eisenhower steht zwölf zu fünf. Stevenson ...«
»Adlai kannst du vergessen.« Riley legte zwanzigtausend Dollar auf den Tisch. »Ich tippe auf Ike. Erledige das bitte für mich.«
Er verließ das Wettbüro und ging zu seiner Suite im Waldorf, wo schon ein großer, schmächtiger junger Mann nervös auf ihn wartete.
»Ah, ja«, sagte Nathan Riley, »Sie sind doch Ford, nicht wahr? Harold Ford?«
»Henry Ford, Mr. Riley.«
»Und Sie brauchen Kapital, um diese Maschine in Ihrem Fahrradladen zu finanzieren. Wie heißt sie doch noch?«
»Ich nenne sie ein Ipsimobil, Mr. Riley.«
»Hm. Ich kann nicht sagen, daß dieser Name mir besonders gut gefällt. Warum nennen Sie das Ding nicht Automobil?«
»Das ist ein wunderbarer Vorschlag, Mr. Riley. Das werde ich tun.«

»Ich mag Sie, Henry. Sie sind jung, fleißig, anpassungsfähig. Ich glaube an Ihre Zukunft und auch an Ihr Automobil. Ich werde zweihunderttausend Dollar in Ihre Firma investieren.«
Riley unterzeichnete den Scheck und führte Henry Ford hinaus. Er schaute auf die Uhr und fühlte plötzlich den Drang, zurückzukehren und sich dort einen Moment umzuschauen. Er ging ins Schlafzimmer, entkleidete sich und zog ein graues Hemd und graue Hosen an. Auf der Tasche des Hemdes befand sich ein Schild mit großen blauen Buchstaben: U. S. A. H.
Er schloß die Schlafzimmertür und verschwand.
Er tauchte in der Station T des U. S.-Armeehospitals in St. Albans wieder auf und stand neben seinem Bett, das eines von vierundzwanzig war, die an der langen, hellen, stahlverkleideten Wand standen. Bevor er einen Atemzug machen konnte, wurde er von sechs kräftigen Händen ergriffen, und bevor er gegen sie ankämpfen konnte, fühlte er den Einstich einer pneumatischen Spritze und sank, betäubt von anderthalb Kubikzentimeter Sodiumthiomorphat, zu Boden.
»Einen haben wir«, sagte jemand.
»Bleibt dort«, antwortete eine andere Stimme. »General Carpenter hat gesagt, daß er drei haben will.«

Nachdem Marcus Brutus der Jüngere ihr Bett verlassen hatte, schlug Lela Machan die Hände zusammen. Ihre Sklavinnen betraten das Schlafzimmer und bereiteten ein Bad vor. Sie badete, kleidete sich an, parfümierte sich und frühstückte – Feigen aus Smyrna, Goldorangen und etwas Lachrima Christi. Dann rauchte sie eine Zigarette und befahl ihre Sänfte herbei.
Wie üblich hielten vor den Toren ihres Hauses Dutzende Soldaten der zwanzigsten Legion in ihren Paradeuniformen Wache. Zwei Zenturios ergriffen die Sänfte und setzten sie auf ihre kräftigen Schultern. Ein junger Mann in einer saphirblauen Toga drängte sich durch die Menschenmassen und kam auf sie zugerannt. In seiner Hand blitzte ein Messer auf. Lela bereitete sich darauf vor, dem Tod mit hoch erhobenem Haupt entgegenzutreten.
»Meine Dame!« schrie der Mann. »Meine Dame Lela!«
Er ritzte mit dem Messer seinen Arm auf, und ein paar Blutstropfen besprenkelten ihre Robe.
»Dies, mein Blut, ist das wenigste, das ich Euch geben kann«, schrie er.
Lela berührte sanft seine Stirn.

»Dummer Junge«, murmelte sie. »Warum hast du das getan?«
»Aus Liebe zu Euch, meine Dame!«
»Heute abend um neun Uhr wird man dich zu mir führen«, flüsterte sie. Er starrte sie an, bis sie lachen mußte. »Ich verspreche es dir. Wie ist dein Name, mein hübscher Knabe?«
»Ben Hur.«
»Heute abend um neun, Ben Hur.«
Die Ehrengarde zog weiter. Draußen am Markt schritt Julius Caesar, in heftigem Streit mit Savonarola entbrannt, an ihnen vorbei. Als er sie erblickte, bedeutete er den Zenturios zu halten. Caesar zog die Vorhänge der Sänfte zurück und sah Lela an, die ihm nachlässig ihre Achtung erwies.
Caesars Gesicht zuckte.
»Warum?« fragte er mürrisch. »Ich habe gebetet, gefleht, geschluchzt und geweint, aber ohne Erfolg. Warum, Lela? Warum?«
»Erinnert Ihr Euch an Boadicea?« murmelte Lela.
»Boadicea? Die Königin der Briten? Bei den Göttern, was bedeutet sie im Angesicht unserer Liebe? Ich habe Boadicea nicht geliebt, sondern sie nur in der Schlacht besiegt.«
»Und sie getötet, Caesar.«
»Sie hat sich selbst vergiftet, Lela.«
»Sie war meine Mutter, Caesar!« Plötzlich deutete Lela mit dem Finger auf ihn. »Mörder! Ihr werdet Eurer Strafe nicht entgehen können. Nehmt Euch in acht vor den Iden des März, Caesar!«
Caesar prallte erschreckt zurück. Die Menge der Bewunderer, die sich um Lela versammelt hatten, stieß einen Schrei der Zustimmung aus. Inmitten eines Regens von Rosenblüten und Veilchen setzte sie ihren Weg zum Tempel der Jungfrauen der Vesta fort, wo sie ihre Bewunderer zurückließ und den heiligen Tempel betrat.
Vor dem Altar kniete sie nieder, setzte zu einem Gebet an, warf etwas Weihrauch in die Altarflamme und entkleidete sich. Sie betrachtete ihren wunderschönen Körper in einem silbernen Spiegel und verspürte plötzlich etwas Heimweh.
Sie zog eine graue Bluse und graue Hosen an. Auf der Brusttasche standen die Buchstaben U. S. A. H.
Sie lächelte noch einmal in Richtung des Altars und verschwand.
Als sie in der Abteilung T des U. S.-Armeehospitals auftauchte, wurde sie sofort mit anderthalb Kubikzentimeter Sodiumthiomorphat betäubt, die durch eine pneumatische Spritze verabreicht wurden.
»Jetzt haben wir zwei«, sagte jemand. »Einer fehlt noch.«

George Hanmer machte eine dramatische Pause und sah sich um, betrachtete die Sitzreihen der Opposition, ihren Sprecher, den silbernen Amtsstab auf dem karmesinroten Polster vor seinem Stuhl. Das gesamte Unterhaus, hypnotisiert von Hanmers wilder Rede, wartete atemlos darauf, daß er fortfuhr.

»Mehr habe ich nicht zu sagen«, meinte er schließlich. Seine Stimme krächzte vor Aufregung, sein Gesicht war bleich und zornig. »Ich werde mit aller Kraft für diesen Gesetzesentwurf kämpfen. Ich werde in die Städte gehen, in die Dörfer, auf die Felder und Weiler. Ich werde bis zum Tode für dieses Gesetz kämpfen und, so Gott will, auch darüber hinaus. Ob dies eine Herausforderung ist oder ein Gebet, das mögen die Gewissen der hier anwesenden sehr ehrenwerten Herren entscheiden. Über eines bin ich mir jedoch gewiß: England muß den Suez-Kanal besitzen!«

Hanmer nahm Platz. Das Parlament explodierte in jubelndem Beifall. Durch die Jubelrufe und den Applaus bahnte er sich einen Weg hinaus in die Lobby, wo Gladstone, Churchill und Pitt ihm sofort die Hand schüttelten. Lord Palmerston beäugte ihn zurückhaltend, aber Pam stand Schulter an Schulter mit Disraeli, der sich hinkend, aber voller Enthusiasmus und Bewunderung, erhob.

»Wir werden bei Tattersall einen kleinen Imbiß zu uns nehmen«, sagte Dizzy. »Mein Wagen wartet schon.«

Lady Beaconfield saß bereits in dem Rolls Royce, der vor dem Unterhaus parkte. Sie heftete eine Primel an Dizzys Rockaufschlag und tätschelte geziert Hanmers Wange.

»Der Schuljunge, der Dizzy zu verhauen pflegte, hat einen langen Weg hinter sich, Georgie«, sagte sie.

Hanmer lachte. Dizzy sang *Gaudeamus igitur*, und Hanmer fiel in das alte Schullied ein, bis sie bei Tattersall ankamen. Dort bestellte Dizzy Guinnes und Steaks, während Hanmer zum Klub hinaufging, um sich umzuziehen.

Obwohl dafür eigentlich gar kein Grund vorlag, hatte er auf einmal das Verlangen, noch ein einziges Mal zurückzukehren. Vielleicht haßte er es, so abrupt mit der Vergangenheit zu brechen. Er entledigte sich seines Rockes, der Weste, der weiten Hosen und auch der warmen, aus Hessen stammenden Unterwäsche, zog ein graues Hemd und graue Hosen an und verschwand.

Als er in der Station T des St.-Albans-Hospitals auftauchte, wurde er sofort mit anderthalb Kubikzentimeter Sodiumthiomorphat betäubt.

»Jetzt haben wir drei«, sagte jemand. »Bringen wir sie zu Carpenter.«

Also saßen sie dort in General Carpenters Büro: Soldat Nathan Riley, Sergeant Lela Machan und Corporal George Hanmer. Alle drei trugen ihre Krankenhauskombination und waren von der Droge noch leicht betäubt.
Das Büro war kurz vorher aufgeräumt worden und strahlte nun in hellstem Licht. Experten aus den Gebieten Spionage, Spionageabwehr und Innere Sicherheit waren anwesend und auch einige Geheimdienstler. Als Captain Edsel Dimmock bemerkte, daß die Blicke der stahlgesichtigen Männer ruhelos zwischen ihm und den Patienten hin und her wanderten, begann er mit seinen Ausführungen. General Carpenter lächelte grimmig.
»Sind Sie nie darauf gekommen, daß wir Ihnen diese Geschichte um das Verschwinden der Patienten nicht so einfach abkaufen, Dimmock?«
»S ... Sir?«
»Ich bin ebenfalls ein Experte, Dimmock. Ich werde es Ihnen erklären. Der Krieg läuft schlecht, sehr schlecht. Es fehlt an intelligenten Menschen. Und bei den Vorkommnissen in St. Albans deutet alles darauf hin, daß Sie ...«
»A ... Aber sie verschwinden wirklich, Sir. Ich ...«
»Meine Experten wollen mit Ihnen und Ihren Patienten über diesen letzten Akt des Verschwindens sprechen, Dimmock. Und sie wollen bei Ihnen beginnen.«
Die Experten machten sich an die Arbeit, lösten Dimmocks Bewußtsein auf, setzten ID-Löser und einen Superego-Block ein. Sie versuchten es mit jeder Wahrheitsdroge, die sie in ihren Büchern finden konnten, und auch mit physischer und psychischer Gewalt. Sie brachten den Körper des jammernden Dimmock dreimal zum Zusammenbruch, aber in seinem Innern war nichts, das zusammenbrechen könnte.
»Lassen Sie ihn jetzt ein wenig schmoren«, befahl Carpenter, »und versuchen Sie es bei den Patienten.«
Die Experten weigerten sich beharrlich, solch einen Druck auf zwei kranke Männer und eine Frau auszuüben.
»Um Gottes willen, was sind Sie doch für Waschlappen«, wütete Carpenter. »Wir kämpfen um unsere Zivilisation. Wir müssen unsere Ideale um jeden Preis verteidigen. Fangen Sie schon an!«
Die Experten aus Spionage, Spionageabwehr, Sicherheit und Geheimdienst begannen. Wie drei erlöschende Kerzen verschwanden Nathan Riley, Lela Machan und George Hanmer. Gerade saßen sie noch, umgeben von Folter und Gewalt, in ihren Sesseln, dann waren sie nicht mehr da.

Erschrocken fuhren die Experten zusammen. General Carpenter tat das Naheliegende und stolzierte zu Dimmock herüber. »Captain Dimmock, ich muß mich bei Ihnen entschuldigen. Colonel Dimmock, Sie sind soeben wegen einer wichtigen Entdeckung befördert worden. Aber was, zum Teufel, hat das zu bedeuten? Darüber müssen wir uns nun erst einmal klarwerden.«

Er griff zum Interkom. »Schicken Sie mir einen Experten für Schockeinwirkungen unter Kampfeinfluß und einen Psychiater.«

Die beiden Experten kamen und wurden rasch informiert. Sie untersuchten die Zeugen und berieten sich dann.

»Sie leiden an einem verhältnismäßig geringen Schockzustand«, erklärte der Schockexperte. »Nervosität, hervorgerufen durch den Krieg.«

»Sie meinen, wir haben sie gar nicht verschwinden sehen?«

Der Schockexperte schüttelte den Kopf und blickte den Psychiater an, der ihm beipflichtete.

»Eine Massenhysterie«, sagte der Psychiater.

In diesem Moment erschienen Riley, Machan und Hanmer wieder. Eben waren sie noch eine Massenhysterie gewesen, jetzt saßen sie wieder auf ihren Stühlen, umgeben von verwirrten Experten.

»Betäuben Sie sie wieder, Dimmock!« schrie Carpenter. »Und geben Sie ihnen ja eine ausreichende Dosis!« Er griff erneut zum Interkom. »Ich brauche alle unsere Experten. Akuter Notstand. Treffpunkt: mein Büro.«

Siebenunddreißig Experten, alles gestählte, geschliffene Werkzeuge, untersuchten die drei bewußtlosen Schockverletzten und diskutierten drei Stunden über sie. Gewisse Fakten schienen augenscheinlich: Hier lag ein neues, phantastisches Syndrom vor, hervorgerufen durch die neuen und ebenso phantastischen Schrecken des Krieges. Wenn sich die Kriegstechniken weiterentwickeln, so müssen die Reaktionen der Opfer dieser Techniken ebenfalls neue Wege gehen. Auf jede Aktion erfolgt logischerweise eine Reaktion.

So weit, so gut.

Dieses neue Syndrom war unter dem Aspekt der Teleportation zu sehen, der Macht des Geistes über den Raum. Indem solch ein Schock, hervorgerufen durch eine Kriegsverletzung, gewisse bekannte Kräfte des Verstandes zerstörte, mußte er auch neue, bisher nur latent vorhandene erwecken.

So weit, so gut.

Anscheinend waren die Patienten nur dazu in der Lage, zu jenem Ort zurückzukehren, von dem aus sie verschwunden waren – ansonsten

wären sie nicht immer wieder in der Station T aufgetaucht – und auch nicht in General Carpenters Büro. Nun gut.
Anscheinend waren die Patienten in der Lage, sich Nahrung zu verschaffen und zu schlafen, wo auch immer sie sich aufhielten, denn in Station T aßen sie nicht und schliefen sie nicht.
»Noch eine kleine Unklarheit«, sagte Colonel Dimmock. »Sie scheinen immer seltener nach Station T zurückzukehren. Anfangs kamen und gingen sie jeden Tag. Jetzt bleiben die meisten für Wochen aus und kommen kaum noch zurück.«
»Stören Sie sich nicht daran«, sagte Carpenter. »Wichtig ist vielmehr, wohin sie verschwinden.«
»Teleportieren sie hinter die feindlichen Grenzen?« fragte jemand. »Dort hätte man sicher Verwendung für sie.«
»Das soll der Geheimdienst herausfinden«, schnappte Carpenter. »Hat der Feind ähnliche Schwierigkeiten mit – sagen wir einmal – Kriegsgefangenen, die aus ihren Lagern verschwinden und wieder auftauchen? Das könnten unsere Patienten von Station T sein.«
»Sie könnten doch einfach nach Hause gehen«, meinte Colonel Dimmock.
»Der Sicherheitsdienst soll Nachforschungen anstellen«, befahl Carpenter. »Überprüfen Sie das Privatleben und die Verwandten jedes einzelnen dieser ... Verschwinder. Nun zu unseren Aktionen in Station T. Hier hat Colonel Dimmock einen Plan.«
»Wir werden zwei zusätzliche Betten aufstellen«, erklärte Edsel Dimmock. »Wir schicken sechs Experten, die dort leben und alles beobachten sollen. Wir müssen die Informationen unmittelbar von unseren Patienten bekommen. Sie sind katatonisch und antworten nicht, wenn sie bei Bewußtsein sind, können aber auch keine Antworten geben, wenn wir sie permanent unter Drogen setzen!«
»Meine Herren«, faßte Carpenter zusammen. »Wir stehen vor der Entdeckung der bedeutendsten Waffe in der Geschichte der Kriegskunst. Ich muß nicht extra darauf hinweisen, was es für uns bedeuten würde, eine ganze Armee hinter die feindlichen Linien teleportieren zu können. Wenn wir das Geheimnis, das in diesen zerstörten Gehirnen verborgen liegt, für uns gewinnen können, können wir auch den Krieg um unseren Amerikanischen Traum an einem einzigen Tag für uns entscheiden. Und wir müssen den Sieg erringen!«

Die Experten begaben sich an die Arbeit. Der Sicherheitsdienst forschte nach, der Geheimdienst spannte seine Fäden. Ausdauernd gestählte und geschliffene Werkzeuge zogen in die Station T des St.-Albans-Hospitals ein und gewöhnten sich langsam daran, daß dort die Patienten verschwanden und immer seltener wieder auftauchten. Die Spannung wuchs.

Der Sicherheitsdienst konnte berichten, daß im letzten Jahr in Amerika nicht ein einziger Fall eines seltsamen Verschwindens bekanntgeworden war. Der Geheimdienst fand heraus, daß der Feind keinerlei ähnlich gelagerte Schwierigkeiten mit unter Schock stehenden Patienten oder Kriegsgefangenen gehabt hatte.

Carpenter schäumte. »Das sind alles wichtige Neuigkeiten – und wir haben keine Spezialisten, die sie verarbeiten können! Wir müssen neue Werkzeuge entwickeln.« Also griff er zum Interkom. »Beschaffen Sie mir eine Universität«, sagte er.

Er bekam Yale.

»Ich brauche einige Experten für Parapsychologie. Beschafft sie mir!« befahl Carpenter. Yale führte sofort drei Studiengänge für Thaumatologie, Außersinnliche Wahrnehmung und Telekinese ein.

Ein erster Durchbruch schien sich anzudeuten, als einer der Experten in Station T die Hilfe eines anderen anforderte. Er benötigte einen Goldschmied.

»Wofür, zum Teufel?« wollte General Carpenter wissen.

»Er besitzt einen Hinweis auf einen Edelstein«, erklärte Colonel Dimmock. »Darauf ist er nicht spezialisiert. Also braucht er jemanden, der auf diesem Gebiet die nötigen Kenntnisse aufzuweisen hat.«

»Er soll auch nicht darauf spezialisiert sein«, sagte Carpenter belehrend. »Jeder Mann hat seine Arbeit, und jede Arbeit hat ihren Mann.« Er schaltete den Interkom ein. »Schicken Sie mir augenblicklich einen Goldschmied.«

Der angeforderte Experte wurde kurzfristig vom Militärdienst freigestellt und angewiesen, einen Diamanten zu identifizieren, der *Brady* hieß. Das konnte er jedoch nicht.

»Wir müssen das Problem auf andere Art und Weise lösen«, sagte Carpenter und benutzte den Interkom. »Ich brauche einen Semantiker.«

Der Semantiker verließ seinen Schreibtisch in der Abteilung für psychologische Kriegführung, konnte sich aber unter den Worten *Jim Brady* nichts vorstellen. Das waren nur Namen für ihn, mehr nicht. Er schlug einen Ahnenforscher vor.

Der Genealoge durfte seinen Posten im *Komitee für Nichtamerikanische Ahnenforschung* für einen Tag verlassen, konnte aber nichts weiter zu dem Namen *Jim Brady* beitragen, als daß dies ein in den letzten fünf

Jahrhunderten recht gebräuchlicher Name in den Vereinigten Staaten war. Er schlug einen Archäologen vor.
Der Archäologe wurde von der kartographischen Abteilung der Invasionskommandostelle abgerufen und identifizierte den Namen *Diamond Jim Brady* auf der Stelle. Es war eine historische Persönlichkeit, die es im Klein-New-York der Zeit zwischen den Bürgermeistern Peter Stuyvesant und Fiorelle La Guardia zu einiger Berühmtheit gebracht hatte.
»Jesus!« wunderte sich Carpenter. »Das ist doch schon Äonen her. Woher, zum Teufel, kennt Nathan Riley diesen Mann? Sie täten gut daran, die Experten in Station T zu unterstützen und es herauszufinden.«
Der Archäologe tat wie geheißen, durchwühlte seine Nachschlagewerke und schickte schließlich einen Bericht. Carpenter las ihn und rief unter höchster Verblüffung ein sofortiges Treffen des Expertenstabes ein.
»Meine Herren«, verkündete er, »was in Station T geschieht, ist bedeutender als bloße Teleportation. Diese Patienten sind zu viel Unglaublicherem imstande. Unsere Entdeckung ist äußerst bedeutungsvoll. Meine Herren – sie reisen durch die Zeit.«
Die Experten tuschelten untereinander, während Carpenter begeistert nickte.
»Ja, meine Herren, vor uns liegt die Zeitreise. Nicht so, wie wir sie uns vorgestellt haben, als Ergebnis der Forschung qualifizierter Spezialisten. Sie kam wie eine ansteckende Krankheit, eine Epidemie, ein Nebenprodukt des Krieges, als Folge von Kriegsverletzungen bei ganz gewöhnlichen Menschen. Bitte lesen Sie die Berichte, bevor ich fortfahre.«
Der Expertenstab las die Blätter. Soldat Nathan Riley verschwand in das New York des frühen zwanzigsten Jahrhunderts ... Sergeant Lela Machan besuchte das Rom des ersten Jahrhunderts ... Corporal George Hanmer reiste durch das England des neunzehnten Jahrhunderts. Und der Rest der vierundzwanzig Patienten entkam den Wirren und Schrekken der modernen Kriegführung ins Venedig mit seinen Gondolieren, nach Jamaica mit seinen Piraten, in das China der Han-Dynastie, in das Norwegen von Erik dem Roten – zu jedem Ort und jeder Zeit der Welt.
»Ich brauche die unermeßliche Bedeutung dieser Entdeckung nicht erst herauszustellen«, meinte General Carpenter. »Denken Sie darüber nach, was es bedeutet, den Krieg zu gewinnen, indem wir eine Armee einen Monat oder ein Jahr in die Zeit zurückschicken. Wir könnten den Sieg erringen, bevor es überhaupt zu Kämpfen gekommen ist. Wir könnten unseren Traum, die Dichtkunst, Schönheit und Kultur von Amerika, vor der Barbarei schützen, bevor er überhaupt gefährdet ist.

Der Stab versuchte, sich mit dem Problem zu befassen, wie man einen Krieg gewinnen kann, bevor er überhaupt erst angefangen hat.
»Die Situation wird durch die Tatsache erschwert, daß die Männer und Frauen in Station T nicht zurechnungsfähig sind. Sie mögen wissen, was sie eigentlich tun oder auch nicht, aber auf keinen Fall sind sie in der Lage, mit unseren Experten zu kommunizieren, die dieses Wunder methodisch fassen wollen. Es liegt an uns, den Schlüssel zu finden. Die Patienten können uns nicht helfen.«
Die gestählten und geschliffenen Spezialisten sahen sich unsicher an.
»Wir benötigen Experten«, sagte General Carpenter.
Der Expertenstab entspannte sich. Sie waren wieder auf bekanntem Grund und Boden.
»Wir brauchen einen Gehirntechniker, einen Kybernetiker, einen Psychiater, einen Anatomisten, einen Archäologen und einen erstklassigen Historiker. Sie werden in diese Station gehen und nicht eher wieder herauskommen, bis sie ihre Aufgabe erfüllt haben. Sie müssen die Technik der Zeitreise erlernen.«
Die ersten fünf Experten fand man schnell in anderen Abteilungen. Ganz Amerika war eine Werkzeugfabrik, die gestählte und geschliffene Spezialisten herstellte. Aber es gab Schwierigkeiten, einen erstklassigen Historiker zu finden, bis die Bundesjustizbehörde sich bereit erklärte, mit der Armee zusammenzuarbeiten, und Dr. Bradley Scrim vorzeitig aus seiner zwanzigjährigen Haft entließ. Dr. Scrim war vorzeitig gealtert. Er hatte einen Lehrstuhl für Geschichtsphilosophie an einer Universität im Westen der Vereinigten Staaten innegehabt, bis er seine wirkliche Meinung über den Amerikanischen Traum vorbrachte. Und das hatte ihn zwanzig Jahre Zwangsarbeit gekostet.
Scrim blieb unversöhnlich, aber man veranlaßte ihn dazu, sich um das Problem mit Station T zu kümmern.
»Aber ich bin kein Experte«, schnappte er. »In dieser geistig verdunkelten Nation von Spezialisten bin ich der letzte singende Grashüpfer im Ameisenhaufen.«
Carpenter griff zum Interkom. »Schicken Sie einen Etymologen!« befahl er.
»Ersparen Sie sich die Mühe«, sagte Scrim. »Ich werde es übersetzen. Ihr seid ein Ameisenhaufen, alle gestählt und geschliffen und spezialisiert. Wofür?«
»Um den Amerikanischen Traum zu erhalten«, antwortete Carpenter kühn. »Wir kämpfen für die Dichtkunst, für die Kultur, für die Erziehung und für all die schöneren Dinge im Leben.«

»Das heißt, Sie kämpfen darum, mich zu erhalten«, sagte Scrim. »Denn diesen Dingen habe ich mein Leben gewidmet. Und was tun Sie mit mir? Sie werfen mich ins Gefängnis.«
»Sie wurden überführt, mit dem Feind zu sympathisieren und zusammenzuarbeiten«, sagte Carpenter.
»Ich wurde überführt, an *meinen* Amerikanischen Traum zu glauben«, sagte Scrim. »Man könnte auch sagen, ich wurde ins Gefängnis geworfen, weil ich eine eigene Meinung hatte.«
Auch in Station T blieb Scrim unversöhnlich. Er verbrachte dort eine Nacht, genoß drei hervorragende Mahlzeiten, las die Berichte, warf sie weg und hämmerte gegen die Tür, um hinausgelassen zu werden.
»Jeder hat seine Arbeit, und jeder muß seine Arbeit erfüllen«, meinte Colonel Dimmock zu ihm. »Sie kommen hier nicht eher heraus, bis Sie das Geheimnis der Zeitreise entdeckt haben.«
»Es gibt kein Geheimnis, das ich entdecken könnte«, schrie Scrim.
»Reisen Sie in der Zeit?«
»Ja und nein.«
»Die Antwort muß auf das eine oder das andere begrenzt bleiben. Nicht auf beides. Sie wollen die ...«
»Hören Sie«, unterbrach Scrim ihn müde, »worin sind Sie ein Experte?«
»In Psychotherapie.«
»Wie, zum Teufel, wollen Sie dann verstehen, was ich meine? Das hier ist ein philosophisches Konzept. Ich sage Ihnen, hier gibt es kein Geheimnis, aus dem die Armee Nutzen ziehen könnte. Dieses Geheimnis kann nicht einer Gruppe, sondern nur einem einzelnen Individuum Vorteile bringen.«
»Ich verstehe Sie nicht.«
»Das hätte ich auch nie zu hoffen gewagt. Bringen Sie mich zu Carpenter.«
Man brachte Scrim in das Büro des Generals. Dort grinste er Carpenter boshaft an und sah dabei wie ein rothaariges, unterernährtes Teufelchen aus.
»Ich brauche zehn Minuten«, sagte Scrim. »Kann diese ... Werkzeugfabrik so lange auf Sie verzichten?«
Carpenter nickte.
»Hören Sie jetzt gut zu. Ich werde Ihnen Hinweise auf etwas geben, das so gewaltig und seltsam ist, daß Sie sich völlig darauf konzentrieren müssen, um es verstehen zu können.«
Carpenter blickte ihn erwartungsvoll an.

»Nathan Riley geht zurück in das frühe zwanzigste Jahrhundert. Dort lebt er das Leben seiner kühnsten Träume. Er ist ein bekannter Glücksspieler, der Freund von Diamond Jim Brady und anderen. Er gewinnt sein Geld mit Wetten, deren Ergebnis er bereits im voraus weiß. Er gewann Geld, indem er darauf wettete, daß Eisenhower die Wahl gewinnen würde, und darauf, daß ein professioneller Boxer namens Marciano einen anderen professionellen Boxer namens La Starza besiegte. Er machte Geld, indem er es in eine Automobilfirma steckte, die einem gewissen Henry Ford gehörte. Das waren die Hinweise. Welche Schlüsse ziehen Sie daraus?«

»Keine ohne einen Gesellschaftsanalytiker«, antwortete Carpenter und griff zum Interkom.

»Rufen Sie keinen, ich werde Ihnen später alles erklären. Noch einige Hinweise: Lela Machan zum Beispiel. Sie flüchtet in das Römische Reich, wo sie das Leben ihrer Träume als *femme fatale* verbringt. Jeder Mann liebt sie dort, Julius Caesar, Savonarola, die gesamte zwanzigste Legion und auch ein Junge namens Ben Hur. Verstehen Sie nun, was daran falsch ist?«

»Nein.«

»Sie raucht sogar Zigaretten.«

»Nun?« fragte Carpenter nach einer Weile.

»Ich fahre fort«, sagte Scrim. »George Hanmer flüchtet in das England des neunzehnten Jahrhunderts, wo er zum Mitglied des Unterhauses wird und Gladstone, Winston Churchill und Disraeli als Freunde gewinnt. Letzterer nimmt ihn in seinem Rolls Royce mit. Wissen Sie, was ein Rolls Royce ist?«

»Nein.«

»Der Name eines Autos.«

»So?«

»Verstehen Sie denn immer noch nicht?«

»Nein.«

Scrim schritt verzückt den Gang entlang. »Carpenter, diese Entdeckung ist bedeutender als die der Teleportation oder der Zeitreise. Hier kann die Möglichkeit zur Rettung der Menschheit liegen. Und ich glaube nicht, daß ich jetzt übertreibe. Diese zwei Dutzend Patienten, Opfer eines Schocks, wurden von der H-Bombe in etwas so Unermeßliches getrieben, daß es nicht verwunderlich ist, daß Ihre Spezialisten und Experten es nicht begreifen können!«

»Was, zum Teufel, ist wichtiger als die Zeitreise, Scrim?«

»Hören Sie zu, Carpenter. Eisenhower war nicht vor Mitte des zwanzigsten Jahrhunderts im Amt. Nathan Riley hätte niemals der Freund von Diamond Jim Brady sein und gleichzeitig auf Eisenhower wetten können. Brady starb fünfundzwanzig Jahre, bevor Ike Präsident wurde. Marciano besiegte La Starza fünfzig Jahre nach Henry Fords Firmengründung. Nathan Rileys Zeitreise ist voll von weiteren Anachronismen dieser Art.«

Carpenter schaute verblüfft drein.

»Lela Machan hätte niemals Ben Hur als Geliebten haben können. Es gab nie einen Ben Hur in Rom, gab überhaupt keinen Ben Hur. Das ist eine Romangestalt. Sie hätte nicht rauchen können, da damals der Tabak in Rom noch unbekannt war. Verstehen Sie? Weitere Anachronismen. Disraeli hätte George Hanmer niemals in einem Rolls Royce mitnehmen können, da dieser Autotyp erst lange nach Disraelis Tod entwickelt wurde.«

»Zum Teufel!« schrie Carpenter. »Wollen Sie damit sagen, daß alles erlogen ist?«

»Nein. Vergessen Sie nicht, daß die Patienten keinen Schlaf und keine Nahrung benötigen. Sie lügen nicht. In Ordnung, sie gehen wirklich in die Zeit zurück, essen und schlafen dort.«

»Aber gerade haben Sie gesagt, daß die Geschichten nicht stimmen könnten. Daß sie voller Anachronismen sind.«

»Weil sie in eine Welt ihrer eigenen Vorstellung zurückreisen. Nathan Riley hat ein eigenes Bild davon, wie das Amerika des frühen zwanzigsten Jahrhunderts aussah. Es ist falsch und anachronistisch, da sein Wissen viel zu gering ist – aber für ihn ist es wirklich. Er kann dort leben. Das gleiche gilt für die anderen Patienten.«

Carpenter glotzte ihn an.

»Dieses Konzept liegt jenseits unseres Verständnisses. Ihre Patienten haben entdeckt, wie sie ihre Träume Wahrheit werden lassen können. Sie wissen, wie in diese Traumwahrheiten einzudringen ist. Sie können darin bleiben, dort leben, vielleicht sogar für immer. Mein Gott, Carpenter, *das* ist Ihr Amerikanischer Traum. Er schafft Wunder, bietet Unsterblichkeit, gottgleiche Schöpfungen, Herrschaft des Geistes über die Materie ... Er muß erforscht und studiert werden, muß der Welt zur Verfügung gestellt werden.«

»Können Sie das schaffen, Scrim?«

»Nein, das kann ich nicht. Ich bin ein Historiker und arbeite nicht kreativ. Das würde über meine Fähigkeiten hinausgehen. Sie brauchen einen Dichter, einen Künstler, der sich auf die Erschaffung eines Traumes versteht. Wenn man Träume auf dem Papier erschafft, sollte der kleine Schritt, sie auch in Wirklichkeit zu erschaffen, nicht allzu schwer werden.«

»Einen Dichter? Meinen Sie das im Ernst?«

»Natürlich. Wissen Sie nicht, was ein Dichter ist? Seit fünf Jahren erzählen Sie uns, daß dieser Krieg geführt wird, um die Dichter zu retten.«

»Machen Sie sich nicht über mich lustig, Scrim. Ich werde ...«

»Schicken Sie einen Dichter in die Station T. Er wird lernen, wie man so etwas vollbringen kann. Nur ein Dichter ist dazu in der Lage – in gewisser Weise besteht seine Arbeit ja sowieso darin, derartiges zu vollbringen. Sobald er es herausgefunden hat, kann er es Ihren Psychologen und Ärzten beibringen. Dann können sie es uns lehren. Aber ein Dichter ist der einzige, der zwischen jenen Schockpatienten und Ihren Ärzten vermitteln kann.«

»Ich glaube, Sie haben recht, Scrim.«

»Dann schieben Sie es nicht länger hinaus, Carpenter! Diese Patienten kehren immer seltener in unsere Welt zurück. Wir müssen dieses Geheimnis in unseren Besitz gebracht haben, bevor sie ganz verschwunden sind. Schicken Sie einen Dichter in die Station T.«

Carpenter griff zum Interkom. »Schicken Sie mir einen Dichter«, sagte er.

Er wartete und wartete und wartete, während Amerika fieberhaft seine zweihundertundneunzig Millionen gestählten und geschliffenen Werkzeuge durchforstete, Werkzeuge, die darauf spezialisiert waren, den Amerikanischen Traum von Schönheit und Dichtkunst und den höheren Dingen des Lebens zu verteidigen. Er wartete darauf, daß man einen Dichter aufstöberte, und verstand diese schier endlose Verzögerung nicht, die fruchtlose Suche. Und er verstand auch nicht, weshalb Bradley Scrim angesichts dieses letzten, fatalen Verschwindens lachte und lachte und lachte.

Adam – und keine Eva ...

Krane wußte, daß vor ihm die Küste liegen mußte. Sein Instinkt sagte ihm das und noch mehr als der reine Instinkt die wenigen Fetzen des Wissens, die sein ausgebranntes Gehirn noch durchfluteten; die Sterne, die sich in der Nacht durch die vereinzelten Risse in der Wolkendecke gezeigt hatten, und sein Kompaß, dessen zitternder Finger immer noch nach Norden deutete. Das ist seltsam, dachte Krane. Die verwüstete Erde hatte ihren Pol behalten.

Aber dort war keine Küste, kein Meer. Nur die schwache Kerbe von dem, was einst die Klippen gewesen waren, erstreckte sich endlos nach Norden und Süden, eine Linie aus grauer Asche, von der gleichen grauen Asche und Schlacke, die hinter ihm lag und die sich endlos vor ihm ausdehnte, feiner, knöcheltiefer Staub, der bei jeder Bewegung aufwirbelte und ihn zum Husten brachte; verschmolzene Überreste, die in den dichten nächtlichen Wolken umherwirbelten, wenn der scharfe Sturm toste; schwarzer Staub, der zu Schlamm zusammengeklumpt wurde, wenn die heftigen Regenschauer fielen.

Der Himmel über ihm schien aus Pech zu bestehen. Die schweren Wolken standen hoch, wurden dann und wann zerrissen, und ein Pfeil grellen Sonnenlichts tanzte sanft über den Boden. Traf das Licht auf Sturmwolken, so erhellte es die umherwirbelnden, glühenden Schlackenpartikel. Drang es durch Regenwolken, so entstand ein Regenbogen. Regen fiel, Schlackenstürme tobten, Licht blitzte auf, zusammen, ständig und ewig in einem Mosaik aus schwarzer und weißer Gewalt. So ging es schon seit Monaten – auf jedem Meter der Erdoberfläche.

Krane passierte die Linie der aschenen Klippen und kroch die sanfte Neigung hinab, die einst der Grund des Meeres gewesen war. Er wanderte schon so lange, daß er den Schmerz nicht mehr spürte, kroch auf den Ellbogen und schleppte so seinen Körper vorwärts, zog dann das rechte Knie vor und bewegte wieder die Ellbogen. Ellbogen, Knie, Ellbogen, Knie – er wußte längst nicht mehr, was es hieß, aufrecht zu gehen.

Das Leben ist wunderbar, dachte er benommen. Es paßte sich allem an. Wenn es kriechen mußte, dann kroch es, auf schwieligen Ellbogen und Knien. Sein Nacken und die Schultern waren steif geworden. Die Nase hatte gelernt, den Staub fortzublasen, bevor sie die Luft einsog. Sein

verletztes Bein schwoll an und faulte, wurde gefühllos. Bald würde es durch und durch verfault sein und abfallen.
»Entschuldigung«, sagte Krane. »Das habe ich nicht ganz verstanden ...«
Er starrte die große Gestalt vor ihm an und versuchte, die Worte zu verstehen. Es war Hallmyer. Er trug seinen fleckigen Laborkittel, und sein graues Haar war zerzaust. Hallmyer balancierte auf dem Aschenkegel, und Krane wunderte sich, wieso er die dahinjagenden Schlackenwolken durch seinen Körper hindurch sehen konnte.
»Wie gefällt dir deine Welt, Steven?« fragte Hallmyer.
Krane schüttelte elend den Kopf.
»Nicht sehr gut, he?« sagte Hallmyer. »Schau dich um. Staub, das ist alles, Staub und Asche. Krieche, Steven, krieche. Du wirst nichts als Staub und Asche finden ...«
Hallmyer holte einen Kelch voll Wasser aus dem Nichts. Es war klar und kalt. Krane konnte sehen, wie das Wasser wie feiner Tau aufstieg, und sein Mund war plötzlich voller Sand.
»Hallmyer!« schrie er. Er versuchte, auf die Füße zu kommen, aber der aufzuckende Schmerz im rechten Bein ließ ihn wieder zu Boden sinken. Er schmiegte sich an den Schlamm.
Hallmyer nahm einen Schluck und spie ihn in sein Gesicht. Das Wasser fühlte sich warm an.
»Krieche weiter«, sagte Hallmyer bitter. »Krieche um das gesamte Antlitz der Erde. Du wirst nichts außer Staub und Asche finden ...« Er leerte den Kelch auf den Boden vor Krane aus. »Krieche weiter. Wie viele Kilometer? Rechne es selbst aus. Pi mal d. Der Duchmesser beträgt etwa zwölftausend ...«
Dann war er mitsamt Kittel und Kelch verschwunden. Krane bemerkte, daß es wieder regnete. Er drückte das Gesicht in die warme, schlammige Schlacke, öffnete den Mund und versuchte, etwas Flüssigkeit einzusaugen. Schließlich kroch er weiter.
Ein Instinkt trieb ihn. Er mußte irgendwohin, und er wußte, daß es etwas mit der See zu tun hatte, mit den Gestaden. Irgend etwas wartete an den Küsten auf ihn. Etwas, das ihm helfen würde, all dies zu verstehen. Er mußte zum Meer gelangen – das hieß, falls es noch ein Meer gab.

Der donnernde Regen schlug mit furchtbarer Gewalt auf seinen Rücken ein. Krane zerrte den Rucksack zur Seite und hielt ihn mit einer Hand. Er enthielt genau drei Dinge: einen Revolver, einen Schokoladenriegel und eine Dose Pfirsiche. Das war alles, was von den Vorräten für zwei

Monate übriggeblieben war. Die Schokolade war breiig und verdorben. Krane wußte, daß er sie besser aß, bevor sie ganz verfaulte, aber morgen würde ihm die Kraft fehlen, eine Dose zu öffnen. Er zog sie heraus und setzte den Öffner an. Als er den Blechdeckel geöffnet hatte, war der Regen vorbei.

Während er die Früchte kaute und den Saft schlürfte, beobachtete er die Regenwand vor ihm, die am Abhang der ehemaligen Küste entlangzog. Wasserströme wälzten sich durch den Schlamm, hatten hier und da schon einige Kanäle geschnitten – Kanäle, die eines Tages neue Flüsse sein würden, eines Tages, den weder er noch ein anderes Lebewesen je erblicken würden. Das letzte Lebewesen der Erde hat sein letztes Mahl beendet, dachte Krane, als er die leere Büchse beiseite warf. Der Metabolismus nähert sich seinem Ende.

Nach dem Regen würde der Sturm kommen. Das hatte er in den endlosen Wochen gelernt, in denen er gekrochen war. In ein paar Minuten würde der Sturm kommen und ihn mit seinen Wolken aus Schlacke und Asche erfassen. Er kroch weiter, und seine müden Augen suchten in der unermeßlichen grauen Ebene nach einem Unterschlupf.

Evelyn tippte ihm auf die Schulter.

Er wußte, daß sie es war, noch bevor er sich umgedreht hatte. Sie stand neben ihm, frisch und duftig in ihrem hellen Kleid. Doch auf ihrem lieblichen Gesicht spiegelten sich Kummer und Sorgen.

»Steven«, sagte sie, »du mußt dich beeilen.«

Er konnte sie nur bewundern, wie ihr weiches Haar sich um die Schultern schmiegte.

»Oh, Liebling, du bist ja verletzt«, sagte sie. Ihre raschen, sanften Hände berührten seinen Rücken und die Beine. Krane nickte.

»Bei der Landung«, sagte er. »Ich wußte nicht, wie man mit einem Fallschirm umgehen muß. Ich dachte immer, man käme sanft auf, so, als würde man in ein Bett springen. Aber die Erde kam wie eine Faust auf mich zu, und Umber schlug in meinen Armen um sich. Ich konnte ihn doch nicht einfach fallen lassen, nicht wahr?«

»Natürlich nicht, Liebling«, sagte Evelyn.

»Also hielt ich ihn einfach fest und versuchte, mit den Füßen zuerst aufzukommen. Und dann schlug etwas meine Beine zur Seite ...«

Er zögerte und fragte sich, ob sie wissen konnte, was wirklich geschehen war. Er wollte sie nicht unnötig erschrecken.

»Evelyn, Liebes«, sagte er und versuchte, sie in die Arme zu nehmen.

»Nein, Liebling«, gab sie zurück und sah verängstigt beiseite. »Du mußt dich beeilen. Du mußt aufpassen – hinter dir ist irgend etwas!«

»Die Schlackenstürme?« Er zog eine Grimasse. »Die habe ich schon oft überstanden.«
»Nicht die Stürme!« schrie Evelyn. »Etwas anderes. Oh, Steven ...«
Dann war sie verschwunden. Krane wußte jedoch, daß sie die Wahrheit gesprochen hatte. Hinter ihm war irgend etwas, etwas, das ihm folgte. Sein Unterbewußtsein hatte diese Bedrohung schon ausgemacht. Sie hing über ihm wie eine dunkle Wolke. Er schüttelte den Kopf. Irgendwie war es unmöglich. Er war das letzte lebende Wesen auf der Erde. Wie konnte ihn da etwas bedrohen?
Hinter ihm tosten die Stürme, und einen Moment später kamen die schweren Wolken aus Schlacke und Asche, brachen über ihn herein, zerrissen seine Haut. Mit trüben Augen verfolgte er ihren Weg, auf dem sie den Schlamm mit einem feinen, trockenen Teppich überzogen. Krane zog die Knie an und bedeckte den Kopf mit den Armen. Mit dem Rucksack als Kissen bereitete er sich darauf vor, den Sturm an Ort und Stelle abzuwarten. Er würde so schnell vorbeiziehen wie der Regen auch.
Doch der Sturm erzeugte auch eine große Verwirrung in seinem kranken Kopf. Wie ein Kind suchte er in den Bruchstücken seiner Erinnerung, versuchte, sie zu ordnen. Warum war Hallmyer so verbittert auf ihn? Doch nicht wegen diesem Streit, oder?
Welcher Streit?
Nun, der, bevor all dies geschah.
Ach, der!
Plötzlich paßten die Stücke wieder zusammen.

Krane stand neben seinem Raumschiff und bewunderte die geschwungenen Linien. Das Dach des Montagegerüstes hatte man bereits entfernt, und die Nase des Schiffes erstreckte sich wie eine spitze Nadel in den Himmel. Ein Arbeiter brannte sorgfältig die inneren Wände der Treibstofftanks aus.
Gedämpftes Fluchen kam aus dem Schiff, gefolgt von schwerem Hämmern. Krane rannte die kurze Aufstiegsrampe hinauf und streckte den Kopf durch die Luke.
Ein paar Meter unter ihm montierten zwei Männer die langen Behälter mit der Eisenlösung.
»Paßt doch auf«, rief Krane. »Wollt ihr das Schiff auseinandernehmen?«
Einer der beiden sah hoch und grinste. Krane wußte, was er dachte. Daß dieses Schiff sowieso auseinanderfallen würde. Das sagte jeder. Nur

Evelyn nicht. Sie hatte Vertrauen in ihn. Hallmyer sagte es zwar auch nicht, aber der hielt ihn ohnehin für verrückt. Als er die Leiter hinabstieg, sah Krane Hallmyer mit wehendem Laborkittel auf ihn zukommen.
»Wenn man vom Teufel spricht ...« murmelte Krane.
Als Hallmyer ihn sah, begann er schon zu schreien. »Jetzt hör mir mal zu!«
»Nicht schon wieder«, sagte Krane.
Hallmyer zog einige Blätter aus der Tasche und hielt sie Krane unter die Nase.
»Ich bin die halbe Nacht aufgeblieben«, sagte er, »und noch einmal alles durchgegangen. Ich sage dir, ich habe recht, hundertprozentig recht ...«
Krane überflog die enggeschriebenen Gleichungen und sah dann in Hallmyers blutunterlaufene Augen. Der Mann war halb verrückt vor Angst.
»Zum letzten Mal«, sprach Hallmyer weiter. »du benutzt deinen neuen Eisenkatalysator! Ja, ich gestehe ein, daß er eine wunderbare Entdekkung ist, das bescheinige ich dir sofort.«
Wunderbar war kaum das passende Wort dafür. Krane litt keineswegs an Einbildung und gestand auch ein, daß er nur zufällig darauf gestoßen war. Man konnte einen Katalysator, der den Kernzerfall von Eisen einleitete und dabei einen Schub von 10×10^{10} kpm pro Gramm Treibstoff freisetzte, nur zufällig entdecken. Niemand war so intelligent, um ihn gezielt zu entwickeln.
»Du glaubst nicht, daß ich es schaffen werde?« fragte Krane.
»Zum Mond? Um den Mond herum? Vielleicht. Die Chancen stehen fünfzig zu fünfzig.« Hallmyer fuhr mit den Fingern durch sein schütteres Haar. »Um Gottes willen, Steven, ich bin nicht besorgt um dich. Wenn du dich selbst umbringen willst, so ist das deine eigene Angelegenheit. Um die Erde bin ich besorgt ...«
»Unsinn. Geh nach Hause und schlaf dich einmal richtig aus.«
»Sieh es doch endlich ein!« Mit zitternden Händen deutete Hallmyer auf seine Aufzeichnungen. »Gleichgültig, wie gut du Einspritzpumpe und Verteiler einstellst, die Treibstoffelemente werden sich nicht hundertprozentig miteinander vermischen.«
»Deshalb habe ich ja auch nur eine Chance von fünfzig zu fünfzig. Was stört dich also daran?«
»Der Katalysator wird durch die Raketendüsen entweichen. Weißt du, was es bedeutet, wenn auch nur ein einziger Tropfen davon auf die Erde

trifft? Er wird eine Kettenreaktion auslösen, die den ganzen Globus umfaßt und jedes Eisenatom in Mitleidenschaft zieht. Und Eisenatome gibt es überall. Es wird dann keine Erde mehr geben, auf die du zurückkehren kannst.«

»Hör zu«, sagte Krane müde, »das haben wir doch alles schon durchgesprochen.«

Er führte Hallmyer zur Grundstufe der Rakete. Unter den eisernen Düsen befand sich eine sechzig Meter tiefe und fünfzehn Meter breite Grube, die an den Seiten mit Asbest verkleidet war.

»Hier werden die Rückstoßflammen aufgefangen. Wenn etwas vom Katalysator entweichen sollte, wird es durch die Sekundärreaktion vernichtet. Bist du jetzt zufrieden?«

»Aber während des Fluges«, drängte Hallmyer weiter, »gefährdest du die Erde, bis du die Roche-Grenze hinter dir gelassen hast. Selbst wenn nur ein Tropfen des ungezündeten Katalysators auf die Erde zurückfallen wird ...«

»Zum letzten Mal«, sagte Krane grimmig, »der Flammenstrahl der Rakete würde jeden Katalysatortropfen vernichten, jeden einzelnen entwichenen Partikel. Und jetzt laß mich in Ruhe, ich habe noch zu arbeiten!«

Als Krane ihn zur Tür schob, kreischte Hallmyer auf und schlug mit den Armen um sich. »Ich werde es nicht zulassen!« wiederholte er immer wieder. »Dieses Risiko ist zu groß ...«

Arbeit? Nein, es war eine reine Freude, am Schiff herumzuhantieren. Es war schön, weil es perfekt war. Es hatte die Anmut einer glänzenden Rüstung, eines gut ausbalancierten, handgeschmiedeten Rapiers, eines Paars Duellpistolen. Krane dachte nicht an Gefahr oder Tod, als er sich die Hände rieb, nachdem die letzten Schaltungen vorgenommen waren.

Die Rakete stand auf der Startrampe, bereit, in den Himmel hochzusteigen. Dreißig Meter glänzenden Stahls, in dem die Nietköpfe wie Diamanten schimmerten. Zwei Drittel der Rakete wurden von dem Treibstoff und dem Katalysator ausgefüllt, während die oberen Teile die Kammer enthielten, die Krane entwickelt hatte, um dem Gravitationsandruck widerstehen zu können. Die Nase des Raumschiffes bestand aus Naturkristall und sah aus wie das Auge eines Zyklopen, das gen Himmel starrte.

Nach dieser Reise wird sie sterben, dachte Krane. Sie wird zur Erde zurückkehren und dort in einer Eruption von Feuer und Donner vergehen, denn es gibt noch keine Möglichkeit, ein Raumschiff weich zu landen. Aber das ist es wert. Sie wird ihren großen Flug durchstehen, und das ist mehr, als irgend jemand von uns verlangen kann. Ein großartiger, wunderschöner Flug ins Unbekannte ...

Als er die Labortür abschloß, hörte er Hallmyer drüben zwischen den Hütten jenseits der Felder herumschreien. In der Abenddämmerung sah er ihn heftig winken. Er trottete durch das Stoppelfeld, atmete tief die scharfe Luft ein und war dankbar, daß er leben durfte.

»Evelyn ist am Telefon«, sagte Hallmyer.

Krane starrte ihn an, aber Hallmyer wich seinen Blicken aus.

»Was soll das?« fragte Krane. »Wir hatten doch ausgemacht, daß sie nicht anruft, bevor alles für den Start bereit ist. Hast du ihr irgendwelche Flausen in den Kopf gesetzt? Willst du mich so von dem Flug abhalten?«

»Nein«, sagte Hallmyer und studierte eingehend den sich verdunkelnden Horizont.

Krane ging ins Büro und nahm den Hörer ab. »Hör zu, Liebling«, sagte er ohne jede Begrüßung, »du brauchst dir keine Sorgen zu machen. Ich habe dir doch alles erklärt. Kurz bevor das Schiff aufschlägt, werde ich mit einem Fallschirm abspringen. Ich liebe dich sehr, Schatz, und werde dich noch einmal am Donnerstag sehen, bevor ich starte. Bis dann ...«

»Bis dann, mein Liebling«, erwiderte Evelyn mit klarer Stimme. »War das der Grund, weshalb du mich angerufen hast?«

»Ich dich angerufen?«

Ein massiger, brauner Körper erhob sich von einer Matte und kam auf kräftigen Beinen näher. Umber, Kranes Dogge, schnüffelte und spitzte die Ohren. Dann winselte er.

»Hast du gesagt, ich hätte dich angerufen?« wiederholte Krane.

Plötzlich drang ein scharfes Bellen aus Umbers Kehle. Mit einem Sprung war er bei Krane, schaute aufmerksam in dessen Gesicht und winselte und bellte zugleich.

»Ruhig, du Untier!« sagte Krane. Mit dem Fuß schob er Umber beiseite.

»Gib Umber einen Klaps von mir«, lachte Evelyn. »Ja, Liebling. Jemand rief an und sagte, du wolltest mich sprechen.«

»Wirklich? Äh, Schatz, ich werde zurückrufen ...«

Krane legte auf. Zweifelnd erhob er sich und beobachtete Umber. Durch die Fenster drang das schattige gelbe Licht des späten Abends. Umber starrte hinaus, schnüffelte und bellte erneut. Krane zuckte zusammen und lehnte sich aus dem Fenster.

Hinter den Feldern stieg eine grelle Flammenwand hoch in den Himmel und überzog bereits das Labor. Silhouetten zeichneten sich im Flammenschein ab; ein halbes Dutzend Männer spritzte auseinander und lief weg.
Krane rannte aus der Wellblechhütte auf die Schuppen zu. Umber blieb ihm dicht auf den Fersen. Noch während er rannte, erkannte er die schimmernde Spitze der Rakete inmitten der Flammen, noch unberührt und heil. Wenn er sie nur erreichen konnte, bevor die Flammen das Metall erweichten und die Nieten schmelzen ließen!
Wild gestikulierend trotteten die Arbeiter an ihm vorbei. Er starrte sie mit einer Mischung aus Zorn und Verwirrung an.
»Hallmyer!« schrie er schließlich. »Hallmyer!«
Hallmyer drängte sich durch die Menge. Seine Augen glühten im Triumph.
»Zu schade«, sagte er. »Tut mir leid, Steven ...«
»Du Schwein!« brüllte Krane. Er ergriff Hallmyer am Kittel und schüttelte ihn. Schließlich warf er ihn zurück und lief weiter.
Hallmyer rief einen Befehl, und im nächsten Moment trat ihm ein Arbeiter gegen die Knie und riß ihm die Beine weg. Er rollte sich ab und sprang fäusteschwingend wieder hoch. Umber stand an seiner Seite, und sein Knurren war sogar noch durch das Prasseln des Feuers hörbar. Krane schlug einen Mann ins Gesicht und warf ihn gegen einen anderen. Dann zog er das Knie hoch und trat es wuchtig in den Magen eines dritten. Blitzschnell fuhr er herum und sprang in die Flammen.
Er bekam die Leiter zu fassen. Zuerst fühlte sie sich kühl an, aber als er weiter hochstieg, schrie er vor Schmerz. Umber begann am Fuß der Leiter zu heulen, und Krane begriff, daß der Hund während des Starts umkommen würde. Er griff noch einmal hinab und zerrte ihn an Bord.
Er taumelte, als er das Schott schloß und blieb gerade noch so lange bei Bewußtsein, daß er sich im Andrucksessel festschnallen konnte. Instinktiv griff er zum Kontrollpult und bediente die Schalter, getrieben von der schrecklichen Angst, sein schönes Schiff im Flammenmeer zu verlieren. Er würde versagen, ja – aber zumindest hatte er es versucht.
Seine Finger huschten über die Knöpfe. Das Schiff erzitterte und röhrte auf. Dann schlug die Schwärze über ihm zusammen.

Wie lange war er bewußtlos gewesen? Er konnte es nicht sagen. Als er erwachte, zitterte er am ganzen Körper vor Kälte. Ein ängstliches Winseln stieg in seine Ohren. Krane schaute auf und sah, daß sich Umber in den Maschen der Hängematte verfangen hatte. Zuerst wollte er lachen, aber dann begriff er endlich. Er schaute *hinauf*! Die Hängematte hing *über* ihm.

Er lag zusammengerollt in der Spitze der kristallenen Nase. Das Schiff war gestartet, hatte vielleicht schon die Roche-Grenze hinter sich gelassen und damit den Einfluß der irdischen Gravitation, war aber dann, ohne ihn, der die Kontrollen bedienen und das Schiff lenken sollte, wieder zurückgefallen. Krane sah durch die Luke und erstarrte.

Unter ihm hing der Erdball. Er war dreimal so groß wie der Mond. Aber es war nicht mehr die Erde, die er kannte, sondern ein Feuerball, der schwarze Wolken ins All spie. Nur am Nordpol konnte er noch einen kleinen weißen Fleck ausmachen, der aber, noch während Krane gebannt darauf starrte, von Rot, Scharlach und Purpur überzogen wurde.

Hallmyer hatte recht behalten.

Wie erstarrt lag Krane in der kristallenen Nase des Schiffes, als es niedersank, und beobachtete die Flammen, die hier und da erloschen, um nichts außer einem dichten Teppich der Schwärze zu hinterlassen. Gelähmt vor Furcht, unfähig, das Geschehene zu begreifen, lag er dort und dachte an die Menschen, die ausgelöscht worden waren, und an den schönen grünen Planeten, der jetzt nur noch aus Asche und Schlacke bestand. Alles, was ihm lieb und teuer gewesen war, hatte aufgehört zu existieren. An Evelyn wagte er nicht zu denken.

Die Luft, die um das Schiff pfiff, riß ihn aus seiner Lethargie. Das bißchen Vernunft, das in ihm zurückgeblieben war, drängte ihn dazu, in dem abstürzenden Schiff zu bleiben und im Donnerhall des Aufpralls alles zu vergessen, aber ein Instinkt trieb ihn dazu, etwas zu unternehmen. Er kroch zum Kommandopult und bereitete alles für eine Landung vor. Ihm war nicht bewußt, was er tat, als er sich den Fallschirm, eine kleine Sauerstoffflasche und einen Rucksack mit Vorräten umschnallte und damit zur Schleuse ging, am Fallschirm nestelte und das Schott öffnete. Umber jaulte ängstlich. Er nahm den schweren Hund in die Arme und stieß sich ab.

Mit einem derart großen Luftwiderstand hatte er nicht gerechnet. Zwar hatte er gewußt, daß ihm das Atmen schwerfallen würde, aber nun war die Luft nicht dünn, wie er es erwartet hatte, sondern schwer vor Rauch.

Bei jedem Atemzug schien die Asche – oder war es Glas, Schlacke? – die Lunge zu zerreißen. Dann hatte ihn die heiße Schwärze wieder umfaßt, die ihn zu erdrücken, zu ersticken schien. Er atmete tief ein. Panik befiel ihn, dann entspannte er sich wieder.

So etwas hatte er schon vorher erlebt, damals, als er tief unter der Asche begraben lag und aufgehört hatte, sich erinnern zu wollen. War es erst Tage oder schon Wochen, vielleicht Monate her? Krane klammerte sich mit den Händen fest, drückte den Schlackebrocken weg, den der Wind auf ihn gewirbelt hatte. Endlich drang er wieder bis zum Licht vor. Die Kraft des Windes war gebrochen, und für ihn wurde es wieder Zeit, weiter zur See zu kriechen.

Auf der eintönigen Ebene, die sich vor ihm ausbreitete, ballten sich erneut die lebhaften Bilder seiner Erinnerung zusammen. Er erinnerte sich an zuviel – und zu oft. Doch die winzige Hoffnung blieb: Wenn es ihm gelang, sich an alles wieder zu erinnern, dann würde diese Welt verschwinden und jene zurückkehren, die er kannte. Wenn sich noch jemand daran erinnerte und es so sehnsüchtig wünschte wie er, würde es Wirklichkeit werden, dachte er. »Aber es gibt niemanden mehr. Ich bin der einzige, der letzte, der sich noch erinnern kann. Ich bin das letzte Leben.«

Er kroch weiter. Ellbogen, Knie, Ellbogen, Knie, Und dann kroch Hallmyer neben ihm und hatte sein Vergnügen daran. Wie ein zufriedener Seelöwe im Meer, so wühlte er sich durch die Asche.

»Aber warum müssen wir zum Meer kommen?« fragte Krane.

Hallmyer spuckte eine Sandfontäne aus.

»Frag sie doch«, sagte er und deutete zur anderen Seite. Dort kroch Evelyn ernst einher, vollzog selbst die kleinste Bewegung Kranes exakt nach.

»Wegen unserem Haus«, sagte sie. »Du erinnerst dich doch noch an unser Haus, nicht wahr, Liebling? Es stand hoch auf den Klippen. Wir wollten dort für immer und ewig leben. Ich war da, als du ... gestartet bist. Jetzt kommst du zu unserem Haus an der Küste zurück. Dein wunderbarer Flug ist vorbei, Liebling, und du kommst zu mir zurück. Wir werden zusammenbleiben, nur wir zwei, wie Adam und Eva ...«

»Das wird schön«, sagte Krane.

Dann drehte Evelyn sich um und schrie: »Oh, Steven! Gib auf dich acht!« Und Krane fühlte, wie die Bedrohung hinter ihm näher kam. Schnell weiterkriechend, starrte er in die leere, graue Ebene aus Asche, konnte aber nichts ausmachen. Als er Evelyn wieder ansehen wollte, erkannte er nur seinen eigenen Schatten, scharfgestochen und schwarz. Dann verschwand auch er, als die Wolkenöffnung über ihm sich schloß.

Aber die Bedrohung blieb bestehen. Zweimal schon hatte Evelyn ihn gewarnt, und sie behielt immer recht. Wenn man ihm wirklich folgte,

würde er hier warten und das Etwas, das seinen Spuren folgte, schließlich ausmachen.
Plötzlich drang ein klarer Gedanke durch sein Gehirn, schnitt mit der Schärfe und Glätte eines Skalpells durch seine Angst und Verwirrung.
Ich bin verrückt, dachte er. Die Fäulnis in meinem Bein ist schon bis zu meinem Gehirn vorgedrungen. Er gibt keine Evelyn, keinen Hallmyer, keine Bedrohung. Auf der ganzen Erde gibt es außer mir kein Leben mehr – sogar die Geister und Seelen der Unterwelt mußten in diesem Inferno, das den ganzen Planeten umspannt hatte, umgekommen sein. Nein, außer mir und meinem Wahn gibt es nichts mehr auf der Erde. Ich sterbe, und wenn ich verlösche, wird alles verlöschen. Nur die leblose Schlacke wird nicht vergehen.
Aber da war eine Bewegung.
Wieder vom Instinkt getrieben, drehte Krane sich um und blieb liegen. Durch die fast geschlossenen Augen beobachtete er das Aschenfeld und fragte sich, ob der nahende Tod schon seine Sehnerven verwirrt hatte. Wieder prasselte Regen auf ihn nieder, und er konnte nur hoffen, sich zu vergewissern, bevor er sein Augenlicht völlig verlor.
Ja. Dort vorn.
In fünfhundert Metern Entfernung schlich eine graubraune Gestalt über die Schlacke. Über das ständige Trommeln der Regentropfen hinweg konnte Krane das Scharren und Rascheln in der zusammengeklumpten Asche vernehmen. Dann und wann wurde Staub aufgewirbelt. Während sein Verstand versuchte, die Angst zu überwinden und eine Erklärung zu finden, tastete er langsam nach dem Revolver in seinem Rucksack.
Das Ding kam näher, und plötzlich war Krane alles klar. Ihm fiel wieder ein, wie sich Umber voller Panik aus seinen Armen befreit hatte und fortgesprungen war, als er mit dem Fallschirm auf dem grauen Antlitz der Erde gelandet war.
»Klar, das ist Umber!« murmelte er. Er erhob sich. Der Hund blieb stehen. »Hierher, mein Junge!« krächzte Krane. »Hierher, Umber!«
Er war außer sich vor Freude, erkannte erst jetzt den Mantel der Einsamkeit, der ihn eingehüllt hatte, und die furchtbare Erfahrung des Alleinseins in weiter Leere. Jetzt war er nicht länger der einzige Überlebende. Jetzt gab es noch jemanden, ein freundliches Wesen, das er lieben und begleiten konnte. Neue Hoffnung stieg in ihm auf.
»Hier, Junge!« schrie er erneut. »Umber, komm her!«
Er schnalzte mit den Fingern. Die Dogge kam etwas näher und entblößte die Reißzähne. Die Zunge hing aus dem Maul. Der Hund war zum Skelett abgemagert. Die Augen glühten rot im Staub. Als Krane noch

einmal rief, knurrte der Hund. Mit der Schnauze wirbelte er Asche auf.
Er ist hungrig, das ist alles, dachte Krane. Er griff in den Rucksack, und bei dieser Bewegung knurrte der Hund erneut. Krane zog den Schokoladenriegel heraus, schälte ihn aus dem Papier und der Silberfolie. Mit schwacher Bewegung warf er ihn Umber vor die Füße. Aber der Riegel schlug viel zu früh auf. Nach einer Minute beklemmender Ungewißheit kam der Hund langsam näher und schnappte nach dem Futter. Asche lag wie feiner Staub auf seinem Maul. Er verschlang den Riegel achtlos und kam noch näher.
Panik stieg in Krane auf. In seinem Unterbewußtsein flüsterte eine Stimme: »Das ist kein Freund. Er empfindet keine Zuneigung für dich. Zuneigung und Kameradschaft sind zusammen mit dem Leben von dieser Erde verschwunden. Außer dem Hunger ist nichts übriggeblieben.«
»Nein«, flüsterte Krane. »Es ist nicht richtig, daß wir uns gegenseitig zerreißen und verschlingen sollen ...«.
Aber Umber kam schräg auf ihn zugeschlichen. Seine Zähne blitzten scharf und weiß. Noch während Krane ihn anstarrte, knurrte der Hund und sprang.
Krane stieß einen Arm unter die Schnauze des Hundes, aber Umbers Gewicht ließ ihn rückwärts stolpern. Er schrie schmerzerfüllt auf, als sein gebrochenes, angeschwollenes Bein dem Gewicht des Hundes widerstehen sollte. Mit seiner freien Hand schlug er immer und immer wieder auf den Hund ein, spürte dabei kaum den Biß der Fangzähne am linken Arm. Dann fiel er auf etwas Metallisches und begriff, daß er auf dem Revolver lag, den er fallen gelassen hatte.
Er tastete danach und betete, daß die nasse Schlacke ihn nicht unbrauchbar gemacht hatte. Als Umber vom Arm abließ und nach der Kehle schnappte, bekam Krane den Revolver zu fassen und richtete die Mündung einfach auf den Körper des Hundes. Er zog den Abzug so lange durch, bis statt der peitschenden Detonationen nur noch das leise Klikken der leeren Kammern zu hören war. Umber zuckte in der Asche vor ihm. Die Kugeln hatten den Körper beinahe in zwei Hälften gerissen. Das Grau der Asche färbte sich dunkelrot.
Evelyn und Hallmyer sahen traurig auf das tote Tier hinab. Evelyn weinte, und Hallmyer fuhr mit der vertrauten Geste durch sein schütteres Haar.
»Das ist das Ende, Steven«, sagte er. »Du hast ein Stück von dir selbst getötet. Oh, du wirst noch ein wenig leben, aber dir wird etwas fehlen.

Am besten begräbst du den Körper, Steven. Er ist die Leiche deiner Seele.«
»Das kann ich nicht«, sagte Krane. »Der Wind wird die Asche wieder fortwehen.«
»Dann verbrenne ihn«, befahl Hallmyer mit traumhaft sicherer Logik.
Die beiden schienen ihm dabei zu helfen, den Hund im Rucksack zu verstauen, und auch dabei, sich auszuziehen und die Kleider darunter zu legen. Sie hielten die Hände so lange um die Streichhölzer, bis die Kleider Feuer fingen, und bliesen dann in die schwache Flamme, damit sie knisterte und hell aufloderte. Krane kniete neben dem Feuer und achtete darauf, daß es nicht verlosch. Dann wandte er sich ab und kroch wieder in Richtung Meer. Jetzt war er nackt. Von dem, was die Erde einst bedeckt hatte, war nur noch sein winziges, flackerndes Leben übrig.
Der Kummer betrübte ihn zu sehr, als daß er auf den heftigen Regen geachtet hätte, der auf ihn niederschlug, oder auf den stechenden Schmerz, der von seinem bereits schwarz gewordenen Bein durch den ganzen Körper drang. Er kroch. Ellbogen, Knie, Ellbogen, Knie ... Hölzerne, mechanische, geistlose Bewegungen. Er achtete nicht mehr auf den schieferfarbenen Himmel, die trockene, staubige Ebene, noch nicht einmal auf den stumpfen Glanz des Wassers vor ihm.
Er wußte, daß es das Meer war – das, was vom alten Meer übriggeblieben war oder auch ein neuer Ozean, der in der Entstehung begriffen war. Aber es würde ein lebloses, leeres Meer sein, das eines Tages gegen eine trockene, ebenso leblose Küste schlagen würde. Die Erde würde ein Planet der Steine und des Staubes sein, des Metalls, des Schnees, des Eises und des Wassers, aber das war auch schon alles. Es gab kein Leben mehr. Er allein war nutzlos. Er war Adam, aber eine Eva gab es nicht.
Evelyn wartete an der Küste auf ihn. Sie stand neben dem weißen Bungalow. Der Wind spielte in ihren Kleidern und enthüllte ihre schlanke Figur. Als er näher kam, lief sie auf ihn zu und half ihm. Sie sagte nichts, legte nur die Hände unter seine Schultern und entlastete so seinen schmerzdurchfluteten Körper. Schließlich war er an der Küste angelangt.
Die Küste war Wirklichkeit, das wußte er genau. Denn obwohl Evelyn und auch das Haus verschwunden waren, fühlte er das kalte Wasser an seinem Gesicht.
»Hier ist das Meer«, dachte Krane, »und hier bin ich. Adam und keine Eva. Es ist hoffnungslos.«

Er ließ sich tiefer in das Wasser gleiten, bis die Fluten seinen zerschundenen Körper umspülten. Er lag mit dem Gesicht zum Himmel, starrte die schweren, sich drohend zusammenballenden Wolken an, und Bitterkeit stieg in ihm empor.

»Es ist nicht gerecht!« schrie er. »Es ist nicht richtig, daß all dies so vergehen soll. Das Leben ist zu wunderschön, um wegen einer einzigen verrückten Tat eines Verrückten ausgelöscht zu werden ...«

Sanft umspülten ihn die Fluten. Sanft ... still ...

Die See schaukelte ihn freundlich, und der Tod, der nach seinem Herzen griff, hatte Handschuhe aus Samt. Plötzlich riß der Himmel auf, und Krane sah zum ersten Mal nach all diesen Monaten wieder die Sterne.

Da wußte er es. Das war nicht das Ende des Lebens. Nie würde es für das Leben ein Ende geben. In seinem Körper, in seinem verrottenden Gewebe, das sanft vom Meer gebadet wurde, lag die Quelle für milliardenfaches Leben. Zellen, Gewebeschichten, Bakterien, Amöben – unzählige Arten des Lebens, die sich im Wasser heimisch fühlen und ihn lange überleben würden.

Sie würden in seinen verfaulenden Überresten verbleiben, sich voneinander ernähren, sich der neuen Umgebung anpassen, aus Mineralien und Spurenelementen, die immer wieder ins Meer gespült wurden, Nahrung gewinnen. Sie würden wachsen, sich ausbreiten, sich weiterentwickeln. Eines Tages würde das Leben das Land zurückerobern. Es war der gleiche alte Zyklus, der vielleicht mit dem verfaulenden Körper eines interstellaren Schiffbrüchigen in einem Urmeer der Erde begonnen hatte und der sich in ferner Zukunft wieder und wieder ereignen würde.

Und dann wußte er, was ihn zum Meer getrieben hatte. Ein Adam war nicht nötig – und auch keine Eva. Nur die See, die große Urmutter allen Lebens. Die See hatte ihn in ihre Tiefen zurückgerufen, damit neues Leben aus ihr entstehen konnte, dessen war er sich gewiß.

Sanft badeten ihn die Wellen, sanft und still. Die Urmutter umhüllte den Letztgeborenen des alten Lebens, der nun Erstgeborener des neuen Lebens sein würde. Und mit glänzenden Augen lächelte Steven Krane den Sternen entgegen, die hell am Himmel leuchteten. Sterne, die sich noch nicht zu den vertrauten Konstellationen gruppiert hatten und es auch nicht in den nächsten hundert Millionen Jahrhunderten tun würden.

Stern des Glanzes, Stern der Pracht

Der Mann in dem Auto war achtunddreißig Jahre alt. Er war groß, schlank und nicht gerade stark. Sein Stoppelhaar war vorzeitig ergraut. Er war wohlerzogen und hatte Sinn für Humor. Eine Aufgabe trieb ihn an. Er war ausgerüstet mit einem Telefonbuch. Und er war verloren.
Er fuhr zur Post Avenue, hielt am Haus Nr. 17 und parkte dort ein. Er schlug im Telefonbuch nach, stieg dann aus und betrat das Haus. Aufmerksam las er die Aufschriften der Briefkästen, dann lief er die Treppen hoch, bis er vor dem Apartment 2-F angelangt war. Dort klingelte er. Während er wartete, zog er ein kleines schwarzes Notizbuch und einen erstklassigen silbernen Kugelschreiber hervor, der in vier Farben schrieb.
Die Tür wurde geöffnet, und eine unscheinbare Dame in mittlerem Alter erschien.
»Guten Abend! Mrs. Buchanan?« sagte der Mann. Die Dame nickte.
»Mein Name ist Foster. Ich komme vom Technischen Institut. Wir versuchen, einen Bericht über Fliegende Untertassen zu erstellen. Haben Sie vielleicht eine Minute Zeit?« Mr. Foster drängte sich in die Wohnung hinein. Er war schon in so vielen Wohnungen gewesen, daß er genau wußte, wie er sich zu verhalten hatte. Er marschierte hochaufgerichtet durch den Flur zur Wohnzimmertür, drehte sich dort um und lächelte Mrs. Buchanan an. Dann schlug er das Notizbuch auf und hielt den Kugelschreiber bereit.
»Haben Sie schon einmal eine Fliegende Untertasse gesehen, Mrs. Buchanan?«
»Nein. Das ist doch Blödsinn! Ich ...«
»Haben Ihre Kinder je eine gesehen? Haben Sie überhaupt Kinder?«
»Ja, aber sie ...«
»Wie viele?«
»Zwei. Sie haben ebenfalls nie eine gesehen ...«
»Sind sie noch schulpflichtig?«
»Was?«
»Schule«, wiederholte Mr. Foster ungeduldig. »Gehen sie noch zur Schule?«
»Mein Junge ist achtundzwanzig«, gab Mrs. Buchanan zurück, »die Tochter vierundzwanzig. Sie haben die Schule schon vor langer Zeit ...«

»Ah ja. Sind Ihre Kinder verheiratet?«
»Nein. Aber was die Fliegenden Untertassen betrifft, da solltet ihr Wissenschaftler lieber mal ...«
»Das tun wir schon«, unterbrach Mr. Foster. Er kritzelte etwas ins Notizbuch, klappte es zu und steckte es zusammen mit dem Kugelschreiber in eine Innentasche seines Anzugs. »Haben Sie vielen Dank, Mrs. Buchanan«, sagte er und ging.
Unten stieg er in den Wagen, schlug das Telefonbuch auf, blätterte es durch und strich einen Namen aus. Dann las er den Namen darunter, prägte sich die Adresse ein und fuhr los. In der Fort George Avenue hielt er vor dem Haus Nummer 800. Er betrat es, benutzte den vollautomatischen Lift und stieg im vierten Stockwerk aus, um am Apartment 4-G zu klingeln. Während er wartete, holte er das kleine schwarze Notizbuch und den erstklassigen Kugelschreiber heraus.
Die Tür öffnete sich. Ein ungeschlacht aussehender Mann erschien, und Mr. Foster sagte zu ihm: »Guten Abend! Mr. Buchanan?«
»Was gibt es?« fragte der ungeschlacht aussehende Mann.
»Mein Name ist Davis«, sagte Mr. Foster. »Ich komme von der Fernsehgesellschaft. Wir untersuchen die Lebensgewohnheiten der Menschen, die an unseren Preisausschreiben teilnehmen. Darf ich hereinkommen? Es wird nicht lange dauern.«
Mr. Foster/Davis drängte sich durch die Türöffnung und sah sich im Wohnzimmer mit Mr. Buchanan und seiner rothaarigen Frau zugleich konfrontiert.
»Haben Sie bei einem Preisausschreiben im Fernsehen oder Radio je etwas gewonnen?«
»Nein«, sagte Mr. Buchanan ärgerlich. »Wir nie. Jeder andere, aber wir nicht.«
»All das Geld und die Eisschränke und die Reisen nach Paris«, sagte Mrs. Buchanan schwärmerisch.
»Deshalb erstellen wir eine Liste«, unterbrach Mr. Foster/Davis. »Haben Ihre Verwandten je etwas gewonnen?«
»Nein. Irgendwie geht das mit dem Teufel zu. Sie ...«
»Oder Ihre Kinder?«
»Wir haben keine Kinder.«
»Ah ja. Vielen Dank.« Mr. Foster/Davis kritzelte wieder etwas in sein Notizbuch, schloß es und steckte es weg. Dann entzog er sich der mürrischen Stimmung der Buchanans, ging zu seinem Wagen, strich einen weiteren Namen im Telefonbuch aus und prägte sich die darunter stehende Adresse ein. Schließlich fuhr er los.

Vor dem Haus 1215 der 68. Straße – ein Haus aus braunen Ziegelsteinen – stellte er den Wagen ab. Er klingelte, und ein Dienstmädchen in typischer Dienstmädchen-Tracht öffnete die Tür.
»Guten Abend«, sagte er. »Ist Mr. Buchanan zu Hause?«
»Wen darf ich melden?«
»Mein Name ist Hook«, sagte Mr. Foster/Davis. »Ich führe für den Verband für Umsatzsteigerung e. V. eine Untersuchung durch.«
Das Dienstmädchen verschwand, kam wieder und führte Mr. Foster/Davis/Hook in eine kleine Bibliothek, in der ein resolut aussehender Herr stand, in der Hand eine Teetasse samt Untertasse aus echtem chinesischem Porzellan. In den Regalen standen kostbare Bücher. Auch der Kamin schien sehr kostspielig gewesen zu sein.
»Mr. Hook?«
»Ja«, gab der Verdammte zurück. Er nahm das Notizbuch diesmal nicht heraus. »Ich werde Sie nicht lange aufhalten, Mr. Buchanan. Nur ein paar Fragen.«
»Ich habe großes Vertrauen in den Verband für Umsatzsteigerung e. V.«, betonte Mr. Buchanan. »Unser Bollwerk gegen die ...«
»Danke, Sir«, unterbrach Mr. Foster/Davis/Hook. »Sind Sie geschäftlich jemals mit kriminellen Methoden konfrontiert worden?«
»Man hat es versucht. Aber ich habe mich nie übers Ohr hauen lassen.«
»Und wie ist es mit Ihren Kindern? Haben Sie Kinder, wenn ich fragen darf?«
»Mein Sohn ist kaum alt genug, um das Opfer geschäftlicher Transaktionen zu werden.«
»Wie alt ist er?«
»Zehn.«
»Vielleicht hat er unangenehme Erfahrungen in der Schule erlebt? Es gibt Halsabschneider, die sich auf Schulkinder spezialisiert haben.«
»Nicht in der Schule meines Sohnes. Dort ist er wohlbehütet.«
»Welche Schule besucht er?«
»Germanson.«
»Eine der besten. Hat er je eine öffentliche Volksschule besucht?«
»Nie!«
Der vom Schicksal bereits Geschlagene nahm das Notizbuch und den erstklassigen Kugelschreiber heraus. Diesmal trug er wirklich etwas ein.
»Haben Sie sonst noch Kinder, Mr. Buchanan?«
»Eine Tochter, siebzehn.«

Mr. Foster/Davis/Hook dachte nach, begann zu schreiben, änderte seine Meinung und schloß das Notizbuch. Er dankte überaus höflich und ging, gerade als Mr. Buchanan nach seinem Beglaubigungsschreiben fragen wollte. Er wurde von dem Dienstmädchen hinausgeführt, lief zum Wagen, schloß die Tür auf, setzte sich hinter das Steuer und wurde durch einen wuchtigen Hieb gegen die Schläfe bewußtlos geschlagen.

Als der vom Schicksal Verdammte aufwachte, dachte er zuerst, er würde an den Nachwirkungen eines Besäufnisses leiden. Er versuchte ins Badezimmer zu kriechen und bemerkte, daß er in einem Stuhl lag – wie ein nasser Anzug, den man achtlos beiseitegelegt hatte. Er öffnete die Augen. Er schien in einer unterirdischen Grotte zu sein. Er blinzelte verzweifelt, und das Wasser wich zurück.
Er war in dem kleinen Büro eines Rechtsanwalts. Ein kräftiger Mann, der aussah wie ein unverkleideter Nikolaus, stand vor ihm. An der anderen Seite saß ein schlanker junger Mann auf einem Schreibtisch und ließ die Beine achtlos baumeln. Er hatte ein weit vorstehendes Kinn, und die Augen saßen dicht an der Nase.
»Können Sie mich hören?« fragte der Dicke.
Der Verdammte grunzte.
»Können wir uns unterhalten?«
Ein weiteres Grunzen.
»Joe«, sagte der Dicke sanft, »ein Handtuch!«
Der junge Mann rutschte vom Schreibtisch, ging zu einem Waschbecken an der gegenüberliegenden Wand und tauchte dort ein weißes Handtuch ins Wasser. Er wrang es einmal aus, schlenderte zurück zu dem Stuhl und schlug es dort plötzlich mit aller Kraft in das Gesicht des Benommenen.
»Um Gottes willen!« schrie Mr. Foster/Davis/Hook.
»So ist es schon besser«, sagte der Dicke. »Mein Name ist Herod. Walter Herod, Rechtsanwalt.« Er trat zum Schreibtisch, auf dem die Besitztümer des vom Schicksal bereits geschlagenen Mannes verstreut lagen, ergriff eine Brieftasche und kramte in ihr. »Sie heißen Warbeck. Marion Peter Warbeck. Richtig?«
Mr. Foster/Davis/Hook starrte seine Brieftasche und dann den Rechtsanwalt an und gestand schließlich die Wahrheit ein. »Ja«, sagte er, »mein Name ist Warbeck. Aber das Marion verberge ich vor allen Fremden.«
Wieder traf ihn das nasse Handtuch, und er fiel verängstigt und erschreckt in den Stuhl zurück.

»Jetzt ist es genug, Joe«, sagte Herod. »Erst wieder, wenn ich es sage, ja?« An Warbeck gewandt, fuhr er fort: »Warum haben Sie solch ein Interesse an den Buchanans?« Er wartete auf die Antwort, fuhr dann aber gutgelaunt fort: »Joe hat Sie verfolgt. Im Durchschnitt besuchen Sie fünf Buchanan-Familien pro Abend. Insgesamt sind es mittlerweile an die dreißig. Weshalb?«

»Verdammt, wo bin ich? In Rußland?« begehrte Warbeck wütend auf. »Sie haben kein Recht, mich zu entführen und auszuquetschen. Wenn Sie glauben, Sie könnten ...«

»Joe«, unterbrach Herod gutmütig. »Jetzt bitte.«

Wieder sauste das Handtuch in Warbecks Gesicht. Nicht der Schmerz, sondern ein Gefühl der Wut und Hilflosigkeit trieb ihm die Tränen in die Augen.

Herod betastete vorsichtig die Brieftasche. »Ihre Papiere besagen, daß Sie von Beruf Lehrer sind, und zwar Rektor einer Volksschule. Ich habe immer geglaubt, Lehrer würden das Gesetz respektieren. Wie kam es, daß Sie in diesen Erbschaftstrubel verwickelt wurden?«

»In was für einen Trubel?« fragte Warbeck schwach.

»Erbschaftstrubel«, wiederholte Herod geduldig. »Buchanans Erben. Wie verhandeln Sie? Indem Sie persönlich mit ihnen sprechen?«

»Ich weiß nicht, wovon Sie reden«, gab Warbeck zurück. Er setzte sich auf und deutete auf den jungen Mann mit dem vorstehenden Kinn. »Und lassen Sie mich mit dem Handtuch in Ruhe.«

»Ich lasse in Ruhe, wen ich will und wann ich will«, sagte Herod wütend. »Und ich werde Sie fertigmachen, wenn ich es so will. Verdammt, Sie haben mir ganz empfindlich auf die Zehen getreten, und ich kaufe Ihnen Ihre Geschichte nicht ab. Im Jahr hole ich fünfundsiebzigtausend bei der Sache heraus, und Sie werden mir nicht in die Quere kommen!«

Nach einer langen, peinlichen Pause sagte Warbeck: »Ich bin ein gebildeter Mann. Wenn wir auf Galilei oder etwa auf die weniger bekannten Minnesänger zu sprechen kommen, kann ich mithalten. Aber auch in meiner Ausbildung sind Lücken, und hier ist eine davon. Ich kann mit Ihren Bemerkungen nichts anfangen, weil darin zu viele Unbekannte vorkommen.«

»Ich habe Ihnen gesagt, wer ich bin«, gab Herod zurück. Dann deutete er auf den jüngeren Mann. »Das ist Joe Davenport.«

Warbeck schüttelte den Kopf. »Unbekannte im mathematischen Sinne, x-Elemente. Um Gleichungen aufzulösen. In der Sprache meiner Ausbildung.«

Joe sah verwirrt aus. »Jesus«, sagte er, ohne dabei die Lippen zu bewegen. »Vielleicht ist er doch kein schräger Vogel.«
Herod studierte Warbeck neugierig. »Dann werde ich es Ihnen erklären«, sagte er. »Diese Erbschaftsangelegenheit ist ein alter Hut und folgendermaßen zu verstehen: Es gibt eine Geschichte, wonach James Buchanan ...«
»Der fünfzehnte Präsident der Vereinigten Staaten?«
»Genau der. Laut dieser Geschichte hat er, als er starb, Geld für unbekannte Erben hinterlassen. Das war im Jahre 1868. Heute ist diese Erbschaftsmasse Millionen wert. Begreifen Sie jetzt?«
Warbeck nickte. »Meine Bildung ist ganz passabel«, murmelte er.
»Jeder, der den Namen Buchanan trägt, könnte der Erbe sein. Da habe ich mir etwas einfallen lassen. Ich schicke verschiedenen Buchanans einen Brief und schreibe darin, daß sie eventuell zu den Erben gehören könnten. Ob sie wollen, daß ich nachforsche und gegebenenfalls ihre Ansprüche vertrete. Das kostet im Jahr nur wenig, und die meisten gehen darauf ein. Überall im Lande. Nun kommen Sie daher und ...«
»Moment mal!« schrie Warbeck. »Jetzt weiß ich, was Sie meinen. Sie haben herausgefunden, daß ich die Buchanan-Familien überprüfe, und glauben, ich wolle das gleiche probieren. Und dabei käme ich Ihnen in die Quere. Nun?«
»Nun?« fragte Herod ärgerlich. »Tun Sie das etwa nicht?«
»O Gott!« ächzte Warbeck. »Und das muß mir passieren, ausgerechnet mir! Gott im Himmel, ich werde dir ewig dankbar sein.« Frohgestimmt drehte er sich zu Joe um. »Joe, gib mir bitte das Handtuch«, sagte er. »Wirf es einfach herüber. Ich muß mein Gesicht abwischen.« Er fing es in der Luft auf und tupfte sich die Stirn damit ab.
»Nun?« wiederholte Herod. »Wollen Sie mir nicht in die Quere kommen?«
»Nein«, gab Warbeck zurück. »Ich will Ihnen nicht in die Quere kommen. Aber ich bin Ihnen wegen Ihres Fehlers ganz dankbar. Wirklich! Sie können sich gar nicht vorstellen, wie schmeichelhaft es für einen Lehrer ist, für einen Dieb gehalten zu werden.«
Er stand auf und ging zum Schreibtisch, um seine Utensilien wieder einzusammeln.
»Moment!« schnappte Herod.
Der schlanke junge Mann sprang herbei und hielt Warbecks Arm mit eisernem Griff gefaßt.«
»Hören Sie auf«, sagte der vom Schicksal Verdammte ungeduldig. »Sie haben sich bloß geirrt.«

»Ich entscheide darüber, ob es ein Fehler war und ob ich mich geirrt habe«, sagte Herod entschieden. »Und jetzt werden Sie tun, was ich Ihnen sage.«

»Werde ich das?« Warbeck riß sich los und schlug Joe das Handtuch in die Augen. Er sprang hinter den Schreibtisch, nahm einen Briefbeschwerer und warf ihn durch das Fenster. Glas klirrte auf.

»Joe!« schrie Herod.

Warbeck riß den Telefonhörer an sich und wählte hastig die Vermittlung. Mit seinem Feuerzeug zündete er den Inhalt des Papierkorbs an. Dann kam die Verbindung zustande. »Polizei!« schrie er und trat den lichterloh brennenden Papierkorb ins Büro.

»Joe!« schrie Herod und versuchte, die Flammen auszutreten.

Warbeck grinste und griff wieder zum Telefon, aus dem aufgeregte Stimmen piepsten. Er legte eine Hand über die Sprechmuschel. »Können wir jetzt vernünftig miteinander reden?« fragte er.

»Scheißkerl«, grollte Joe. Er nahm die Hände von den Augen und kam auf Warbeck zu.

»Nein«, rief Herod. »Dieser Idiot will uns nicht reinlegen. Er ist in Ordnung, Joe.« Zu Warbeck gewandt, fuhr er süffisant fort: »Legen Sie auf. Wir werden uns schon einigen. Wir tun alles, was Sie sagen, aber legen Sie auf!«

Der vom Schicksal bereits Verurteilte führte das Telefon an den Mund. »Ich heiße M. P. Warbeck«, sagte er. »Ich habe meinen Anwalt unter dieser Nummer angerufen, und irgendein Verrückter mit einem seltsamen Sinn für Humor hat sich einen Spaß erlaubt. Bitte rufen Sie zurück und prüfen Sie meine Angaben nach.«

Er legte auf, steckte seine restlichen Utensilien ein und winkte Herod zu. Das Telefon klingelte. Warbeck hob ab, versicherte der Polizei, daß alles in Ordung sei und legte wieder auf. Dann kam er um den Schreibtisch herum und gab Joe seine Wagenschlüssel.

»Gehen Sie zu meinem Wagen«, meinte er. »Sie müssen ja wissen, wo er steht. Öffnen Sie das Handschuhfach und bringen Sie mir den braunen Umschlag, den Sie dort finden.«

»Gehen Sie doch zum Teufel!« explodierte Joe. Seine Augen tränten immer noch.

»Tun Sie bitte, was ich Ihnen gesagt habe«, meinte Warbeck nachdrücklich.

»Moment, Warbeck«, schaltete sich Herod in das Gespräch ein. »Was hat das zu bedeuten? Ein neuer Trick von Ihnen? Ich habe zwar gesagt, daß wir miteinander reden wollen, aber ...«

»Ich will nur erklären, warum ich an den Buchanans interessiert bin«, gab Warbeck zurück, »und dafür sorgen, daß wir Partner werden. Sie haben viel bessere Möglichkeiten, die richtigen Buchanans ausfindig zu machen als ich ... Sie und Joe. Mein Buchanan ist zehn Jahre alt. Und er wird hundertmal mehr Geld bringen als all Ihre Buchanans zusammen.«

Herod starrte ihn an.

Warbeck drückte die Schlüssel in Joes Hand. »Gehen Sie und holen Sie den Umschlag, Joe«, sagte er. »Und danach rufen Sie am besten einen Glaser an.«

Warbeck legte den Umschlag auf seinen Schoß. »Ein Lehrer wie ich«, erklärte er, »hat verschiedene Klassen zu betreuen und zu beaufsichtigen. Er korrigiert die Arbeiten, begutachtet die Leistungen, kümmert sich um die Probleme der Schüler und so weiter. Das geschieht aufs Geratewohl. Mit Stichproben. In unserer Schule sind neunhundert Kinder, und ich kann mich nicht um alle kümmern.«

Herod nickte, aber Joe sah desinteressiert zum Fenster hinaus.

»Als ich im letzten Monat einige Arbeiten der fünften Klasse durchsah«, fuhr Warbeck fort, »stieß ich auf dieses erstaunliche Dokument.« Er öffnete den Umschlag und nahm ein paar Blätter heraus. Es war Papier, das man aus einem Schulheft herausgerissen hatte, und die Seiten waren gefüllt mit dem Gekritzel einer unsicheren Handschrift. »Das wurde von einem Stuart Buchanan geschrieben. Er ist in der fünften Klasse, muß also ungefähr zehn Jahre alt sein. Der Aufsatz heißt: *Meine Ferien.* Lesen Sie ihn, dann werden Sie begreifen, wieso wir Stuart Buchanan finden müssen.«

Herod nahm die Blätter, zog eine dicke Hornbrille aus der Tasche und setzte sie sich auf die fette Nase. Joe setzte sich verkehrt herum auf einen Stuhl und sah Herod über die Schulter.

Meine Färien

von

Stuart Buchanan

Disen Somma hab ich meine Freunde besucht. Ich hab 4 Freunde un sie sind sähr nett. Zuerst da is Tommy der aufm Land läbt un en Astronnomm is. Tommy hat sein eigen Telleskop gebaut aus Glas un es is fümfzehn Zentimeta rund. Jede Nacht siet er anne Sterne un er läßt mir auch kucken wenn et Bindfaden rechnet ...

»Was soll das, zum Teufel?« Herod schaute verwirrt auf.
»Lesen Sie weiter, lesen Sie nur weiter!« sagte Warbeck.

... Bindfaden rechnet. Wir konnte de Stärne sehn weil Tommy en Ding an et Telleskop gebaut hat dat wie en Scheinwärfa innen Himmel schist und wir so de Stärne richtich durchn Rägen un durch allet andere sähn können.

»Was halten Sie von diesem Astronomen?« wollte Warbeck wissen.
»Ich kapiere das nicht.«
»Tommy war es leid, auf klare Nächte zu warten. Also erfand er irgend etwas, das Wolken und Atmosphäre durchschneidet. Eine Vakuumröhre, die es ihm erlaubt, sein Teleskop bei jedem Wetter zu benutzen. Also praktisch einen Desintegrationsstrahl.«
»Das ist doch Unsinn.«
»Das ist kein Unsinn. Lesen Sie schon weiter!«

Dann jin ich zu AnnMary und da blieb ich ne janze Woche. Dat war luschtich. Denn AnnMary hatte nen Spinnathopsa für Spinnat un Bären un Brächbonen ...

»Zum Teufel, was ist ein ›Spinnathopsa‹?«
»Spinat. Ein Spinathopser. Rechtschreibung zählt nicht gerade zu Stuarts Stärken. ›Bären‹ sind Beeren und ›Brächbonen‹ Brechbohnen.«

... un Brächbonen. Als ihre Mutta uns dat Essen brachte, drückte Ann-Mary den Knopf un draußen blieben sie gleich nur innen nich. Da hatten sen Kuchen und innen waren da auf einmal Kirschen un Erdbären. Ich frachte AnnMary wie se dat machte und sie sachte et wäre wegen dem Enhv.

»Mann, das begreife ich nicht.«
»Ganz einfach. Anne-Marie mag kein Gemüse. Sie ist aber genauso auf Draht wie Tommy, der Astronom. Also erfand sie einen Materieumwandler. Sie wandelt Spinat in Kirsch- oder Erdbeerkuchen um. Den ißt sie gern, genau wie Stuart.«
»Sie sind verrückt.«
»Nicht ich. Diese Kinder. Das sind Genies, ungeheure Talente. Was sage ich da? Neben ihnen schaut ein Genie wie ein Hilfsschüler aus. Für diese Kinder gibt es keine Maßstäbe, an denen man sie messen könnte.«

»Ich glaube das einfach nicht. Dieser Stuart Buchanan hat eine zu starke Phantasie, das ist alles.«
»Meinen Sie? Und was ist mit Enhv? So verwandelt Anne-Marie die Materie. Plancks Quantengleichung lautet E = nhv. Aber lesen Sie weiter. Das Beste kommt noch. Warten Sie, bis sie etwas über die faule Ethel zu lesen bekommen.«

Mein Freunt Gorsch baut toffe Modelfluchzeuge. Die sind wahnsinnich gut un klein. Gorschs Hände sind plump, aba er macht kleine Männa aus Knetmasse und sacht denen, dat sie für ihn bauen sollen.

»Was hat das zu bedeuten?«
»George, der Modellflugzeugbauer?«
»Ja.«
»Ganz einfach. Er erschafft Miniaturandroiden, kleine Roboter, die die Flugzeuge für ihn bauen. Ein pfiffiger Junge, dieser George, aber lesen Sie erst mal, was seine Schwester, die faule Ethel, kann!«

Seine Schwesta Ethel is et faulste Mädchen dat ich je jesehn hab. Sie is groß + fett und haßt et zu gehen. Abba wenn ihre Mutta se einkaufen gehen schickt dann denkt sich Ethel zum Laden und denkt sich mit all den Päckschen und de Tüten widda nach haus und muß sich in Gorsch Zimma vastecken bis man meint se wär wirklich jejangen. Gorsch un ich machen unsre Späßken midda weil se fett un faul is abba dafür kommt se inne Kinos ohne wat zu bezahlen und sie hat Hoppalong Casidy sechzen mal jesehen.
Ende

Herod starrte Warbeck an.
»Dieses Mädchen hat schon einige Fähigkeiten«, sagte Warbeck. »Sie ist zu faul, um zu gehen, und da teleportiert sie einfach. Natürlich geht das viel schneller, und damit niemand merkt, wozu sie in der Lage ist, versteckt sie sich mit den Einkaufstüten bei George und Stuart, die sie dann ärgern wollen.«
»Teleportiert?«
»Genau. Sie bewegt sich von einem Ort zum anderen, nur weil sie es so will. Mit der Kraft ihres Geistes.«
»So etwas gibt es nicht!« sagte Joe und rümpfte die Nase.
»Nicht, bis es Ethel gab!«
»Ich glaube nicht daran«, meinte Herod. »All diese Kinder ...«

»Meinen Sie, Stuart hätte eine zu große Einbildungskraft?«
»Was sonst?«
»Und was ist mit der Planckschen Gleichung? E = nhv?«
»Die hat der Junge auch erfunden.«
»Das klingt nicht sehr wahrscheinlich.«
»Dann hat er sie irgendwo gelesen.«
»Ein zehnjähriger Junge? Unsinn.«
»Ich bleibe dabei, ich glaube dem Jungen nicht. Wenn ich fünf Minuten mit ihm reden kann, werde ich es Ihnen beweisen.«
»Genau das will ich auch. Bloß – er ist verschwunden.«
»Wie meinen Sie das?«
»Abgehauen, spurlos verschwunden. Deshalb überprüfe ich jede Buchanan-Familie in dieser Stadt. An dem Tag, als ich die Arbeit las und Stuart Buchanan zu mir kommen lassen wollte, um mich mit ihm zu unterhalten, verschwand er spurlos. Seitdem ist er nicht wieder aufgetaucht.«
»Und seine Familie?«
»Auch verschwunden.« Warbeck beugte sich angespannt vor. »Und jetzt hören Sie gut zu. Alle Unterlagen über den Jungen und seine Familie haben sich in Luft aufgelöst. Aber auch jede einzelne Aufzeichnung! Ein paar Menschen erinnern sich noch verschwommen an sie, aber das ist auch schon alles. Sie sind verschwunden.«
»Mein Gott!« sagte Joe. »Sie sind verduftet!«
»Das ist genau der richtige Ausdruck: verduftet. Danke, Joe.« Warbeck blickte flüchtig zu Herod. »Eine verdammte Situation! Wir haben ein Kind, das sich mit kindlichen Genies anfreundet. Und die Betonung liegt auf Kind. Für ihre kindlichen Zwecke erfinden sie die tollsten Sachen. Ethel teleportiert, weil sie zu faul zum Laufen ist. George erschafft Roboter, die seine Flugzeuge zusammensetzen. Anne-Marie wandelt Materie um, nur weil sie keinen Spinat mag. Gott allein weiß, was die übrigen Freunde von Stuart noch alles können. Vielleicht gibt es auch einen Matthew, der eine Zeitmaschine erfunden hat, damit er keine Hausaufgaben mehr zu machen braucht.«
Herod machte eine Geste, die Unverständnis ausdrücken sollte. »Wieso kommen die Kinder so plötzlich zu ihem Talent, zu ihrer Genialität? Irgendeinen Grund muß es doch geben.«
»Was weiß ich denn? Atomare Niederschläge, Fluor im Trinkwasser, Antibiotika, Vitamine ... Wir jonglieren heutzutage mit der Körperchemie so sehr herum, daß alles mögliche passieren kann. Ich würde den Grund auch gern herausfinden, aber das gelingt mir nicht. Stuart Bu-

chanan plapperte wie ein Kind vor sich her. Als ich ihn auszufragen begann, wurde er ängstlich und verschwand.«

»Hat er ebenfalls ein besonderes Talent?«

»Wahrscheinlich. Kinder suchen sich für gewöhnlich Spielkameraden, die die gleichen Interessen und Fähigkeiten haben.«

»Und welche Art von Genie ist er? Was ist sein Talent?«

»Das weiß ich nicht. Ich kann nur sagen, daß er verschwand. Er verwischte seine Spuren, vernichtete jeden Hinweis, der mir hätte helfen können, ihn doch noch auszumachen. Er löste sich einfach in Luft auf.«

»Wieso haben Sie den Aufsatz noch?«

»Keine Ahnung.«

»Vielleicht ist er ein ganz schräger Vogel. Hat sich auf Einbrüche oder so etwas spezialisiert«, sagte Joe.

Herod lächelte zaghaft. »Ein genialer Verbrecher? Ein Austüftler? Der junge Moriarty?«

»Er könnte in der Tat ein genialer Dieb sein«, sagte Warbeck, »aber dafür ist seine Flucht allein noch kein Beweis. Alle Kinder laufen weg, wenn sie sich in einer tiefen Krise befinden. Entweder wünschen sie, daß ein Ereignis, das ihnen zu schaffen macht, niemals geschehen sei, oder sie wünschen sich tausend Kilometer weg. Stuart Buchanan könnte wirklich tausend Kilometer weit weg sein – aber wir müssen ihn finden.«

»Nur, um dann festzustellen, wie raffiniert er ist?« fragte Joe.

»Nein. Um seine Freunde zu finden. Wie deutlich muß ich denn noch werden? Was würde die Armee für einen Desintegrationsstrahler zahlen? Was bekämen wir für einen Materieumwandler? Wie reich könnten wir werden, wenn wir in der Lage wären, Roboter herzustellen, wie mächtig, wenn wir teleportieren könnten, wohin wir wollten?«

Peinliches Schweigen herrschte, bis Herod endlich aufstand. »Mr. Warbeck«, sagte er, »neben Ihnen sind Joe und ich Kinder, die im Sandkasten spielen. Danke, daß wir Partner werden dürfen. Und wir werden das Unsrige dazutun: Dieses Kind finden wir!«

Niemand kann verschwinden, ohne eine Spur zu hinterlassen, auch kein möglicherweise kriminelles Genie. Manchmal ist es schwierig, diese Spur zu finden, auch für einen Rechtsanwalt, der es ziemlich oft mit Menschen zu tun hat, die spurlos verschwinden. Aber solch ein Mann verfügt über Techniken, von denen ein Laie nur träumen kann.

»Das haben Sie falsch gemacht«, erklärte Herod geduldig. »Sie klappern einen Buchanan nach dem anderen ab. Das kostet zu viel Zeit. Statt dessen müssen wir Hinweise finden, die uns auf seine Spur führen können.«

»Ein Genie hinterläßt keine Spuren.«

»Setzen wir einmal voraus, daß dieses Kind ein Genie ist, ein Talent besitzt, das wir noch nicht kennen. Aber ein Kind ist ein Kind. Irgend etwas muß es übersehen haben, und das werden wir finden.«

Nach drei Tagen wußte Warbeck, was es hieß, jemanden wirklich zu suchen. Sie riefen im Washingtoner Hauptpostamt an und erkundigten sich nach einer Familie Buchanan, die bis vor kurzem noch in dieser Gegend gewohnt hatte, dann aber umgezogen war. Ob sie eine neue Adresse hinterlassen hatte? Nein.

Danach gingen sie zum Wahlbüro. Jeder Wahlberechtigte ist in den Listen eingetragen und muß, wenn er in einen anderen Distrikt zieht, eine Meldung abgeben. Ob sich die Buchanans gemeldet hätten? Nein.

Sie riefen bei den Stadtwerken an. Jeder, der Gas und Strom von der Stadt bezieht, muß seinen Umzug melden und, wenn er in eine andere Stadt zieht, seine Adresse hinterlegen, damit eventuelle Nachzahlungen noch eingetrieben werden können. Ob man dort eine Familie Buchanan in den Karteien hatte? Nein.

In Washington müssen alle Führerscheinbesitzer einen Umzug sofort melden. Tun sie das nicht, können sie mit einer Geldstrafe oder auch mit Gefängnis bestraft werden. Auch dort erkundigten sie sich vergeblich nach den Buchanans.

Sie erkundigten sich bei der Wohnungsbaugesellschaft und fragten an, ob die Buchanans eine neue Adresse hinterlassen hätten. Schließlich war das so üblich. Aber in den Unterlagen fand sich kein Eintrag über eine Familie dieses Namens.

»Vielleicht hatte Joe doch recht«, sagte Warbeck mißmutig in Herods Büro. »Vielleicht ist der Junge ein genialer Verbrecher. Wer seine Spuren so verschleiert ... Aber wieso hat er an einfach alles gedacht? Wie gelang es ihm, alle Aufzeichnungen zu vernichten? Ist er dort eingebrochen, hat er sie bedroht, erpreßt? Wie hat er das nur fertiggebracht?«

»Das fragen wir ihn, sobald wir ihn haben«, sagte Herod grimmig. »Nun gut. Das Kind ist uns eine Nasenspitze voraus. Stuart hat nichts vergessen und kennt alle Tricks. Aber ich habe auch noch einen in petto. Fahren wir zu ihrer alten Wohnung und sprechen dort mit dem Hausmeister.«

»Ich habe schon vor einigen Wochen mit ihm gesprochen«, meinte Warbeck. »Er erinnert sich nur verschwommen an diese Familie, und das ist alles. Er weiß auch nicht, wo sie hingezogen sind.«

»Er weiß noch etwas, und daran hat auch dieser Junge nicht gedacht. Fahren wir zu ihm.«

Das taten sie. Sie störten den Hausmeister Jacob Ruysdale gerade beim Mittagessen. Mr. Ruysdale schätzte es gar nicht, von seiner gebratenen Leber mit Zwiebeln weggerissen zu werden, aber fünf Dollar besänftigten ihn wieder.

»Äh, diese Buchanan-Familie ...« begann Herod.

»Ich habe ihm doch schon alles erzählt«, unterbrach Ruysdale und deutete auf Warbeck.

»Das schon. Aber er hat eine Frage vergessen. Könnte ich die nun stellen?« Ruysdale erinnerte sich an den Fünf-Dollar-Schein und nickte.

»Wenn jemand ein- oder auszieht, verlangt der Hausmeister gewöhnlich die Adresse der Spedition, für den Fall, daß die Möbelpacker das Haus beschädigen sollten. Ich bin Rechtsanwalt und weiß das mit Sicherheit. Reiner Selbstschutz. Nicht wahr?«

Ruysdales Gesicht erhellte sich. »Gottchen«, sagte er, »natürlich. Das habe ich glatt vergessen. Er hat mich auch nicht danach gefragt.«

»Das konnte er auch nicht. Haben Sie also die Adresse der Spedition?«

Ruysdale rannte durchs Wohnzimmer zu einem winzigen Schreibtisch, aus dem er ein Heft hervorzog. Er fuhr mit dem Zeigefinger über die Zunge, schlug das Heft auf und begann zu blättern.

»Hier haben wir sie«, sagte er. »Avon-Spedition, Lastwagen 4-G.«

Die Avon-Spedition hatte keinerlei Aufzeichnungen über einen Umzug der Buchanan-Familie aus Washington. »Da hat der Junge aufgepaßt«, murmelte Herod. Aber sie fanden heraus, welche Arbeiter den Umzug durchgeführt hatten und sprachen mit ihnen, als sie am Abend in die Firma zurückkehrten. Die Erinnerungen der Männer wurden mit Whisky und Geld aufgefrischt. Sie erinnerten sich verschwommen an diesen Umzug, da er sie einen vollen Tag gekostet hatte und weil sie mit einem Wahnsinnstempo nach Brooklyn hatten fahren müssen. »Mein Gott! Brooklyn!« flüsterte Warbeck. Wo in Brooklyn? Irgendwo auf der Maple Park Row. An die Nummer konnten sie sich nicht mehr erinnern.

»Joe, kaufe eine Straßenkarte!«

Sie studierten die Karte und stießen schließlich auf die Maple Park Row, einen typischen Brooklyn-Straßenzug mit zwölf Häuserblocks. »Das sind Blocks, wie man sie nur in Brooklyn findet«, grunzte Joe. »Doppelt so lang wie alle anderen, kann ich euch sagen.«

Herod zuckte die Achseln. »Immerhin haben wir jetzt die Spur aufgenommen. Der Rest wird Laufarbeit sein. Vier Häuserblocks für jeden. Wir gehen in jedes Haus, untersuchen jede Wohnung, notieren uns jedes Kind, das etwa zehn Jahre alt ist. Falls die Buchanans dort unter einem Decknamen leben, kann Warbeck den kleinen Stuart dann später identifizieren.«

»Es gibt Millionen Kinder in Brooklyn«, protestierte Joe.

»Und auf uns warten Millionen Dollar, wenn wir ihn finden. Also – an die Arbeit.«

Die Maple Park Row war eine langgezogene, gekrümmte Straße, an der hauptsächlich fünfstöckige Wohnhäuser standen. Auf den Bürgersteigen standen Frauen, die Kinderwagen schoben und sich unterhielten. Alte Damen saßen dort auf Klappstühlen und beobachteten den pulsierenden Verkehr. Stoßstange an Stoßstange parkten die Autos. Auf den Dachrinnen glitzerten die Tautropfen wie kleine Diamanten, und ein Kanaldeckel sah aus wie der andere.

»Genau wie in der Bronx«, sagte Joe wehmütig. »Seit zehn Jahren bin ich schon nicht mehr dort gewesen.«

Schwermütig wanderte er die Straße zu seinen vier Blocks hinab und wich dabei mit der instinktiven Sicherheit eines Großstadtbewohners den überall spielenden Kindern aus.

Warbeck erinnerte sich so gut an diese Einzelheit, weil es das letzte Mal war, daß er Joe Davenport sah.

Am ersten Tag glaubten er und Herod noch, Joe hätte eine heiße Spur gefunden, und das ermutigte sie. Am zweiten Tag gestanden sie ein, daß keine noch so heiße Spur Joe hätte veranlassen können, achtundvierzig Stunden ununterbrochen aufzubleiben, und das bedrückte sie. Am dritten Tag mußten sie sich mit der Wahrheit abfinden.

»Er ist tot«, sagte Herod leise. »Der Junge hat ihn erwischt.«

»Wie denn?«

»Ihn umgebracht.«

»Ein zehnjähriger Junge? Ein Kind?«

»Sie wollten doch erfahren, welches Talent dieser Stuart hat. Und jetzt wissen Sie es.«

»Das kann ich nicht glauben.«

»Und wieso ist Joe noch nicht zurück?«

»Er hat aufgegeben.«

»Nein – nicht, wenn es um eine Million Dollar geht.«

»Und wo soll die Leiche sein?«

»Fragen Sie den Jungen. Er ist das Genie, er hat dieses Talent. Wahrscheinlich kennt er Tricks, die sogar Nick Knatterton aus der Fassung bringen würden.«

»Und wie hat er ihn umgebracht?«

»Fragen Sie das Kind!«

»Herod, ich habe Angst.«

»Ich auch. Wollen wir aufgeben?«

»Ich glaube nicht, daß wir das jetzt noch können. Wenn der Junge gefährlich ist, müssen wir ihn finden!«

»Sorge um das Wohl der Öffentlichkeit, was?«

»Vielleicht.«

»Nun, mich interessiert mehr das Geld.«

Sie kehrten zur Maple Park Row und damit zu Joe Davenports vier Häuserblocks zurück. Diesmal waren sie vorsichtig. Sie trennten sich und arbeiteten sich verstohlen von außen zur Mitte vor, immer im gleichen Rhythmus. In jedem Haus untersuchten sie jedes Stockwerk, jede Wohnung, begannen dabei unten. Schließlich gingen sie die Treppen wieder hinab und hinein in das nächste Haus. Es war eine zähe, mühsame Arbeit. Dann und wann sahen sie sich, wie sie die Straße überquerten. Bei solch einer Gelegenheit sah Warbeck Walter Herod zum letzten Mal.

Zitternd saß er im Wagen und wartete. »Ich muß zur Polizei gehen«, stieß er immer wieder hervor, obwohl er genau wußte, daß er es gar nicht konnte. »Der Junge besitzt irgendeine Waffe, irgend etwas, das er erfunden hat. Genauso unglaublich wie die anderen Geräte. Vielleicht etwas, das wie eine Taschenlampe aussieht und mit ihrem Strahl einen Menschen töten kann. Oder ein mechanisches Mensch-ärgere-dich-nicht-Spiel, mit dem man in Wirklichkeit Leute hypnotisieren kann. Vielleicht verfügt er auch über eine Gangster-Bande von Robotern, mit der er Verstecken spielt, wenn sie sich nicht gerade mit Störenfrieden wie Joe und Herod befaßt. Er ist ein junges Genie. Gefährlich, tödlich. Was soll ich nur tun?«

Der vom Schicksal bereits Verdammte stieg aus dem Wagen und ging mit unsicheren Schritten hinab zu Herods Hälfte der Straße. »Was soll nur werden, wenn Stuart Buchanan erst erwachsen ist?« fragte er sich. »Oder die anderen! Tommy und George und Anne-Marie und die faule Ethel. Weshalb laufe ich nicht einfach weg? Was will ich noch hier?«

Es war schon dämmrig auf der Maple Park Row. Die alten Damen hatten sich zurückgezogen, die Stühle unter den Armen zusammengeklappt. Überall parkten noch die Autos. Die Ballspiele der Kinder waren vorüber, und nun beschäftigten sie sich unter den bereits leuchtenden Straßenlampen, ließen Flaschen kreisen, spielten Karten oder warfen Münzen. Am Himmel hatte sich das Purpur, das über der Stadt lag, getönt, und wenn man genau hinsah, konnte man den leuchtenden Funken des Planeten Venus erkennen, der auf seiner Bahn der Sonne folgte.

»Er muß um sein Talent wissen«, murmelte Warbeck ärgerlich. »Er muß wissen, wie gefährlich er ist. Deshalb ist er auch geflohen. Schuldgefühle. Deshalb vernichtet er uns, einen nach dem anderen, ein unschuldig lächelndes, aber gerissenes Kind, ein gefährliches, hinterhältiges Genie ...«

Mitten auf der Straße blieb Warbeck stehen. »Buchanan!« rief er. »Stuart Buchanan!«

Die Kinder neben ihm hielten in ihren Spielen inne und gafften ihn an.

»Stuart Buchanan!« Warbecks Stimme krächzte hysterisch. »Kannst du mich hören?«

Der Wind trieb den ärgerlichen Ton seiner Stimme die Straße hinab. Andere Kinder hörten auf mit ihrem Ringelreihen. Drachen aus chinesischem Papier wurden eingeholt.

»Buchanan!« schrie Warbeck. »Stuart Buchanan! Komm heraus, wo immer du dich auch versteckst!«

Alle Bewegung der Welt schien erstorben zu sein.

In einer Gasse zwischen den Häusern 217 und 219 hörte der dort Versteckеn spielende Stuart Buchanan seinen Namen. Er kroch tiefer zwischen die großen Mülltonnen. Er war zehn Jahre alt, in Pulli, Jeans und Turnschuhen gekleidet. Er hatte sich fest vorgenommen, »es« nicht noch einmal geschehen zu lassen. Als er es sich zwischen den Mülltonnen bequem machte, erspähte er tief im westlichen Himmel den Glanz der abendlichen Venus.

»Stern des Glanzes, Stern der Pracht«, flüsterte er in aller Unschuld, »erster Stern in dieser Nacht. Was ich mir wünsch mit aller Macht, erfülle mir in dieser Nacht.«

Er wartete und dachte nach. Dann wünschte er sich: »Gott segne Mama und Papa und mich und all meine Freunde. Bitte laß mich ein guter Junge und immer glücklich sein. Und ich wünsche mir, daß jeder, der versucht, mich zu stören, verschwindet. Daß er weit, weit weggeht und mich für immer allein läßt.«

Mitten auf der Maple Park Road stieß Marion Perkin Warbeck den Atem tief aus, trat einen Schritt vor und begann hysterisch zu schreien. Und dann war er irgendwo anders, ging eine weit entfernte Straße entlang. Sie war milchigweiß und schnitt durch tiefe Schwärze, dehnte sich bis in die Unendlichkeit aus – eine schreckliche, einsame, endlose Straße, die immer und immer weiter in das Nichts hineinführte.

Über diese Straße ging Warbeck mit mechanischen Bewegungen, unfähig zu sprechen, stehenzubleiben oder in der zeitlosen Unendlichkeit zu denken. Vor ihm erspähte er winzige Punkte, Gestalten, die gleich ihm auf dieser Einbahnstraße in die Ewigkeit gefangen waren. Einer dieser Punkte mußte Herod sein, und davor befand sich Joe Davenport. Und vor diesem sah er eine lange, lange Reihe madengroßer Gestalten, die sich dahinschlängelte. Weit hinter ihm schälte sich eine Gestalt aus dem Nichts, und noch eine materialisierte und noch eine und noch eine …

Inzwischen kroch Stuart Buchanan aus dem Gewirr der Mülltonnen hervor und wartete atemlos »darauf«. Er wußte nicht, daß er Warbeck hatte verschwinden lassen, und er wußte auch nichts von Herod und Joe Davenport und einigen Dutzend anderen. Er wußte nicht, daß er seine Eltern dazu veranlaßt hatte, aus Washington zu fliehen, wußte nicht, daß er die Papiere, Dokumente und Erinnerungen der Menschen durch seinen einfachen Wunsch, allein gelassen zu werden, zerstört hatte. Er wußte nicht, daß er ein Genie war und ein besonderes Talent besaß.

Das Talent, Wünsche wahr werden zu lassen.

Ich bohrte ein wenig mit dem Messer an ihr herum. Wenn man an den Rippen entlangschneidet, ist das zwar nicht gefährlich, schmerzt aber höllisch. Das Weiß der Klinge wurde langsam rot. Verwirrt drückte sie sich vor mir zurück und hatte dabei mehr Angst vor dem Messer als vor dem Schnitt. Es dauert sowieso ein paar Minuten, bis die Schmerzen kommen. Das ist das Schlechte an Messern. Sie werden stumpf, und die Schmerzen kommen nur langsam.

»Hör zu, Liebes«, sagte ich. (Ich hatte ihren Namen vergessen.) »Das hier ist für dich bestimmt. Sieh es dir genau an.« Ich wedelte mit dem Messer umher. »Fühl mal!« Ich fuhr ihr mit der flachen Klinge über das Gesicht. Sie stolperte zum Sofa zurück, setzte sich und begann zu zittern. Darauf hatte ich nur gewartet.

»Mach schon, du Hure. Antworte mir!«

»David, bitte«, stieß sie hervor.

Schade. Das war nicht so gut.

»Ich geh ja schon«, meinte ich. »Du lausige Nutte. Du bist genau wie all diese anderen Flittchen.«

»Bitte, David«, wiederholte sie leise.

Hier war nichts los. Noch ein Versuch!

»Stell dir mal vor, man kann dich für zwei Dollar die Nacht haben, und ich gebe dir zwanzig!« Ich zog das Geld aus der Tasche und blätterte ihr die Scheine in die Hand. Sie nahm sie nicht. Sie saß dort auf der Kante des Sofas, traurig und nackt, und Blutstropfen perlten aus ihr hervor, aber sie sah mich nicht an. Sie war dumm. Aber sie machte Liebe mit dem Mund. Mit ihren Fingernägeln pflegte sie mich wie eine Katze zu kratzen. Und jetzt ...

»Bitte, David«, sagte sie.

Ich nahm das Geld und warf es ihr in den Schoß.

»David, bitte«, sagte sie.

Keine Tränen. Kein Schrei. Nichts los. Sie war unmöglich. Ich ging.

Der ganze Ärger mit diesen Neurotikern liegt darin, daß man sich nicht auf sie verlassen kann. Man kümmert sich um sie, arbeitet mit ihnen, kommt langsam zum Höhepunkt. Manchmal machen sie mit, aber ebenso oft benehmen sie sich so dumm wie dieses Mädchen. Auf sie ist kein Verlaß.

Ich schaute zur Uhr. Zwölf. Ich entschloß mich dazu, Gandry mal zu besuchen. Freyda arbeitete mit Gandry und würde wahrscheinlich dort sein und ihn auf den Höhepunkt vorbereiten. Ich benötigte einen Rat von Freyda und hatte nicht mehr viel Zeit.

Ich ging die Sixth Avenue in Richtung Norden entlang – nein, es war die Avenue of the Americas –, wandte mich dann westwärts zur 50. Straße und kam am Mekka-Tempel entlang, nein, es war das New York City Center. Mit dem Fahrstuhl fuhr ich zu Gandrys Wohnung hoch und wollte gerade klingeln, als ich Gas roch. Es kam aus seinem Apartment.

Ich kannte mich zu gut aus, um jetzt zu klingeln. Statt dessen holte ich meine Schlüssel heraus, preßte sie gegen den Rufknopf des Fahrstuhls, um jede eventuelle elektrostatische Ladung zu neutralisieren und machte mich dann an Gandrys Tür zu schaffen. Nach zwei oder drei Minuten hatte ich das Schloß geknackt und die Tür geöffnet. Ein Taschentuch vor Mund und Nase gedrückt, ging ich hinein. Es war dunkel. Zielstrebig ging ich zur Küche und stolperte über eine Gestalt, die – mit dem Kopf im Ofen – auf dem Boden lag. Ich stellte das Gas ab und riß ein Fester auf. Dann rannte ich zum Wohnzimmer und öffnete dort ebenfalls die Fenster. Ich steckte den Kopf hinaus, atmete tief ein und machte mich dann daran, für Durchzug zu sorgen.

Schließlich untersuchte ich den leblosen Körper. Natürlich war es Gandry. Er atmete noch. Sein grobschlächtiges Gesicht war geschwollen und purpurrot angelaufen, und sein Atem klang rasselnd wie der Singsang eines Indianers. Ich ging zum Telefon und rief Freyda an.

»Hallo?«

»Freyda?«

»Ja?«

»Wo treibst du dich rum? Welhalb bist du nicht bei Gandry?«

»Bist du das, David?«

»Ja. Ich bin gerade gekommen und fand Gandry halbtot vor. Er versuchte, Selbstmord zu begehen.«

»Oh, David!«

»Gas. Er ist von ganz allein zum Höhepunkt gekommen. Du hast ihn doch aufgebaut, nicht wahr?«

»Natürlich. Aber ich hätte nie geglaubt ...«

»Daß er auf diese Art und Weise abrechnen würde? Ich habe dir schon hundertmal gesagt, Freyda, daß auf potentielle Selbstmordkandidaten kein Verlaß ist! Erinnerst du dich noch an die drei Schnitte über den Schlagadern? Solch ein Menschentyp gibt keine Action her. Er ...«

»Du brauchst mich nicht zu belehren, David.«
»Mach dir nichts daraus. Mein Mädchen war auch ein Reinfall. Ich dachte, sie wäre eine harte Frau, Rauschgift und so, aber sie hat nur Mist gebaut. Jetzt will ich es mal mit dieser Bacon versuchen, die du erwähnt hast. Würdest du sie empfehlen?«
»Auf jeden Fall.«
»Wie kann ich sie finden?«
»Durch ihren Ehemann, Eddie Bacon.«
»Und wie kann ich den finden?«
»Versuch's mal im Shawn oder bei Dugal oder Breen. Vielleicht ist er auch beim Griechen. Aber er ist ein Schwätzer, David, man benötigt viel Zeit für ihn. Und die hast du ja nicht mehr.«
»Das macht nichts, wenn seine Frau es wirklich wert ist.«
»Sie ist es wert, David. Ich habe dir ja schon von dem Gewehr erzählt.«
»Richtig. Was ist nun mit Gandry?«
»Ach, zum Teufel mit ihm«, schnappte sie und legte auf.

Das war schon in Ordnung. Es wurde auch Zeit, daß Freyda endlich von den Psychotikern loskam. Ich hängte ein, schloß die Fenster, ging zur Küche zurück und drehte den Gashahn wieder auf. Gandry hatte sich noch nicht gerührt. Ich schaltete alle Lampen aus, schloß hinter mir die Tür und ging.
Nun suchte ich also Eddie Bacon. Ich versuchte es im Breen, im Shawn und im Dugal und hatte endlich Glück beim Griechen in der 52. Straße.
»Ist Eddie Bacon hier?« fragte ich den Barkeeper.
»Dort hinten.«
Ich schaute an der Musikbox vorbei. Hinten war es voll. »Wer davon ist er denn?«
Er deutete auf einen kleinen Mann, der allein an einem Ecktisch saß. Ich ging zu ihm und setzte mich.
»Hallo, Eddie«, sagte ich.
Bacon sah zu mir auf. Er hatte ein pickliges, aufgeblähtes Gesicht, schütteres helles Haar und wäßrigblaue Augen, trug einen braunen Anzug und eine blauweiß gefleckte Krawatte. Als ich zum Schlips sah, sagte er plötzlich:
»Diesen Schlips trage ich zwischen den Kriegen. Was wollen Sie trinken?«
»Scotch mit Soda. Kein Eis.«

»Sie sind Engländer?« Dann schrie er: »Chris!«

Ich bekam meinen Drink. »Wo ist Liz?« fragte ich.

»Wer?«

»Ihre Frau.«

»Ich habe fünf Meter zehn an Frauen. Nebeneinandergelegt, meine ich. Jede einssiebzig groß.«

»Drei unergründliche Wesen«, meinte ich.

»Auf welche beziehen Sie sich?«

»Auf die dritte, die neueste. Ich habe gehört, daß sie Sie verlassen hat.«

»Sie haben mich alle verlassen.«

»Wo ist Liz?«

»Das war so«, sagte Bacon mit gedämpfter Stimme. »Eigentlich kann ich mir das gar nicht vorstellen. Keiner kann das. Ich brachte die Kinder nach Coney Island ...«

»Denken Sie nicht mehr an die Kinder. Wo ist Liz?«

»Alles der Reihe nach«, sagte Bacon unbeirrbar. »Coney Island ist ein ganz verdammter Ort. Jeder fährt in seinem Leben mal dorthin. Aber dort ist es primitiv. Einfachste Unterhaltung. Die bringen die Angsterreger in den Drüsen zum Überlaufen, aber wir mögen es. Erweckt Erinnerungen an die Vorzeit in uns. Der Cromagnon-Mensch und so weiter.«

»Der Cromagnon ist ausgestorben«, sagte ich. »Sie meinen die Neandertaler.«

»Ich meine prähistorische Erinnerungen«, fuhr Bacon fort. »Sie treiben einen auf die Achterbahn, lösen irgendwelche Emotionen aus, und plötzlich glaubt man, man würde mit einem Dinosaurier um die Wette fahren. Er jagt einen, und man versucht, ihm zu entkommen, um nicht in seinem Glutodem zu sterben. Logisch. Die Reste der Steinzeit in uns. Deshalb mögen die Kinder auch so gerne Karussell fahren. Jedes Kind hat eine lebhafte Erinnerung an die Steinzeit.«

»Erwachsene auch. Was ist mit Liz?«

»Chris!« schrie Bacon. Wieder kamen zwei Drinks. »Ja ... Liz«, sagte er. »Das Mädchen ließ mich vergessen, daß es je eine Liz gegeben hat. Ich traf sie vor der Achterbahn. Dort wartete sie darauf, sich ins Vergnügen stürzen zu können. Wie eine Schwarze Witwe – die Spinnenart, meine ich.«

»Liz?«

»Nein. Die kleine Hure, die nicht dort war.«

»Wer?«

»Haben Sie noch nie etwas von Bacons fehlender Gespielin gehört? Von der unsichtbaren Lady? Bacons Wunschträumen?«
»Nein.«
»Mann, wo verkehren Sie eigentlich? Wie Bacon eine Wohnung für ein Mädchen mietete, das es überhaupt nicht gab. Darüber lacht man sogar heute noch. Alle außer Liz. Alle meine Geschäftskollegen.«
»Ich arbeite nicht in Ihrer Branche.«
»Nein?« Er nahm einen tiefen Schluck, setzte das Glas ab und grübelte über dem Tisch wie ein Kind über einer Rechenaufgabe. »Ihr Name war Freyda. F-R-E-Y-D-A. Wie Freya, die Göttin des Frühlings. Ewige Jugend. Außen war sie wie eine Jungfrau von Botticelli. Innen war sie ein Tiger.«
»Freyda ... wie?«
»Weiß nicht. Den Nachnamen habe ich nie erfahren. Vielleicht hatte sie auch gar keinen, da sie imaginär war. Jedenfalls sagen sie alle mir das immer wieder.« Er atmete tief ein. »Ich mache eine Krimiserie für das Fernsehen. Ich kenne jede krumme Masche, die es gibt. Das ist mein Metier – das Verbrechen. Aber sie hatte einen ganz neuen Trick, machte mich an, indem sie vorgab, sie habe die Kinder irgendwo getroffen. Wer kann schon sagen, ob ein Kind jemanden kennt oder nicht? Kinder sind sowieso nur halbe Menschen. Ich hatte schwer an ihrer Routine zu schlucken. Als ich merkte, daß sie mich belog, hatte ich sie schon getroffen und war tot. Sie hatte mich ganz fest am Haken.«
»Was meinen Sie damit?«
»Eine Frau ist eine Frau«, sagte Bacon. »Drei Frauen sind nur ein bißchen mehr als eine. Aber diesmal stieg ich mit einem Tiger ins Bett.« Er lächelte säuerlich. »Nur sagt man mir immer wieder, daß dies alles nur in meiner Vorstellung geschah. Das ist alles nur in meinem Kopf. Ich habe sie niemals wirklich getötet, niemals ... weil sie nie wirklich gelebt hat.«
»Sie haben sie umgebracht? Freyda?«
»Von Anfang an war es ein Krieg«, sagte er, »und er endete mit einer Tötung. Mit ihr war es keine Liebe, sondern Krieg.«
»Alles in Ihrer Einbildung?«
»Das sagen mir diese kopfschrumpfigen Psychiater auch. Ich habe eine volle Woche verloren. Sieben Tage. Sie sagten mir, daß ich wirklich eine Wohnung gemietet hätte, in Ordnung, aber Freyda wäre niemals dort eingezogen, weil es sie gar nicht gegeben hätte. Wir lagen uns nicht ständig in den Haaren, weil ich dort allein wohnte. Allein. Es gab keine verrückte, geile Hure, die ›Sigma, Liebling‹ zu sagen pflegte.«

»Was sagte sie?«
»Hören Sie schlecht? *Sigma, Liebling.* Das war ihre Art, ›auf Wiedersehen‹ zu sagen: ›Sigma, Liebling.‹ Und das mit einem verrückten Glitzern in den jungfräulichen Augen. Sie sagte mir, daß es mit uns keinen Sinn hätte. Dann rief sie Liz an, erzählte ihr alles und ging davon. ›Sigma, Liebling‹, sagte sie und schloß die Tür auf.«
»Sie hat Liz alles erzählt? Ihrer Frau?«
Bacon nickte. »Ich bekam sie noch zu fassen und zerrte sie von der Tür weg. Dann schloß ich ab und rief Liz an. Dieser Tiger kratzte die ganze Zeit über an mir herum. Ich bekam Liz zu sprechen, und es war wahr. Liz packte gerade ihre Sachen zusammen. Ich schlug dieser Hure den Telefonhörer auf den Kopf. Ich war wahnsinnig wütend, riß ihr die Kleider vom Leib, zerrte sie ins Schlafzimmer, warf sie aufs Bett und fiel über sie her. Mann! Wie ich's ihr besorgt habe ...«
»Liz?« fragte ich nach einer Pause.
»Sie trommelten gegen die Eingangstür«, fuhr Bacon fort. »Ich wußte, daß ich sie dabei umgebracht hatte. Sie mußte einfach tot sein. Ich schloß auf, und draußen standen Tausende von Polizisten und Schaulustigen, die von den Schreien herbeigelockt worden waren. Ich dachte: ›Mann, das ist ja ganz genauso wie in der Krimiserie, die ich jede Woche produziere. Spielen wir das Manuskript mal durch.‹ Also sagte ich: ›Nun kommen Sie schon herein; leisten Sie dem Mörder etwas Gesellschaft.‹«
Er schwieg.
»War sie tot ... Freyda?«
»Es hat überhaupt keinen Mord gegeben«, sagte Bacon leise. »Es gab auch keine Freyda. Die Wohnung lag im zehnten Stock des Kingston Hotels. Eine Feuerleiter existierte nicht. Nur die Eingangstür, und davor standen die Bullen und die Schaulustigen. Außer mir, einem nackten, schwitzenden und schreienden Verrückten, war niemand in der Wohnung.«
»Sie war verschwunden? Wohin? Wie? Das ergibt doch alles keinen Sinn.«
Er schüttelte den Kopf und starrte mit plötzlicher Verwirrung auf den Tisch. Nach einer geraumen Weile redete er weiter. »Freyda hat mir nichts außer einem verrückten Erinnerungsstück zurückgelassen. In jenem Kampf, den wir ausgetragen haben, muß sie es verloren haben – jenem Kampf, von dem jeder sagt, er habe gar nicht stattgefunden. Das Zifferblatt ihrer Uhr.«
»Was ist denn so verrückt daran?«

»Es zeigte im Zweierabstand die Ziffern zwei bis vierundzwanzig. Zwei, vier, sechs, acht, zehn ... und so weiter.«
»Vielleicht war es eine ausländische Uhr. In Europa benutzt man das Vierundzwanzig-Stunden-System. Ich will damit sagen, Mittag ist zwölf Uhr, ein Uhr ist dreizehn Uhr, und ...«
»Was denken Sie eigentlich von mir?« unterbrach Bacon müde. »Schließlich war ich in der Armee. Das weiß ich auch. Aber ich habe noch nie solch ein Zifferblatt gesehen. Keiner benutzt so etwas. Es kommt nicht von dieser Welt. Und das meine ich wörtlich.«
»Ja? Wie?«
»Ich habe sie wiedergesehen.«
»Freyda?«
Er nickte. »Ich traf sie wieder auf Coney Island – wie sie vor der Achterbahn wartete. Schließlich bin ich ja nicht dumm. Ich suchte und fand sie auch.«
»Hatte sie Verletzungen davongetragen?«
»Keine Spur. Sie war wieder so frisch und jungfräulich wie zuvor, obwohl nur ein paar Wochen vergangen waren. Dort stand sie, diese Schwarze Witwe, die die Fliegen ertastet, die von der Achterbahn herunterkommen. Ich folgte ihr und hielt sie fest. Dann zog ich sie in das Gäßchen zwischen den Zelten der Freaks und sagte: ›Einen Ton, und du bist dieses Mal wirklich tot.‹«
»Wehrte sie sich?«
»Nein«, gab Bacon zurück. »Sie mochte es. Sie sah aus, als habe sie soeben eine Million Dollar gefunden. Ihre Augen leuchteten richtig ...«
»Das verstehe ich nicht.«
»Aber ich, als ich sie ansah ... Als ich in dieses jungfräuliche Gesicht blickte, das verzückt aussah und lächelte, weil ich sie anschrie. ›Die Bullen schwören darauf, daß niemand außer mir in der Wohnung war‹, sagte ich. ›Und die Psychiater auch. *Dich* haben sie in das Reich meiner Einbildung verwiesen, und *mich* steckten sie eine Woche lang in die Gummizelle. Aber ich weiß, wie du aus der Wohnung gekommen und auch, wo du hingegangen bist.‹ Ja, das sagte ich.«
Bacon schwieg und blickte mich an. Ich sah in seine Augen.
»Wie betrunken sind Sie?« fragte er.
»Betrunken genug, um alles zu glauben.«
»Sie ging durch die Zeit«, meinte Bacon. »Verstehen Sie? Durch die Zeit. In eine andere Zeit hinein. In die Zukunft. Sie schmolz und verschwand einfach.«

»Wie bitte? Zeitreise? So betrunken, um das zu glauben, bin ich allerdings noch nicht.«

»Zeitreise.« Er nickte. »Darum hatte sie auch diese Uhr – irgendeine Zeitmaschine. Deshalb kam sie so schnell wieder in Ordnung. Sie blieb für ein Jahr in der Zukunft und kehrte dann einfach wieder in das Jetzt zurück – in das Jetzt vierzehn Tage danach. Und deshalb sagte sie ›Sigma, Liebling‹. So reden sie dort oben.«

»Moment mal, Eddie ...«

»Deshalb wollte sie auch, daß ich sie beinahe umbringe.«

»Das ergibt doch überhaupt keinen Sinn. Sie wollte, daß Sie ihr weh tun?«

»Wenn ich es doch sage. Das liebte sie. Sie alle lieben es. Diese Schweinehunde kommen hierher, wie wir zum Jahrmarkt auf Coney Island fahren. Sie kommen nicht hierher, um die Vergangenheit zu studieren oder um Forschungen zu betreiben, wie man das in diesem Science-Fiction-Kram liest. Unsere Zeit ist der Vergnügungspark der Zukunft – das ist es. Wie eine Achterbahn.«

»Was meinen Sie mit der Achterbahn?«

»Leidenschaft. Emotionen. Schrille Schreie. Haßliebe und Furcht und Vergnügen. Das ist ihre Achterbahn. So zerstreuen sie sich. In der Zukunft muß dieses Gefühl unbekannt sein, etwa so, wie wir nicht mehr das Gefühl kennen, von einem Dinosaurier gejagt zu werden. Also kommen sie deswegen hierher. Das ist ihre Steinzeit.«

»Aber ...«

»All dieses Zeug über die plötzlich ansteigende Verbrechensrate, über zunehmende Brutalität und Gewaltverbrechen. Wir haben keine Schuld daran, sondern sie. Sie kommen hierher. Wir sind nicht schlimmer, als wir es immer waren. Sie quälen uns. Sie tun uns Gewalt an. Sie fügen uns so lange Schmerz zu, bis wir ihnen das Gefühl geben, eine Fahrt auf der Achterbahn unternommen zu haben.«

»Und Liz?« fragte ich. »Glaubt sie auch daran?«

Er schüttelte den Kopf. »Sie hat mir nie Gelegenheit gegeben, ihr davon zu erzählen.«

»Ich habe gehört, daß sie sich selbst zu helfen weiß.«

»Ja. Wundervolle ein Meter achtzig irischer Wut. Sie nahm mein Gewehr aus der Halterung, jenes, das ich von Patton geschenkt bekam. Wenn sie die Munition gefunden hätte, wäre es nicht bei einem Mordversuch geblieben.«

»Das habe ich auch gehört, Eddie. Wo ist Liz jetzt?«

»Lebt jetzt wieder in ihrer alten Wohnung.«

»Und wo ist die?«
»10–10 Park.«
»Mrs. Elizabeth Bacon?«
»Nicht mehr, nachdem bei mir in den Papieren steht, daß ich von ihr geschieden wurde. Sie benutzt jetzt wieder ihren Mädchennamen.«
»Ah ja. Elizabeth Noyes, nicht wahr?«
»Noyes? Wie zum Teufel kommen Sie darauf? Nein. Elizabeth Gorman. Chris!« schrie er, zu dem Barkeeper gewandt. »Chris! Wo sind wir hier eigentlich? In der Wüste?«

Ich sah auf mein Chronometer. Der Zeiger stand auf halbem Wege zwischen der Zwölf und der Vierzehn. Das gab mir weitere elf Tage, bevor ich wieder zurück mußte. Gerade genug Zeit, um mit Liz Gorman noch einiges an Action abzuziehen. Das mit dem Gewehr klang wirklich vielversprechend. Freyda hatte recht behalten. Es würde richtig gut werden.
Ich stand auf. »Ich muß jetzt leider gehen, Eddie«, sagte ich. »Sigma, mein Bester.«

Oddy und Id

Dies ist die Geschichte eines Ungeheuers.
Zu Ehren von Papas bevorzugtem Helden nannten sie ihn trotz Mamas verzweifelter Gegenwehr Odysseus Gaul; aber vom ersten Lebensjahr an war er als Oddy bekannt.
Das erste Lebensjahr ist angefüllt mit egoistischer Sucht nach Wärme und Sicherheit. Als Oddy geboren wurde, hätte niemand geglaubt, daß sie ihm gewährt worden wäre, da Papas Maklerfirma bankrott war und Mama an Scheidung dachte. Aber ein plötzlicher Entschluß der United Radiation, in der Stadt ein Zweigwerk zu errichten, machte Papa wieder reich, und Mama verliebte sich erneut in ihn. Also wurde Oddy Wärme und Sicherheit zuteil.
Das zweite Lebensjahr wird ausgefüllt durch ein Meer von neuen Erfahrungen. Oddy krabbelte und forschte. Als er die karmesinrot leuchtenden künstlichen Kohlen im künstlichen Kamin anfassen wollte, bewahrte ihn ein Kurzschluß vor argen Verbrennungen. Als er aus dem Fenster im dritten Stock fiel, landete er in einem bis zum Rand gefüllten Grasbehälter des Mechano-Gärtners. Als er die Phoebus-Katze an den Schnurrbarthaaren zog und sie nach seinem Gesicht schlug, fuhren die messerscharfen Fänge harmlos an seinem Ohr vorbei.
»Die Tiere lieben Oddy«, meinte Mama. »Sie tun nur so, als ob sie ihn beißen wollten.«
Oddy wollte natürlich geliebt werden. Also wurde Oddy von jedem geliebt. Als Kleinkind wurde er verhätschelt, gestreichelt und verwöhnt. Ladenbesitzer beschenkten ihn großzügig, und Freunde der Familie überhäuften ihn mit Liebesgaben. Oddy aß und trank so viel an Limonade, Süßigkeiten, Torten, Gebäck, Kaugummi und Eis, daß es für einen ganzen Kindergarten gereicht hätte. Und er wurde niemals krank.
»Genau wie sein Vater«, meinte Papa. »Liegt in der Familie.«
Bald schon erzählte sich die gesamte Familie Legenden über Oddys Glück. Zum Beispiel, wie ein völlig Fremder ihn für den eigenen Sohn hielt, als Oddy gerade in den elektronischen Zirkus ging, und so lange auf ihn acht gab, bis die Gefahr bei der verheerenden Explosion von '98 vorüber war; wie ein vergessenes Buch aus einer Bibliothek ihn vor dem Raketenzusammenstoß von '99 bewahrte; wie eine Vielzahl von seltsamen Zufällen ihn vor einer Vielzahl der unterschiedlichsten Katastro-

phen rettete. Und niemand bemerkte, daß er ein Ungeheuer war ... noch nicht.
Mit achtzehn war er mit seinem dichten braunen Haar, den warmen braunen Augen und dem sympathischen Lächeln, das ebenmäßige weiße Zähne enthüllte, ein wirklich hübsch aussehender junger Mann. Er war stark, gesund und intelligent, dabei in seiner ruhigen, entspannten Art gar nicht eingebildet. Er hatte Charme und war glücklich. Bislang hatte seine monströse Boshaftigkeit nur Auswirkungen auf die kleine Stadteinheit gehabt, wo er geboren und aufgewachsen war.
Nachdem er das Gymnasium beendet hatte, kam er nach Harvard. Dort platzte eines Tages einer seiner vielen neuen Freunde in den Schlafsaal und sagte: »He, Oddy, komm doch auf den Platz und hilf uns beim Kicken!«
»Ich weiß nicht, wie das geht, Ben«, gab Oddy zurück.
»Ehrlich nicht?« Ben klemmte den Fußball unter den Arm und zog Oddy mit. »Wo kommst du denn her, Kumpel?«
»Bei uns zu Hause halten sie nicht viel von Football«, lächelte Oddy. »Es heißt, Football sei altmodisch. Wir spielen immer Huxley-Hob.«
»Huxley-Hob! Das ist doch was für Eierköpfe«, meinte Ben. »Football ist immer noch Klasse. Willst du nicht berühmt werden? Als Profifootballspieler bist du jeden Samstagabend in der Sportschau!«
»Das weiß ich auch, Ben. Also, erkläre mir schon das Spiel!«
Ben erklärte es langsam und geduldig. Oddy nahm die Lektionen ernst. Sein dritter Ball wurde von einem plötzlichen Windstoß siebzig Meter durch die Luft gewirbelt und flog im dritten Stock des Universitätsgebäudes durch die Fensterscheibe des Büros von Universitätsrichter Charly (»Abstauber«) Stuart. Stuart warf einen Blick aus dem Fenster und schickte Oddy zu dem Spielfeld, wo die Soldaten trainierten. Drei Sonntage später konnte man die ersten Überschriften lesen: Oddy Gaul: 57 – Armee: 0.
»Verdammt und zugenäht!« fluchte Trainer Hig Clayton. »Wie macht der Junge das nur? An ihm ist nichts Außergewöhnliches, er ist ein völlig durchschnittlicher Spieler. Aber wenn er läuft, dann stolpern seine Verfolger. Wenn er tritt, fummeln sie noch. Wenn er fummelt, stehen sie wie gelähmt da und lassen sich umspielen.«
»Er ist ein Negativ-Spieler«, gab Abstauber zurück. »Er läßt die anderen Fehler begehen und nutzt diese aus.«
Sie hatten beide unrecht. Oddy Gaul war ein Monstrum.
Als Oddy ein zu ihm passendes junges Mädchen suchte, wanderte er zufällig in die Abteilung für Photographie, verlief sich, landete in einer

Dunkelkammer und fand darin ein Mädchen in einem weißen Arbeitskittel, das gerade Bilder entwickelte. Sie trug ihr schwarzes Haar sanft gewellt, hatte eisblaue Augen, ein markant geschnittenes Gesicht und eine erregend knabenhafte Figur. Sie warf ihn hinaus, und Oddy verliebte sich in sie ... zumindest für einige Zeit.

Als er dieses Erlebnis seinen Freunden erzählte, brachen sie in gellendes Gelächter aus. »Beim Schatten des Pygmalion, Oddy, weißt du denn nichts über sie? Das Mädchen ist frigide. Eine Statue. Sie verabscheut Männer. Du verschwendest nur deine Zeit.«

Aber durch das Geschick ihres Psychoanalytikers besiegte das Mädchen eine Woche später einen Teil ihrer Neurosen und verliebte sich ihrerseits zutiefst in Oddy Gaul. Es war eine plötzliche, verzehrende Liebe, die zwei Monate anhielt. Gerade als Oddys Interesse nachzulassen begann, hatte das Mädchen einen Rückfall, und sie trennten sich friedlich und in gegenseitiger Übereinstimmung.

Soviel zu kleineren Ereignissen, die einen guten Überblick über Oddys unwahrscheinliches Glück geben. Im September seines zweiten Jahres meldete sich Oddy mit einer Arbeit zum Thema »Die Gründe der Rebellion« für die Prüfung in Politischer Ökonomie an. Die verblüffende Ähnlichkeit der Thesen seines Arbeitspapieres mit jener Rebellion, die am gleichen Tage auf den Asteroiden ausbrach, ließ seine Arbeit zur besten des gesamten Seminars werden.

Im Oktober beteiligte sich Oddy mit zwanzig Dollar an einem Wettspiel zum Thema »Markt-Trends«, das einer seiner Mitstudenten aus einem alten Buch ausgegraben und modernisiert hatte. Oddys Tips waren geradezu prophetenhaft, aber als Oddy später seinen Einsatz um das Vierfache erhöhte, gerieten die Mitspieler in helle Panik und gaben auf. Oddy gewann hundert Dollar.

Und so ging es weiter und wurde immer schlimmer. Eben ein Ungeheuer ...

Nun kann ein Monstrum sehr viel hinzulernen, wenn es spekulative Philosophie studiert, deren Theorie in der Geschichte verwurzelt ist und besagt, daß die Gegenwart von der statistischen Analyse der Vergangenheit abhängt. Im Gegensatz dazu beißen sich die modernen Wissenschaften am Phänomen der Jetztzeit fest wie eine Bulldogge am Hosenbein des Briefträgers. Solch ein Wissenschaftler war auch Jesse Migg, Physiologe und Spektralphysiker, dem es als erstem gelang, das Monstrum in die Falle zu locken – und dabei dachte, er habe einen Engel vor sich.

Old Jess, wie man ihn nannte, war ein sehr fähiger Kopf. Zuerst einmal war er aber gar nicht alt, noch nicht einmal vierzig. Seine Gestalt erinnerte an ein geschärftes Messer. Er war ein rotäugiger, hochgeschossener, spitznäsiger und hochintelligenter Albino. Er bevorzugte die Kleidung und die Laster des zwanzigsten Jahrhunderts, Tabak und das übermäßige Trinken von C_2H_5OH. Er redete nicht, sondern spie, ging nicht, sondern hastete einher. So jagte er auch gerade durch die Laborgänge von Tech I (Einführung in die räumliche Mechanik – Pflichtschein für alle Studenten der allgemeinen Künste), als er das Monstrum aufstöberte.

Eines der ersten Experimente des Kurses war die EMF-Elektrolyse. Eine elementare Voraussetzung. Eine U-förmige, mit Wasser gefüllte Röhre wurde zwischen den Polen eines Remosant-Magneten befestigt. Nachdem eine entsprechende Spannung angelegt worden war, bildeten sich an den Enden der Röhre Wasserstoff und Sauerstoff im Verhältnis zwei zu eins, mengenmäßig abhängig von der Spannung und der Stärke des Magnetfeldes.

Oddy führte sein Experiment konzentriert durch, erreichte das erwartete Ergebnis, trug es in sein Kursheft ein und wartete dann auf den kleinen Migg, der es überprüfen mußte. Migg kam den Gang entlang gehetzt, stürzte sich auf Oddy und spuckte: »Fertig?«

»Ja, Sir.«

Migg überprüfte die Hefteintragungen, warf den Indikatoren an den Enden der Röhre einen flüchtigen Blick zu und kritzelte mit einem spöttischen Schnauben etwas hinter Oddys Namen. Erst nachdem Oddy gegangen war, entdeckte er, daß der Remosant-Magnet offensichtlich kurzgeschlossen war. Die Drähte waren durchgeschmort. Sie hatten gar kein Feld zur Elektrolyse des Wassers erzeugen können.

»Hölle und Verdammnis!« grunzte Migg (er bevorzugte auch die Ausdrucksweise des zwanzigsten Jahrhunderts) und drehte sich eine krumme Zigarette.

In seinem computerhaften Hirn jagten sich die Möglichkeiten. 1. Gaul hatte geschummelt. 2. Wenn dies zutraf, wie hatte er dann das H_2 und O_2 getrennt? 3. Wie hatte er die reinen Gase erhalten? 4. Warum sollte er betrügen? Auf die ehrliche Art und Weise war es sicher am einfachsten. 5. Er hatte nicht betrogen. 6. Wieso hatte er dann die richtigen Ergebnisse herausbekommen können? 7. Wieso war *überhaupt* eine Reaktion erfolgt?

Old Jess leerte die Röhre, füllte sie mit frischem Wasser und versuchte das Experiment selbst. Er bekam ebenfalls das korrekte Ergebnis ohne einen Magneten heraus.

»Hölle und Verdammnis!« fluchte er abermals, von dem Wunder gänzlich unbeeindruckt, aber erzürnt wegen des Geheimnisses. Er schnaubte und schlug wie eine hungrige Fledermaus mit den Armen herum. Nach vier Stunden entdeckte er, daß die stählernen Tische etwas Strom von den Greeson-Spulen im Keller ableiteten und dadurch gerade so viel Spannung erzeugt wurde, wie zum Gelingen des Experiments notwendig war.

»Ein dummer Zufall«, spuckte Migg. Aber überzeugt davon war er nicht.

Zwei Wochen später, bei der Einführung in die Spaltungsanalyse, beendete Oddy die Arbeit eines langen Nachmittags, indem er die erhaltenen Isotope von Selenium bis Lanthanum sorgfältig auflistete. Das eigentliche Problem, so fand Migg heraus, lag nur darin, daß man Oddy irrtümlich statt U^{235} zum Neutronenbombardement eine Probe ausgehändigt hatte, die bei einer Stefan-Boltsmann-Demonstration zurückgeblieben war.

»Gott im Himmel!« fluchte Migg und überprüfte den Versuch. Er prüfte ein zweites, dann ein drittes Mal nach. Als er die Erklärung fand – ein bemerkenswerter Zufall: der Versuchsapparat war nicht richtig gesäubert worden, und außerdem war eine der Kammern defekt –, fluchte er noch schlimmer. Aber er dachte auch intensiv nach.

»Dieser Junge zieht Zufälle magisch an«, schnaubte er, als er vor dem Spiegel stand und Selbstanalyse betrieb. »Wie andere das Pech an den Fersen kleben haben.«

Aber er war eine Bulldogge, die ihre Zähne in den einzelnen Phänomenen verbiß. Er testete Oddy Gaul. Er sah ihm im Laboratorium über die Schulter und verschluckte sich bald vor wachsender Begeisterung, als Oddy ein Experiment nach dem anderen mit defektem Gerät durchführte. Und als Oddy das klassische Rutherford-Experiment erfolgreich beendete – die Gewinnung von ${}_8O^{17}$, indem man Stickstoff mit Alpha-Strahlung beschießt –, ohne in diesem Falle Stickstoff oder Alpha-Strahlung zu benutzen, klopfte ihm Migg sogar begeistert auf die Schulter. Dann machte sich der kleinwüchsige Mann an die Arbeit, vollzog das Experiment nach und fand schließlich die logische, aber äußerst unglaubliche Verkettung von Zufällen, die das Gelingen des Experiments erklärte.

Von nun an widmete Migg seine Freizeit der genauen Beobachtung von Oddys Fortschritten in Harvard. Er hatte ein zweistündiges Gespräch mit einer Analytikerin von der Fakultät der Astronomen und unterhielt sich zehn Minuten lang mit Hig Clayton und Abstauber Stuart. Er fand alles über die Wette heraus, auch über die Arbeit zur Prüfung in Politischer Ökonomie und stieß auf ein weiteres halbes Dutzend anderer Zufälle, die ihn mit unwahrscheinlicher Freude erfüllten. Dann legte er seine Kleidung des zwanzigsten Jahrhunderts ab, warf, wie es sich gehörte, einen Umhang über und betrat zum ersten Mal in diesem Jahr die Clubräume der Fakultät.

Im Diathermie-Alkoven fand gerade ein vierhändiges Schachspiel statt, aufgebaut auf einem transparenten Torioden. Es fand schon statt, seitdem Migg der Fakultät angehörte und würde in diesem Jahrhundert wahrscheinlich nicht mehr beendet werden. In der Tat bereitete Johansen, der die roten Figuren spielte, schon seinen Sohn darauf vor, ihn in dem sehr wahrscheinlichen Fall zu ersetzen, daß er sterben würde, bevor das Spiel beendet war.

So unvermittelt wie immer marschierte Migg zu dem leuchtenden Brett, das mit vielfarbigen Figuren gesprenkelt war, und platzte heraus: »Was wissen Sie über Zufälle?«

»He?« sagte Bellanby, der *Philosoph in res* der Universität. »Guten Abend, Migg. Meinen Sie den Zufall der Materie oder den des Seins? Doch andererseits impliziert Ihre Frage ...«

»Nein, nein«, unterbrach Migg. »Entschuldigen Sie bitte, Bellanby. Darf ich die Frage neu formulieren? Gibt es einen Zwang der Probabilität?«

Hrrdnikkisch beendete seinen Zug und widmete Migg seine volle Aufmerksamkeit, wie auch Johansen und Bellanby. Nur Wilson fuhr damit fort, das Schachbrett zu studieren. Da ihm eine Stunde für den Zug gestattet war und er diese sicherlich auch benötigen würde, war Migg sich sicher, daß genug Zeit blieb, um sein Problem zu diskutieren.

»Gibt esch einen Schwang der Probabilität ...« lispelte Hrrdnikkisch. »Dasch ischt nicht gerade ein neuesch Konzept, Migg. Ich erinnere mich an eine Abhandlung über daschelbige Thema im *Intergraph*, Jahrgang LVII, Nummer neun. Wenn ich mich nicht irre, wurde die Kalkulierbarkeit der Wahrscheinlichkeit dort bewieschen.«

»Nein«, unterbrach Migg erneut, »Entschuldigung, aber ich bin weder an der Mathematik noch an der Philosophie der Wahrscheinlichkeit interessiert. Hm, lassen Sie es mich folgendermaßen erklären: Die Neigung zur Wahrscheinlichkeit, zum Zufall, hat bereits Einlaß in die Psychoanalyse gefunden. Denken Sie doch nur an Patons Theorem der anhaftenden neurotischen Norm. Aber ich bin auf das Gegenteil gestoßen. Ich habe einen Fall mit Neigung zum Glück entdeckt.«

»Ach ja?« kicherte Johansen. »Belieben Sie zu scherzen, lieber Kollege? Abwarten und Tee trinken ...«

»Nein«, gab Migg zurück. »Ich bin mir völlig sicher. Ich habe einen jungen Mann mit absolutem Zwang zum Glück entdeckt.«
»Gewinnt er beim Kartenspiel?«
»Er gewinnt bei allem. Bitte akzeptieren Sie dieses Postulat für den Moment, den Beweis werde ich später antreten. Es gibt also einen Mann, der das Glück magisch anzieht. Was er begehrt, bekommt er auch, ob er Aussichten hat, es zu erreichen oder nicht. Wenn seine Wünsche gar nicht mehr mit den Voraussetzungen zu decken sind, dann treten unmögliche Zufälle oder sogar Wunder auf und ermöglichen es ihm.«
»Nein«, sagte Bellanby und schüttelte den Kopf, »das ist zu weit hergeholt.«
»Den empirischen Beweis dafür habe ich bereits geliefert«, fuhr Migg ungeachtet des Einwurfs fort. »Es verhält sich tatsächlich so. Die Zukunft ist nichts anderes als die Wahl zwischen vielen einzigartigen Möglichkeiten, von denen jede nach der Realisierbarkeit und abhängig von den Voraussetzungen betrachtet werden muß ...«
»Ja, sicher«, warf Johansen ein. »Je größer die Anzahl der begünstigenden Wahrscheinlichkeitsfaktoren, desto größer ist auch die Aussicht, daß das Ereignis tatsächlich eintrifft. Das ist ein elementarer Satz, Migg. Bitte fahren Sie fort.«
»Das will ich tun«, spuckte Migg ungehalten. »Wenn wir die möglichen Wahrscheinlichkeiten beim Würfelspiel in Betracht ziehen, sind die Voraussetzungen sehr simpel. Bei jedem Wurf gibt es nur sechs Möglichkeiten. Der Prozentsatz der Wahrscheinlichkeit, die gewünschte Zahl zu würfeln, ist also leicht auszurechnen. *Aber* wenn wir die Probabilität in Größenbegriffen wie dem des Universums errechnen wollen, können wir gar nicht genug Daten sammeln, um eine Vorhersage zu treffen. Es gibt einfach zu viele Faktoren. Man kann nichts voraussagen.«
»Dasch ischt schicher allesch richtig«, meinte Hrrdnikkisch, »aber wasch hat dasch mit Ihrem Glückspilz zu tun?«
»Ich weiß nicht, wie er es fertigbringt, aber die Stärke oder auch die alleinige Existenz eines Wunsches von ihm scheint auf die Vielzahl von Probabilitäten einzuwirken. Indem er etwas will, wandelt er Mögliches in Wahrscheinliches und Wahrscheinliches in hundertprozentig Sicheres um.«
»Lächerlich«, schnappte Bellanby. »Sie behaupten, daß ein Mensch weitsichtig und vorahnend genug ist, um so etwas zu vollbringen?«
»Nichts dergleichen. Er weiß nicht, was er tut. Er glaubt einfach, daß er Glück hat, und weiter denkt er nicht darüber nach. Sagen wir, er wünscht sich ... hm, schlagen Sie etwas vor.«

»Heroin«, sagte Bellanby.
»Was ist das?« wollte Johansen wissen.
»Ein Morphium-Derivat«, erklärte Hrrdnikkisch. »Früher wurde esch hergeschtellt und an Drogenschüchtige verkauft.«
»Heroin«, meinte Migg. »Ausgezeichnet. Sagen wir also, mein Mann verlangt Heroin, eine alte Droge, die es heute nicht mehr gibt. Sehr gut! Sein Wunsch würde in diesem Fall mit möglichen, aber unwahrscheinlichen Voraussetzungen zusammentreffen: Ein Chemiker in Australien, der an einer neuen Organsynthese arbeitet, wird zufällig und unwissentlich sechs Unzen Heroin herstellen. Vier davon wird er benötigen, aber durch einen logischen Fehler bleiben zwei zurück. Ein weiterer Zufall wird dafür sorgen, daß diese beiden Unzen in unser Land und sogar in diese Stadt verfrachtet werden, getarnt als Puderzucker in einer Plastiktüte. Der letzte Zufall bewirkt, daß das Heroin meinem Mann in einem Restaurant serviert wird, das er ganz impulsiv zum ersten Mal aufsuchen wird ...«
»Na, na, na«, sagte Hrrdnikkisch. »Diesche Geschichtschverfälschung. Diesche Fluktuation desch Schufallsch und der Möglichkeiten ... Allesch ohne jede Kenntnische zuschtande gekommen, nur durch die reine Willenschkraft einesch Mannesch?«
»Ja«, schnarrte Migg, »genau das behaupte ich. Ich kann nicht sagen, wie er es fertigbringt, aber aus vagen Möglichkeiten macht er mit Sicherheit eintretende Geschehnisse. Und da fast alles möglich ist, ist er fähig, fast alles durchzuführen. Er ist gottähnlich, ist aber kein Gott, da er alles unterbewußt macht. Er ist ein Engel.«
»Und wer ist dieser Engel?« fragte Johansen.
Migg erzählte ihnen alles über Oddy Gaul.
»Aber *wie* macht er es?« fragte Bellanby. »Wie gelingt ihm das nur?«
»Ich weiß nicht«, wiederholte Migg. »Wie lesen Esper denn Gedanken?«
»Was!« rief Bellanby aus. »Wollen Sie etwa das telepathische Grundmuster der Gedanken verleugnen? Das wäre ...«
»Ich will nichts dergleichen. Ich illustrierte bloß eine mögliche Erklärung. Der Mensch führt Ereignisse herbei. Der bedrohlich nah vor der Tür stehende Krieg um die Rohstoffe kann als Ergebnis der natürlichen Erschöpfung der irdischen Rohstoffquellen angesehen werden. Wir wissen, das trifft nicht zu. Er ist das Ergebnis einer jahrhundertelangen, rücksichtslosen Verschwendung des Menschen. Naturphänomene werden weniger von der Natur selbst, sondern vom Menschen herbeigeführt.«

»Und?«
»Wer weiß? Gaul produziert solche Phänomene. Vielleicht strahlt sein Unterbewußtsein Impulse auf einer telepathischen Bandbreite ab. Er strahlt sie ab und bekommt die Ergebnisse. Nun will er Heroin. Er strahlt diesen Wunsch ab ...«
»Aber Esper können telepathische Gedankenmuster nur bis zum Horizont wahrnehmen. Direkte Wellenausstrahlung. Größere Objekte können noch nicht einmal durchdrungen werden, ein Haus zum Beispiel oder ...«
»Ich behaupte nicht, daß dieser Vorgang auf telepathischer Ebene stattfindet«, schrie Migg. »Ich versuchte, etwas Größeres, Bedeutenderes zu beschreiben. Etwas Umwälzendes. Er will Heroin. Sein Wunschgedanke geht um die Welt. Unbewußt fallen alle Menschen in ein Handlungsmuster, das dazu führt, daß Heroin so schnell wie möglich hergestellt wird. Dieser Chemiker aus Austria ... «
»Australien!«
»Dieser Chemiker mag vielleicht zwischen einem halben Dutzend verschiedener Synthesen schwanken. Fünf von ihnen hätten niemals Heroin ergeben; doch Gauls Impulse bewegen ihn dazu, sich für die sechste zu entscheiden.«
»Und wenn er das nicht tut?«
»Wer weiß, welche parallel ablaufenden Handlungen ebenfalls initiiert wurden? Ein kleiner Junge in Montreal spielt Robin Hood, stöbert auf einem alten Grundstück herum und findet zufällig die Droge, die vor Jahrhunderten dort von Schmugglern versteckt worden ist. Eine Frau in Kalifornien sammelt alte Medizinfläschchen. Sie stößt auf ein Pfund Heroin. Ein Kind in Berlin spielt mit einem defekten Chemie-Baukasten und stellt das Rauschgift zufällig her. Selbst die unwahrscheinlichsten Zufälle kann Gaul gemäß seiner eigenen Logik geschehen lassen. Ich sage Ihnen, dieser Junge ist ein Engel!«
Und er legte seine dokumentierten Beweise vor und überzeugte sie.
So geschah es, daß sich vier höchst verschiedenartige, aber unbestreitbar hochintelligente Professoren als ausführende Verwalter des Schicksals ernannten und jenes von Oddy Gaul in die Hand nahmen. Um verstehen zu können, was sie zu erreichen versuchten, muß man zuerst einiges über die Situation der Welt in dieser zukünftigen Ära wissen.
Es ist eine bekannte Tatsache, daß alle Kriege auf ökonomischen Konflikten beruhen. Anders ausgedrückt: Eine mit Waffen geführte Auseinandersetzung ist lediglich die letzte Schlacht eines ökonomischen Krieges. In vorchristlichen Jahrhunderten waren die drei Punischen Kriege

der letzte Ausdruck eines Kampfes zwischen Rom und Karthago um die ökonomische Kontrolle des Mittelmeers. Dreitausend Jahre später drohte der bevorstehende Krieg um die Rohstoffe als Schlußpunkt im Kampf zwischen den beiden Unabhängigen Wohlfahrtsstaaten, die den größten Teil der Weltwirtschaft kontrollierten.

Was Erdöl für das zwanzigste Jahrhundert war, waren SE (Kürzel für spaltbare Erze) für das dreißigste, und die Situation ähnelte in etwa der Kleinen Asien-Krise, die vor eintausend Jahren die Vereinten Nationen endgültig zerschlagen hatte. Auf Triton, einem rückständigen, semibarbarischen Satelliten, bis dahin unbeachtet und unbegehrt, waren plötzlich gewaltige Rohstofflager an SE entdeckt worden. Da Triton finanziell und technologisch nicht in der Lage war, diese SE abzubauen, bot er den beiden Wohlfahrtsstaaten Konzessionen an.

Die Unterschiede zwischen einem Wohlfahrtsstaat und einem despotischen System sind gering. In Krisenzeiten können gewichtige Argumente beide Staatsformen dazu verleiten, nicht mehr den Geboten guten Benehmens zu folgen. Sowohl das *Hohe Komitee der Nationen* (vom Staatenbund *Realpolitik auf Terra* böswillig »Hohn« genannt) als auch der Staatenbund *Realpolitik auf Terra* (vom *Hohen Komitee der Nationen* böswillig »Ratte« genannt) litten an verzweifeltem Mangel an Rohstoffen, insbesondere an SE. Hysterisch überboten sie sich gegenseitig und lieferten sich kleine Scharmützel an den jeweiligen Vorposten im All. Ihr einziges Ziel war der Schutz ihrer Bürger. Von diesen besten Motiven getrieben, bereiteten sie sich darauf vor, dem anderen die Kehle durchzuschneiden.

Wäre das die alleinige Angelegenheit der Bürger beider Wohlfahrtsstaaten geworden, hätte es zu einem Kompromiß kommen können. Aber Triton, wie ein kleines Kind berauscht von neuem Ruhm und neuer Macht, komplizierte die Lage, indem er Religion ins Spiel brachte und einen Heiligen Krieg ins Leben zurückrief, den die *Familie der Planeten* schon längst vergessen hatte. Beistand in ihrem Heiligen Krieg (der auch die Auslöschung einer harmlosen und ziemlich unbedeutenden Sekte beinhaltete, die den Namen Quäker trug) war Grundbedingung für einen Rohstofferwerb. Sowohl das *Hohe Komitee der Nationen* als auch der Staatenbund *Realpolitik auf Terra* wären bereit gewesen, die Forderungen zu erfüllen, konnten dies ihren Bürgern jedoch nicht eingestehen.

Und so getarnt – indem sie vorgaben, die Rechte kleinerer Sekten zu vertreten, das Recht auf weiteren Vorstoß ins All und Religionsfreiheit zu garantieren, die historischen Rechte Tritons gegen billigen Neid zu

verteidigen – machten die beiden Häuser der Familie der Planeten Finten, täuschten, betrogen und spionierten und kamen dabei der letzten Auseinandersetzung, die den Ruin für beide bedeutete, immer näher.
Während dreier schier endloser Sitzungen diskutierten die vier Männer darüber.
»Ja, ja«, beschwerte sich Migg am Ende der dritten Sitzung, »ihr Theoretiker habt schon neun Stunden zerredet und seid zu keinem Ergebnis gekommen ...«
Bellanby nickte lächelnd. »Das habe ich schon immer behauptet, Migg. Jeder hegt insgeheim den Glauben, daß, wenn er Gott wäre, er alles besser machen könnte. Wir sind gerade dabei zu lernen, wie schwer es wirklich ist.«
»Nicht Gott«, sagte Hrrdnikkisch, »schondern schein Premierminischter. Gaul wird Gott schein.«
Johansen zuckte zusammen. »Ich mag solch ein Gerede nicht«, meinte er. »Zufälligerweise bin ich ein gläubiger Mensch.«
»Sie?« rief Bellanby überrascht aus. »Ein Kolloid-Therapeut?«
»Zufälligerweise bin ich religiös«, wiederholte Johansen stur.
»Aber der Junge hat die Macht desch Wundersch«, protestierte Hrrdnikkisch. »Wenn man ihm beigebracht hat, scheine Kraft richtig einzuschätschen, wird er ein Gott schein.«
»Das ist doch bedeutungslos«, entfuhr es Migg. »Wir haben drei Sitzungen mit unfruchtbaren Diskussionen verbracht. Ich habe drei widersprüchliche Meinungen zu Mr. Odysseus Gaul vernommen. Obwohl wir alle darin übereinstimmen, daß er wie ein Werkzeug benutzt werden muß, kann keine Übereinkunft darin gefunden werden, bei welcher Arbeit das Werkzeug angesetzt werden soll. Bellanby brütet über einer idealen intellektuellen Anarchie, Johansen predigt einen göttlichen Sowjet, und Hrrdnikkisch hat zwei Stunden damit verschwendet, darüber nachzudenken, worüber er eigentlich nachdenken will.«
»Wirklich, Migg ...« begann Hrrdnikkisch. Migg winkte ab.
»Erlauben Sie mir«, fuhr Migg fort, »diese Diskussion auf die geistige Ebene eines Kindergartens zurückzuführen. Immer der Reihe nach, meine Herren. Bevor wir darüber sprechen, wie wir die kosmische Einheit erreichen können, müssen wir uns darüber klarwerden, ob sich unsere verschiedenen Auffassungen vom Kosmos überhaupt in Einklang bringen lassen. Ich mache auf den drohenden Krieg aufmerksam ...
Unser Programm – so wie ich es sehe – muß einfach und direkt sein. Es geht um die Erziehung eines Gottes oder, wenn Johansen Protest anmelden will, eines Engels. Glücklicherweise ist Gaul ein liebenswerter

junger Mann von freundlichem, ehrlichem Gemüt. Ich schaudere, wenn ich daran denke, was er schon alles angerichtet haben könnte, wenn er durch und durch lasterhaft wäre ...«

»Oder was er getan haben könnte, wenn er um seine Fähigkeiten wüßte«, stieß Bellanby aus.

»Genau. Wir müßten mit einer sorgfältigen und rigorosen ethischen Erziehung des Jungen beginnen, aber dafür haben wir nicht genug Zeit. Wir können ihn nicht zuerst erziehen und ihm dann, wenn er vor den Lastern geschützt ist, die Wahrheit beibringen, denn wir müssen dem Krieg zuvorkommen. Wir müssen sofort losschlagen.«

»Genau«, sagte Johansen. »Was schlagen Sie vor?«

»Blendung«, rief Migg. »Verzauberung.«

»Verzauberung?« Hrrdnikkisch kicherte. »Eine neue Wischschenschaft, Migg?«

»Warum habe ich Sie drei wohl in dieses Geheimnis eingeweiht?« schnarrte Migg. »Wegen Ihres Intellekts? Nein, Unsinn! Ich kann Sie alle unter den Tisch denken. Ich habe Sie, meine Herren, wegen Ihres Charmes ausgesucht.«

»Das ist eine Beleidigung«, sagte Bellanby und grinste, »aber trotzdem bin ich geschmeichelt.«

»Gaul ist neunzehn«, fuhr Migg fort. »Genau in jenem Alter, in dem Halbwüchsige besonders für Heldenverehrung anfällig sind. Ich möchte, daß Sie ihn einfangen. Sie sind zwar nicht die intelligentesten Köpfe an der Universität, dafür aber die größten Helden.«

»Ich fasche dasch ebenfallsch alsch Beleidigung und Schmeichelei auf«, sagte Hrrdnikkisch.

»Ich möchte, daß Sie ihn verzaubern, seine Vorstellungskraft inspirieren ... wie Sie es mit anderen Studenten auch schon gemacht haben.«

»Aha!« meinte Johansen. »Die Schokolade um die Pille.«

»Genau. Und sobald Sie ihn erst einmal soweit haben, beeinflussen Sie ihn so, daß er sich wünscht, der Krieg würde nicht geschehen ... Danach erzählen Sie ihm, wie er dafür sorgen kann, daß dieser Wunsch in Erfüllung gerät. Dann werden wir mit seiner Erziehung fortfahren. Sobald sein Respekt vor uns nachläßt, wird er eine solide ethische Grundlage aufweisen, auf der man weiterarbeiten kann.«

»Und Sie, Migg?« wollte Bellanby wissen. »Welche Rolle spielen Sie?«

»Jetzt? Keine«, schnarrte Migg. »Ich habe diese Fähigkeiten nicht, meine Herren. Sobald sein Respekt vor Ihnen nachläßt, wird der vor mir wachsen.«

Das klang zwar ziemlich eingebildet, traf aber zu.
Als die Ereignisse sich langsam auf die letzte große Krise zubewegten, war Oddy Gaul sorgfältig eingewiesen worden. Bellanby lud ihn ein, den sechs Meter hohen Kristallglobus auf seinem Hause zu besuchen, ein berühmter Ort zum Sonnenbaden, den nur wenige Auserwählte betreten durften. Dort ließ sich Oddy braun brennen und bewunderte dabei die eiserne Konstitution des Philosophie-Dozenten, der immerhin schon dreiundsiebzig Jahre alt war.
Und da er Bellanbys Muskeln bewunderte, war es nur natürlich, daß er auch Bellanbys Ideen bewunderte. Er kam oft wieder, um ein Sonnenbad zu nehmen, betete den großen Mann an und nahm ethische Grundlagen in sich auf.
Inzwischen hatte sich Hrrdnikkisch um Oddys Abende gekümmert. Der Mathematiker, der paffte und lispelte wie ein herausgeputzter Charakter bei Rabelais, führte Oddy in die schwindligen Höhen der *haute cuisine* und in das lasterhafte Leben ein. Zusammen aßen und tranken sie unglaubliche Mengen und verfolgten die schönsten Frauen, bis Oddy jede Nacht verzaubert vom Sinnesrausch und den grellen Farben der Hrrdnikkischen Ideen zu seinem Zimmer zurückkehrte.
Und gelegentlich – aber nicht zu oft – wartete Johansen auf ihn, und dann fanden die langen, ruhigen Gespräche während der wenigen Stunden statt, da junge Menschen nach der Harmonie und dem Sinn des Lebens suchen. Und Oddy hatte Gelegenheit, etwas von Johansen zu übernehmen, von dieser glühenden Verkörperung der Reinheit und Güte, diesem lebendigen Beispiel des Vertrauens in Gott und der ethischen Gesundheit.
Der absolute Höhepunkt kam am 15. März ... Die Iden des März – sie hätten dieses Zeichen eigentlich besser deuten sollen. Nach dem Mittagessen mit seinen drei Helden im Clubraum der Fakultät wurde Oddy von den drei großen Männern ins Fotolabor geführt, und dort gesellte sich wie zufällig auch Jesse Migg zu ihnen. Ein paar Momente ärgster Anspannung verstrichen, bis Migg dem Philosophiedozenten ein Zeichen gab, endlich zu beginnen.
»Oddy«, sagte Bellanby, »haben Sie schon einmal geträumt, daß Sie eines Tages aufwachen und König geworden sind?«
Oddy wurde rot.
»Ah, ich sehe, Sie haben davon geträumt. Wissen Sie, jeder hat das. Das ist der Mignon-Komplex. Normalerweise läuft er so ab: Man findet heraus, daß die Eltern einen nur adoptiert haben und man in Wirklichkeit und nach dem Gesetz der König von ... von ... «

»Baratraria«, sagte Hrrdnikkisch, der die Literatur der Steinzeit studiert hatte.
»Ja, Sir«, murmelte Oddy, »diesen Traum habe ich auch schon gehabt.«
»Nun«, sagte Bellanby ruhig, »er ist wahr geworden. Sie sind ein König.«
Oddy blickte sie fassungslos an, während sie erklärten und erklärten und erklärten. Zuerst war er – wie es jeder Student gewesen wäre – der Meinung, man wolle sich einen schlechten Scherz mit ihm machen. Dann glaubte er – als Götzendiener – beinahe, was seine drei Helden ihm erzählten. Und schließlich – als Mensch – wurde er von der Verheißung der absoluten Sicherheit fast hinweggewischt. Weder Macht noch Ruhm, noch Reichtum lockten ihn, sondern nur die Sicherheit. Später würde er auch die Garnierungen mögen, aber nun wurde er von jeglicher Angst befreit. Er brauchte sich niemals wieder Sorgen zu machen.
»Ja«, rief Oddy, »ja, ja, ja! Ich verstehe schon, begreife, was Sie von mir verlangen.« Erregt sprang er vom Stuhl auf und zog, zitternd vor Freude, Kreise im Zimmer. Plötzlich blieb er stehen und drehte sich um.
»Und ich bin dankbar«, sagte er. »Ihnen allen bin ich dankbar für das, was Sie mit mir angestellt haben. Ich würde vor Scham in den Boden versinken, wenn ich nun eigensüchtig wäre … oder gemein. Ich werde versuchen, diese Kraft anzuwenden. Aber Sie haben mir den richtigen Weg dazu gezeigt. Sie wird immer nur zum Guten angewendet!«
Johansen nickte glücklich.
»Ich werde immer auf Sie hören«, fuhr Oddy fort. »Nie werde ich einen Fehler begehen.« Er schwieg einen Moment und errötete wieder. »Dieser Traum, ein König zu sein … den hatte ich, als ich noch ein Kind war. Aber hier auf der Universität überlegte ich mir, was wohl sein würde, wenn ich der Mann wäre, der die Welt regiert. Ich pflegte von den guten, großzügigen Dingen zu träumen, die ich …«
»Ja«, sagte Bellanby, »das wissen wir. Auch wir hatten diesen Traum. Jeder hat ihn.«
»Aber nun ist er kein Traum mehr«, lachte Oddy, »sondern Wahrheit. Ich kann ihn wahr werden lassen.«
»Aber beginnen Sie mit dem Krieg«, sagte Migg säuerlich.
»Natürlich«, meinte Oddy. »Zuerst der Krieg; aber dann machen wir weiter, oder nicht? Ich werde dafür sorgen, daß der Krieg niemals stattfindet, und dann legen wir erst richtig los. Nur wir fünf. Wir werden

Großes erschaffen, und keiner außer uns wird davon wissen. Wir werden ganz gewöhnliche Menschen sein, aber wir werden das Leben für jeden schöner machen. Wenn ich wirklich ein Engel bin, wie Sie gesagt haben, dann werde ich den Himmel um mich herum verbreiten, so weit ich eben greifen kann.«

»Aber beginnen Sie mit dem Krieg«, wiederholte Migg.

»Der Krieg ist das erste Ereignis, das abgewendet werden muß, Oddy«, sagte Bellanby. »Wenn Sie nicht wollen, daß er geschieht, wird er niemals beginnen.«

»Und Sie wollen diese Tragödie doch verhindern, nicht wahr?« fragte Johansen.

»Ja«, gab Oddy zurück. »Natürlich.«

Am 20. März brach der große Krieg aus. Das *Hohe Komitee der Nationen* und der Staatenbund *Realpolitik auf Terra* schlugen mit geballter Kraft los. Während auf jeden Schlag ein sofortiger Gegenschlag folgte, wurde Oddy eingezogen und absolvierte seine Grundausbildung. Am 3. Mai wurde er dann zum Nachrichtendienst überstellt. Am 24. Juni erhielt er das Kommando über die Truppen, die jene Ruinen durchsuchten, die einst Australien gewesen waren. Am 11. Juli wurde er zum Kommandanten der Raumflotte – besser von deren Überresten – befördert und hatte damit eine Karriere, für die andere fünfzig Jahre benötigen, in fünf Monaten durchlaufen. Am 19. September übernahm er das Oberkommando der Flotte und errang in der Parsek-Schlacht jenen Sieg, der die verheerende Zerstörung des Sonnensystems beendete, die später der »Sechs-Monate-Krieg« genannt wurde.

Am 23. September machte Oddy Gaul einen Friedensvorschlag, der von den Überresten beider Wohlfahrtsstaaten akzeptiert wurde. Der Friedensvertrag beinhaltete die Ablösung der widerstreitenden Wirtschaftstheorien durch ein Konglomerat aus beiden und die Verschmelzung der beiden Staatengebilde zu einem einzigen, dem Solarstaat. Am 1. Januar wurde Oddy Gaul einmütig und unter großem Beifall zum immerwährenden Solon des Solarstaates gewählt.

Und heute ... heute ist er immer noch jugendlich, kräftig, stattlich, aufrichtig, idealistisch, freundlich, sympathisch und mild in seinen Urteilen. Er bewohnt den Solarpalast, ist unverheiratet, aber ein erstklassiger Liebhaber; ungezügelt, aber ein charmanter Gast und echter Freund; demokratisch, obwohl feudales Oberhaupt einer bankrotten *Familie der Planeten,* die Mißwirtschaft, Unterdrückung und Armut mit einem fröhlichen Jauchzen erträgt, das nichts als ein Hosianna zum Ruhme von Oddy Gaul singt.

Kurz bevor Jesse Migg und seine drei Kollegen in den Solarpalast umzogen, um Oddy als Vertraute und Ratgeber zur Seite zu stehen, trafen sich die vier ein letztes Mal in den Clubräumen ihrer Fakultät.

»Wir waren Narren«, sagte Migg bitter. »Wir hätten ihn töten sollen. Er ist kein Engel, sondern ein Monster. Zivilisation und Kultur ... Philosophie und Ethik ... das waren nur Masken, die Oddy aufgesetzt hat, Masken, die die primitiven Triebe seines Unterbewußtseins verbergen sollten.«

»Meinen Sie, daß Oddy nicht aufrichtig zu uns war?« fragte Johansen schwermütig. »Wollte er diese Zerstörungen, diesen Verfall?«

»Natürlich war er aufrichtig ... im Bewußtsein! Er ist es immer noch. Er glaubt, daß er nichts tut, was nicht zum Besten für die meisten Menschen ist. Er ist ehrlich, freundlich und großzügig ... aber nur im Bewußtsein.«

»Ah! Das Id!« spuckte Hrrdnikkisch mit einem Atemschwall aus, als habe man ihn in den Magen getreten.

»Verstehen Sie es nun? Anscheinend ja. Meine Herren, wir waren Dummköpfe. Wir haben den Fehler begangen anzunehmen, Oddy besäße die bewußte Kontrolle über seine Kraft. Doch das trifft nicht zu. Die Kontrolle dafür befindet sich immer noch unterhalb der Schwelle des bewußten Denkens. In seinem Id, seiner Identität, seinem Unterbewußtsein, diesem tiefen, dunklen Reservoir primitiver Selbstsucht, die in jedem Menschen begraben liegt.«

»Also wollte er den Krieg«, sagte Bellanby.

»Sein Id wollte den Krieg, Bellanby. Der Krieg war der schnellste Weg, das zu erreichen, was er wirklich wollte, was sein Id wirklich wollte – Herr des Universums zu sein und vom Universum geliebt zu werden. Und sein Id kontrolliert diese Fähigkeit. Wir alle haben diese egoistische, ja egozentrische Identität in uns, die immer nach Befriedigung sucht, zeitlos und unsterblich ist, keine Logik und Werte kennt, nicht zwischen Gut und Böse zu unterscheiden mag, der Moral ein fremder Begriff ist. Genau das beherrscht Oddys Kraft. Es wird immer siegen, seine Wünsche erfüllt bekommen – anstelle der Dinge, die zu wünschen man sein Bewußtsein erzogen hat. Der unvermeidbare Konflikt hieraus mag unser ganzes Sonnensystem dem Untergang weihen.«

»Aber wir können ihn doch beraten, leiten, führen«, protestierte Bellanby. »Er hat uns gebeten, zu ihm zu kommen.«

»Und er wird unserem Rat lauschen wie ein braves Kind, das er ja auch ist«, gab Migg zurück. »Er wird mit uns übereinstimmen, versuchen, den Himmel auf Erden zu erschaffen. Doch sein Id wird die Hölle auf

Erden erschaffen. Oddy ist kein Einzelfall, wir alle leiden an dem gleichen Konflikt – aber Oddy hat die Macht.«
»Was können wir tun?« fragte Johansen. »Was können wir nur tun?«
»Ich weiß es nicht.« Migg biß sich auf die Lippe, dann nickte er Johansen zu, als wolle er sich für irgend etwas entschuldigen. »Johansen«, sagte er, »Sie hatten recht. Es muß einen Gott geben, und sei es nur, damit ein Gegensatz zu Oddy Gaul existiert, der mit Sicherheit vom Teufel geschickt worden ist.«
Aber das war Jesse Miggs letzter vernünftiger Satz. Inzwischen bewundert er natürlich Gaul den Glorreichen, Gaul den Gauleiter, Gaul den Ewigen Gott, der jene wilde, egoistische Befriedigung erlangt hat, nach der wir alle uns im Unterbewußtsein von der ersten Sekunde unseres Lebens an sehnen, die aber einzig und allein Oddy Gaul vorbehalten war.

Eine schwerwiegende Entscheidung

Man nehme: zwei Teile Beelzebub, zwei Teile Israfel, einen Teil Monte Cristo und einen Teil Cyrano, mische kräftig, füge etwas Geheimnis hinzu, und man erhält Mr. Solon Aquila. Er ist groß, hager und finster, hat lebhafte Manieren, einen bitteren Gesichtsausdruck, und wenn er lacht, verwandeln seine dunklen Augen sich in Wunden. Sein Beruf ist unbekannt. Er ist wohlhabend, und niemand weiß, woher der Reichtum kommt. Er wird überall gesehen und von niemandem verstanden. In seinem Leben liegt etwas Seltsames.

Nun gut, lesen Sie, was seltsam am Leben des Mr. Aquila ist – und machen Sie sich Ihren eigenen Reim darauf. Wenn er spazierengeht, muß er nie warten, daß eine Fußgängerampel grün wird. Wenn er fahren möchte, ist immer ein Taxi zur Stelle. Wenn er in ein Hotel stolziert, wartet der Fahrstuhl immer gerade unten. Wenn er einen Laden betritt, hat immer ein Verkäufer Zeit, ihn zu bedienen. In Restaurants ist immer ein Tisch für Mr. Aquila frei. Wenn er eine ausverkaufte Theater-Vorstellung besuchen möchte, gibt es immer Leute, die in letzter Sekunde ihre Eintrittskarte zurückgeben.

Sie können Kellner, Taxifahrer, Liftboys, Verkäufer oder Platzanweiser fragen. Es gibt keine Verschwörung. Um in den Genuß dieser kleinen Gefälligkeiten zu kommen, zahlt Mr. Aquila keine Bestechungsgelder, und ein Erpresser ist er auch nicht. Auf jeden Fall ist es unmöglich, eine Fußgängerampel zu bestechen oder zu erpressen. Diese Zufälle, die das Leben so angenehm für ihn machen, geschehen einfach. Mr. Solon Aquila ist noch nie enttäuscht worden. Sogleich werden wir aber von seiner ersten Enttäuschung hören und sehen, wohin sie führt.

Mr. Aquila hielt sich in drittklassigen, zweitklassigen und erstklassigen Etablissements auf. Man traf ihn in Bordellen, bei Krönungen, Hinrichtungen, Zirkusvorstellungen und Gerichtssitzungen. Man wußte, daß er antike Autos, historische Juwelen, vor dem Jahre 1500 hergestellte Erstlingsdrucke, Pornographie, Chemikalien, kostbare Prismen, Polopferde und geladene Schrotgewehre sammelte.

»Herrgott-im-Himmel-noch-einmal. Ich bin verrückt, Mann, verrückt. Ein von Gott Auserwählter. Ein Mann von Welt, isn't it?« fragte er einen völlig verblüfften Kaufhausdirektor. »Mein Ideal: Goethe. Tout le monde! Verdammich!«

Er sprach eine aufsehenerregende Mischung aus Metaphern und Redewendungen. Er redete wie ein Maschinengewehr, und Dutzende von Sprachen und Dialekten schienen durch. Außerdem log er *ad libitum*.
»Sacré bleu. Jeez!« hörte man ihn einmal sagen. »Aquila, aus dem Lateinischen. Bedeutet Wasser. O tempora, o mores. Hat Cicero gesagt. Einer meiner Vorfahren.«
Und ein anderes Mal: »Mein Idol: Kipling. Von ihm habe ich meinen Namen. Aquila, einer seiner Helden. God damn! Der größte farbige Autor seit *Onkel Toms Hütte*.«
An jenem Morgen, als Mr. Solon Aquila seine erste Enttäuschung hinnehmen mußte, tummelte er sich im Atelier von Lagan & Derelict, Händler für Gemälde, Skulpturen und seltene Kunstobjekte. Er beabsichtigte, ein Gemälde zu kaufen. Mr. James Derelict kannte Aquila als Klienten. Er hatte einen Frederic Remington und auch einen Winslow Homer bei ihm erworben. Es war schon einige Zeit her, aber er war, wie der seltsame Zufall es wollte, eine Minute in den Laden gekommen, nachdem die Bilder zum Verkauf freigegeben worden waren. Mr. Derelict wußte auch, daß Mr. Aquila einen preisgekrönten Comic strip bei Montauk gekauft hatte.
»Bon soir, bel esprit, god damn, Jimmy«, sagte Mr. Aquila. Er war mit jedem per Du. »Ein cooler Tag für Farbe, oui! Cool. Slang. Ich habe heute das Gefühl, ein Bild kaufen zu müssen.«
»Guten Morgen, Mr. Aquila«, gab Derelict zurück. Sein Gesicht war scharf geschnitten wie ein Blatt Papier, aber seine blauen Augen blickten ehrlich, und sein Lächeln war geradezu entwaffnend. In diesem Moment war sein Lächeln jedoch ernst und verkrampft, als ob die bloße Anwesenheit von Aquila schon seine Nerven angreifen würde.
»Ich bin in Stimmung für deinen Mann, bei Jeez«, sagte Aquila, öffnete dabei Schubladen, ließ seine Finger umherhuschen und betastete das kostbare Porzellan. »Wie hieß er noch, mein Alter? Ein Künstler wie Bosch. Wie Heinrich Kley. Parbleu, du vertreibst ihn doch exklusiv? O si sic omnia, bei Zeus!«
»Jeffrey Halsyon?« fragte Derelict furchtsam.
»Oeil de bœuf!« schrie Aquila. »Was für ein Gedächtnis! Chryselefantinisch. Genau der Künstler, den ich suche. Mein Favorit! Vorzugsweise in Monochrom. Einen kleinen Jeffrey Halsyon für Aquila, please. Bitte wickle das Bild ein!«
»Kaum zu glauben«, murmelte Derelict.
»He? Aha! Die ist nicht hundertprozentig echt Ming-Epoche!« Mr. Aquila deutete auf eine kostbare Vase. »Caveat emptor, verdammt.

Nun, Jimmy? Ich habe mit den Fingern geredet. Ist kein Halsyon vorrätig, mein Bester?«

»Seltsam, Mr. Aquila.« Derelict schien mit sich selbst zu kämpfen. »Daß Sie mich gerade jetzt besuchen. Vor kaum fünf Minuten habe ich einen Halsyon-Monochrom hereinbekommen.«

»Siehst du! Geschwindigkeit ist alles. Nun?«

»Ich zeige Ihnen das Bild lieber nicht. Aus persönlichen Gründen, Mr. Aquila.«

»Himmelherrgottnochmal! Pourquoi? Schon verkauft?«

»N-nein, Sir. Nicht aus persönlichen Gründen, die *mich* betreffen – sondern *Ihretwegen.*«

»Oh? God damn! Erkläre mir das mal.«

»Auf jeden Fall ist das Bild nicht zu verkaufen, Mr. Aquila. Es ist unverkäuflich.«

»Wieso? Rede schon, du alte Currywurst mit Pommes!«

»Das kann ich nicht, Mr. Aquila.«

»Zut alors! Muß ich dir den Arm brechen, Jimmy? Du kannst mir das Bild nicht zeigen, willst es nicht verkaufen? Und das mir! Ich habe mich immer für diesen Jeffrey Halsyon eingesetzt. Mein Favorit. God damn. Zeige mir den Halsyon, oder sic transit gloria mundi. Hast du verstanden, Jimmy?«

Derelict zögerte und zuckte dann die Achseln. »Nun gut, Mr. Aquila. Ich werde Ihnen das Bild zeigen.«

Er führte Aquila an Porzellan und Silber, Lack, Bronze und schimmernden Ritterrüstungen vorbei zur Galerie im Hintergrund des Ladens, wo Dutzende von Bildern an den mit grauen Vorhängen ausgestatteten Wänden unter der warmen Beleuchtung glühten. Er öffnete die Schublade eines Goddard-Sekretärs und zog einen Umschlag hervor. Auf dem Umschlag stand BABYLON-INSTITUT. Derelict zog eine Dollarnote heraus und reichte sie Mr. Aquila.

»Jeffrey Halsyons neuestes Werk«, sagte er.

Mit einer feinen Feder und schwarzer Tusche hatte eine geschickte Hand ein zweites Porträt über das Gesicht George Washingtons auf den Dollarschein gezeichnet. Es war ein haßerfülltes, diabolisches Gesicht vor einem höllischen Hintergrund, ein Gesicht, das Schrecken erregen sollte. Ein unbescholtener Betrachter würde bei dieser Skizze sicherlich den Atem anhalten.

Das Gesicht war ein Porträt von Mr. Aquila. »God damn«, sagte Mr. Aquila.

»Verstehen Sie nun, Sir? Ich wollte Ihre Gefühle nicht verletzen.«

»Ich muß es haben, mein Bester.« Mr. Aquila schien von dem Porträt fasziniert zu sein. »Ist das Zufall oder Absicht? Kennt Halsyon mich? Ergo sum.«
»Meines Wissens nicht, Mr. Aquila. Aber ich kann das Werk auf keinen Fall verkaufen. Der Beweis eines Kapitalverbrechens, Verfälschung amerikanischer Währung. Es muß zerstört werden.«
»Niemals!« Mr. Aquila gab den Umschlag so vorsichtig zurück, als fürchte er, der Händler würde ihn auf der Stelle anzünden. »Niemals, Jimmy. Nevermore, wie schon Poes Rabe bemerkte. God damn! Warum zeichnet dieser Halsyon auf Geld? Mein Bild, pfui! Kriminelle fälschen, aber zeichnen nicht darauf. Aber Bilder auf Geld? Verschwenderisch. Joci causa.«
»Er ist verrückt, Mr. Aquila.«
»Nein! Ja? Verrückt?« Aquila war schockiert.
»Ziemlich verrückt, Sir. Es ist schon traurig. Man mußte ihn einsperren. Er verbringt seine Zeit damit, indem er diese Bilder auf Geldscheine malt.«
»God damn, mon ami. Wer gibt ihm das Geld?«
»Ich, Mr. Aquila, und seine Freunde. Immer, wenn wir ihn besuchen, bettelt er um Geld für seine Bilder.«
»Le jour viendra, bei Jeez! Warum gibst du ihm kein Papier für seine Bilder, mein alter Gefährte?«
Derelict lächelte traurig. »Das haben wir versucht, Sir. Auch wenn er Papier hat, zeichnet er auf Geld.«
»Bloody Fucking German Jam-Sandwich! Mein Lieblingskünstler! Und jetzt lümmelt er so herum. Eh bien. Wie, zur heiligen Hölle, soll ich je noch einmal ein Bild von ihm kaufen, wenn der Fall so liegt?«
»Sie werden keines mehr kaufen können, Mr. Aquila. Ich fürchte, niemand wird mehr einen Halsyon kaufen. Es ist ziemlich hoffnungslos.«
»Warum hat er auf einmal durchgedreht, Jimmy?«
»Man sagt, das sei eine Art Rückzug, Mr. Aquila. Sein Erfolg ist daran schuld.«
»Ah. Q. e. d. mir, mein Bester. Was soll das heißen?«
»Nun, er ist noch ein junger Mann, in seinen Dreißigern, und noch verhältnismäßig unausgereift. Er war auf seinen großen Erfolg nicht so recht vorbereitet, wußte nichts von den Verantwortungen seines Lebens und seiner Karriere. Das haben mir die Ärzte gesagt. Also hat er allem den Rücken zugewandt und sich in die Kindheit zurückgezogen.«
»Ah! Und weshalb zeichnet er auf Geld?«

»Die Ärzte meinen, das sei ein Symbol für seine Flucht in die Kindheit, Mr. Aquila. Es beweist, daß er zu jung ist, um zu wissen, wofür man Geld benutzen kann.«
»Ah! Oui! Yes! Scharfsinnig, du famoses Kerlchen. Und mein Porträt?«
»Das kann ich auch nicht erklären, Mr. Aquila, außer, Sie haben ihn einmal kennengelernt, und er erinnert sich noch an Sie. Vielleicht auch nur ein Zufall.«
»Hmm, vielleicht. Nun ja. Weißt du was, mein griechischer Innenhof? Ich bin enttäuscht. Je n'oublierai jamais. Ich bin zutiefst enttäuscht. God damn. Keine Halsyons mehr? Merde. Mein Wahlspruch. Wir müssen etwas für Jeffrey Halsyon tun. Ich will nicht enttäuscht werden. Wir müssen etwas tun.«
Mr. Solon Aquila nickte gedankenschwer, nahm eine Zigarette und ein Feuerzeug aus einer Tasche und wartete. Nach einer Weile nickte er wieder – diesmal hatte er eine Entscheidung getroffen – und tat etwas Seltsames. Er steckte das Feuerzeug in seine Tasche zurück, nahm ein anderes heraus, blickte sich rasch um und entzündete es direkt unter Mr. Derelicts Nase.
Mr. Derelict schien es nicht zu bemerken, ja schien sogar von einem Augenblick zum anderen erstarrt zu sein. Während das Feuerzeug noch brannte, stellte Mr. Aquila es sorgfältig auf einen Sims direkt vor dem Kunsthändler, der immer noch bewegungslos dastand. Das Licht der orangefarbenen Flamme schimmerte auf seinen glasigen Augäpfeln.
Aquila stöberte im Laden herum, suchte und fand eine seltene chinesische Kristallkugel. Er nahm sie aus dem Schrank, wärmte sie an seiner Brust und sah hinein. Nickend murmelte er etwas vor sich hin. Er stellte die Kugel zurück, ging zur Kasse, nahm Block und Bleistift und begann Symbole zu kritzeln, die keinerlei Bezug zu irgendeiner Sprache oder Graphologie besaßen. Er nickte wieder, zerriß das Blatt und nahm seine Geldbörse heraus.
Daraus nahm er eine Ein-Dollar-Note. Er legte den Schein auf den gläsernen Ladentisch, holte eine ganze Reihe von Füllfederhaltern aus seiner Westentasche, wählte einen aus und schraubte ihn auf. Während er vorsichtig die Augen mit einer Hand abschirmte, ließ er einen Tropfen Flüssigkeit aus dem Füllfederhalter auf den Geldschein fallen. Ein blendender Lichtblitz zuckte hoch, begleitet von einer summenden Vibration, die langsam erstarb.
Mr. Aquila steckte die Federhalter in die Tasche zurück, ergriff den Geldschein vorsichtig an einer Ecke und rannte zur Galerie zurück, wo

der Kunsthändler immer noch unbeweglich dastand und in die gelbe Flamme starrte. Aquila wedelte mit dem Schein vor den blicklosen Augen umher.
»Hör zu, mein Alter«, flüsterte er, »heute nachmittag wirst du Jeffrey Halsyon besuchen. N'est-ce pas? Du wirst ihm diese Note geben, wenn er nach Zeichnungsmaterial fragt. He? God damn!« Er zog Mr. Derelicts Geldbörse aus der Tasche, legte den Schein hinein und steckte die Brieftasche wieder zurück.
»Und deshalb wirst du diesen Besuch antreten«, fuhr Aquila fort: »Le Diable Boiteux hat dir eine Eingebung gegeben. Nolens volens, der lahme Teufel hat dir eine Idee eingegeben, wie du Jeffrey Halsyon heilen kannst. Du zeigst ihm Beispiele seiner großen Kunst vergangener Tage, um ihn wieder zur Vernunft zu bringen. Von der Erinnerung hängt alles ab. Himmeldonnerwetter, verstehst du, mein Großer? Du tust, was ich dir sage. Du gehorchst, und der Teufel übernimmt den Rest.«
Mr. Aquila nahm das Feuerzeug, zündete seine Zigarette an und knipste es aus. Währenddessen sagte er: »Nein, beim Allerheiligsten meiner Mutter! Jeffrey Halsyon ist ein zu bedeutender Künstler, um in permanentem Elend dahinzusiechen. Er muß der Welt wiedergegeben werden. Er muß mir wiedergegeben werden. È sempre l'ora. Man wird mich nicht enttäuschen. Hörst du, Jimmy? Nicht mich!«
»Vielleicht gibt es noch Hoffnung, Mr. Aquila«, sagte James Derelict. »Während Sie geredet haben, ist mir eine Idee gekommen ... vielleicht eine Möglichkeit, Jeff zu heilen. Ich werde es heute nachmittag versuchen ... «

Während er das Gesicht des Fernen Bösen über George Washingtons Porträt auf einen Geldschein malte, diktierte Jeffrey Halsyon seine Autobiographie ins Nichts.
»Wie Cellini«, rezitierte er. »Striche und Literatur gleichzeitig, Hand in Hand, obwohl jegliche Kunst *eine* Kunst ist. Heilige Brüder der Barbiturate, nahe und teure Freunde. Nun gut. Beginnen wir: Ich wurde geboren. Ich bin tot. Baby will einen Dollar. Nein ... «
Er erhob sich vom gepolsterten Fußboden und raste von einer gepolsterten Wand zur anderen. Die Wut stieg purpurrot in ihm hoch, gab der Magie seines Pinsels neue Stärke, und durch geschickte Vermischung von Ölfarbe, Licht und dem geraubten Genius von Jeffrey Halsyon entstand der Ferne Böse, dessen scheußliches Gesicht ...
»Noch einmal«, murmelte er. »Wir verdunkeln die Glanzpunkte. Zuerst die Vorzeichnung ... « Er kauerte sich wieder auf den Boden, ergriff den

Federkiel, dessen Griff garantiert ungefährlich war, tauchte ihn in die Tusche, deren Bestandteile garantiert ungiftig waren, und widmete sich wieder dem monströsen Gesicht des Fernen Bösen, das die Züge des ersten Präsidenten auf dem Dollarschein langsam verdrängte.
»Ich wurde geboren«, diktierte er in den Raum, während seine listige Hand Schönheit und Schrecken auf der Banknote verbreitete. »Ich hatte Frieden. Ich hatte Hoffnung. Ich hatte Kunst. Ich hatte Frieden. Mama. Papa. Kann ich ein Glas Wasser haben? Oooh! Da war ein großer böser Mann, der mich böse ansah; und jetzt hat Baby Angst. Mama! Baby will hübsche Bilder auf hübschem Papier für Mama und Papa machen. Sieh mal, Mama. Baby macht ein Bild vom bösen Mann mit dem bösen Blick, ganz schwarz, so wie seine schwarzen Augen, die wie Teiche der Hölle aussehen, wie das kalte Glühen des Schreckens, wie ferne Unholde ferner Träume ... Wer ist da?«
Die Tür der Gummizelle wurde aufgeschlossen. Halsyon zog sich in eine Ecke zurück und schlug schreiend die nackten Hände vor das Gesicht, als die Tür aufgeschoben wurde, um den Fernen Bösen einzulassen. Aber es war nur der Medizinmann in seiner weißen Jacke und ein Fremder in einem schwarzen Anzug, der eine schwarze Mappe mit sich trug, auf der in goldenen altgotischen Buchstaben die Initialen J. D. angebracht waren.
»Nun, Jeffrey?« erkundigte sich der Medizinmann herzlich.
»Dollar?« winselte Halsyon. »Kann Baby ein Dollar ham?«
»Ich habe einen alten Freund mitgebracht, Jeffrey. Erinnerst du dich an Mr. Derelict?«
»Dollar«, winselte Halsyon. »Baby will'n Dollar.«
»Was hast du denn mit dem letzten gemacht, Jeffrey? Du bist doch noch gar nicht mit ihm fertig, oder?«
Halsyon wollte sich auf die Geldnote setzen, um sie zu verbergen, aber der Medizinmann war zu schnell für ihn. Er riß den Schein an sich und untersuchte ihn gemeinsam mit dem Fremden.
»So hervorragend wie all die anderen«, seufzte Derelict. »Noch besser! Was für ein gewaltiges Talent wird hier verschwendet ...«
Halsyon begann zu weinen. »Baby will'n Dollar!« schrie er.
Der Fremde zog seine Brieftasche, suchte einen Dollar heraus und gab ihn Halsyon. Sobald Halsyon ihn berührte, hörte er ihn singen und versuchte, in den Gesang einzustimmen, aber er sang ein Lied nur für ihn, und so mußte er lediglich zuhören.
Es war ein lieblicher Dollar, glatt, aber nicht zu neu, mit einer etwas abgegriffenen Oberfläche, die Tusche geradezu aufsaugen würde. Ge-

orge Washington sah vorwurfsvoll, aber gleichzeitig auch resigniert aus, als habe er sich schon an die Behandlung gewöhnt, der er sich wohl oder übel unterziehen mußte. Er war auf diesem Dollar auch viel älter. Viel älter als all die anderen, denn seine Seriennummer lautete 5.271.009, und das machte ihn über fünf Millionen Jahre alt. Der älteste, den er bislang bekommen hatte, war gerade zwei Millionen Jahre alt gewesen.
Als Halsyon sich wieder auf den Boden kauerte und, wie der Dollar es von ihm forderte, seine Feder in die Tusche tauchte, hörte er den Medizinmann sagen: »Ich glaube nicht, daß ich Sie mit ihm allein lassen sollte, Mr. Derelict!«
»Nein, wir müssen allein sein, Doktor. Jeff war immer recht zurückhaltend wegen seiner Arbeiten. Er kann nur mit mir darüber sprechen, wenn sonst niemand zuhört.«
»Wieviel Zeit würden Sie denn benötigen?«
»Geben Sie mir eine Stunde!«
»Ich bezweifle aber sehr, daß Sie Erfolg haben werden.«
»Aber ein Versuch kann nichts schaden.«
»Wahrscheinlich nicht. Na gut, Mr. Derelict. Rufen Sie die Schwester, wenn Sie genug haben.«
Die Tür öffnete sich; die Tür schloß sich. Der Fremde mit dem Namen Derelict legte mit freundlicher, vertrauter Geste seine Hand auf Halsyons Schulter. Dieser schaute auf und grinste gerissen, während er auf das Geräusch des sich im Schloß umdrehenden Schlüssels wartete. Dann kam es, klang wie ein Schuß, wie das Einhämmern des letzten Nagels in einen Sarg.
»Jeff, ich habe ein paar alte Arbeiten von dir dabei«, sagte Derelict so beiläufig wie möglich. »Vielleicht würde es dir Spaß machen, sie mit mir einmal durchzusehen.«
»Hast du eine Uhr um?« fragte Halsyon.
Seine Überraschung über Halsyons normalen Tonfall unterdrückend, griff Derelict in die Tasche und holte seine Taschenuhr heraus.
»Kann ich sie kurz haben?«
Derelict trennte die Uhr von der Kette und gab sie ihm. Halsyon faßte sie sehr vorsichtig an. »In Ordnung. Und jetzt mache mit den Bildern weiter«, sagte er.
»Jeff!« rief Derelict aus. »Du bist es wieder, oder? So, wie du immer gewesen bist ...«
»Dreißig«, unterbrach Halsyon, »fünfunddreißig, vierzig, fünfundvierzig, fünfzig, fünfundfünfzig, EINS.« Mit höchster Konzentration sah er die Uhr an.

»Nein, wahrscheinlich doch nicht«, murmelte der Kunsthändler. »Ich habe mir nur eingebildet, daß du wieder vernünftig ... na ja.« Er öffnete die Mappe und begann damit, die einzelnen Bilder zu sortieren.

»Vierzig, fünfundvierzig, fünfzig, fünfundfünfzig, ZWEI.«

»Hier ist eines deiner ersten Bilder, Jeff. Erinnerst du dich noch daran, wie du mit den Entwürfen in die Galerie kamst und wir dachten, du wärest unser neuer Hausmeister? Nach einem halben Jahr hattest du uns immer noch nicht vergeben. Du hast immer behauptet, wir hätten dein erstes Bild nur gekauft, um uns so bei dir zu entschuldigen. Glaubst du das immer noch?«

»Fünfundvierzig, fünfzig, fünfundfünfzig, DREI.«

»Hier ist das Tempera-Gemälde, das dir soviel Kopfzerbrechen bereitet hat. Ich habe mich immer gefragt, ob du diese Technik noch einmal ausprobieren würdest. Ich glaube wirklich nicht, daß Tempera so unbeweglich ist, wie du behauptest, und ich würde es sehr gerne sehen, wenn du jetzt, da deine Techniken so gereift sind, noch einen Versuch wagen würdest. Was meinst du dazu?«

»Vierzig, fünfundvierzig, fünfzig, fünfundfünfzig, VIER.«

»Jeff, lege die Uhr bitte weg.«

»Zehn, fünfzehn, zwanzig, fünfundzwanzig ...«

»Warum zum Teufel zählst du die Sekunden?«

»Nun«, sagte Halsyon, und seine Stimme klang wieder ganz normal, »manchmal schließen sie die Tür ab und gehen sofort. Aber manchmal bleiben sie auch noch dort stehen und versuchen, einen auszuspionieren. Aber sie bleiben nie länger als drei Minuten. Ich habe fünf Minuten gewartet, um ganz sicher zu gehen. FÜNF.«

Er umschloß die Taschenuhr mit seiner großen Faust und schlug damit genau gegen Derelicts Kinn. Der Kunsthändler sackte zusammen, ohne noch einen Ton von sich zu geben. Halsyon zerrte ihn zur Wand, zog ihn aus, schlüpfte in seine Kleider, legte die Bilder wieder in die Mappe zurück und schloß sie. Er nahm den Dollarschein und steckte ihn ein, dann griff er zum Tuschefläschchen und verschmierte dessen Inhalt über sein Gesicht.

Hustend und rufend lockte er die Schwester zur Tür.

»Lassen Sie mich heraus!« schrie Halsyon mit unterdrückter Stimme. »Dieser Verrückte wollte mir an den Kragen gehen. Er beschmierte mein Gesicht mit Tinte. Ich will hier raus!«

Die Tür wurde aufgeschlossen und geöffnet. Halsyon tastete sich an der Schwester vorbei. Mit den Händen rieb er im Gesicht und machte seine Züge so noch unkenntlicher. »Kümmern Sie sich nicht um Halsyon«, sagte Halsyon, als die Schwester die Gummizelle betreten wollte. »Er ist schon in Ordnung. Bringen Sie mir lieber ein Handtuch. Und beeilen Sie sich!«

Die Schwester verschloß die Tür, drehte sich um und rannte den Korridor entlang. Halsyon wartete, bis sie seinen Blicken entschwunden war und rannte dann in die entgegengesetzte Richtung. Durch eine Klapptür gelangte er zum Hauptgang. Während er sich immer noch über das Gesicht wischte und dabei inbrünstig fluchte, kam er zum Hauptgebäude. Er hatte es fast geschafft, ohne daß Alarm gegeben wurde. Die Alarmklingeln kannte er sehr gut. Sie wurden jeden Donnerstagnachmittag getestet.

Es ist wie ein Spiel, sagte er sich. Macht Spaß. Ich brauche keine Angst zu haben. Es ist schön und lustig, wieder ein Kind zu sein, und wenn wir zu spielen aufhören, gehe ich einfach nach Hause, und Mama setzt mir das Mittagessen auf den Tisch, und Papa liest mir aus den Comics-Heften vor, und ich bin wieder ein Kind, für immer ein echtes Kind.

Als er den Hauptausgang erreicht hatte, war das Jaulen der Alarmglokken immer noch nicht ertönt. Bei der Empfangsdame beschwerte er sich lauthals über sein Mißgeschick und ebenso bei den Wachen am Haupttor, als er James Derelicts Namen in das Besucherbuch kritzelte und mit seiner Hand Tinte auf der Seite verschmierte, so daß die Fälschung unerkannt blieb.

Ein Wachtposten ließ das Tor aufgleiten, und als Halsyon hinaustrat, hörte er hinter sich das jaulende Geräusch der Alarmklingeln, das ihn zutiefst erschreckte.

Er rannte los, blieb wieder stehen, versuchte, gemächlich zu schlendern. Dazu war er aber nicht in der Lage. Er lief die Straße hinab, hörte hinter sich die Wachtposten schreien, rannte um eine Ecke, um eine weitere, lief endlose Straßen hinab, hörte hinter sich Autos, Sirenen, Klingeln, Rufe, Befehle. Die Flucht war scheußlich und sinnlos. Während er verzweifelt nach einem Unterschlupf suchte, stürzte Halsyon auf ein anscheinend verlassenes Haus zu.

Er stieg die Treppen hoch. Zuerst nahm er drei Stufen auf einmal, dann zwei, dann kämpfte er sich Stufe um Stufe empor, als seine Kraft ihn verließ und die Panik ihn zu lähmen drohte. Er stolperte über einen Treppenabsatz und fiel gegen eine Tür. Die Tür glitt zurück. Im Rahmen stand der Ferne Böse, lebhaft grinsend und sich die Hände reibend.

»Bon voyage«, sagte er. »Auf die Minute genau, god damn. Komm herein, mein Alter, ich habe dich schon erwartet. Sei doch nicht so bescheiden ...«

Halsyon schrie laut auf.
»Nein, nein! Deine Sturm-und-Drang-Periode hast du doch sicher schon längst hinter dir gelassen, nicht wahr?« Mr. Aquila drückte eine Hand auf Halsyons Mund, zerrte ihn hinein und schlug die Tür zu. »Presto changeo«, lachte er. »Jeffrey Halsyon verläßt den tödlichen Gesichtskreis. Dieu vous garde.«
Halsyon bekam seinen Mund frei, schrie wieder und kämpfte hysterisch, trat und biß um sich. Mr. Aquila kicherte gackernd, griff in seine Tasche und nahm ein Päckchen Zigaretten hervor. Geschickt zog er eine davon aus der Schachtel und zerbrach sie unter Halsyons Nase. Der Künstler entspannte sich sofort und ließ sich zu einem Sofa führen, wo Aquila ihm die Tinte von Gesicht und Händen entfernte.
»Besser so?« sagte Mr. Aquila und kicherte wieder. »Die Droge macht nicht süchtig. Verdammt. Jetzt müssen Drinks her.«
Er goß etwas aus einer Karaffe in ein niedriges Glas, fügte einen winzigen purpurroten Eiswürfel aus einem dampfenden Kübel hinzu und drückte Halsyon das Glas in die Hand. Von einer Geste Aquilas angeregt, nahm der Künstler einen Schluck. Sein Gehirn schien plötzlich zu dröhnen. Schwer atmend sah er sich um. Der Raum erinnerte an das luxuriöse Wartezimmer eines Arztes, der seine Praxis in der Park Avenue hatte. Antike Möbel aus der Ära der Königin Anne. Zwei Hogarths und ein Copley in goldenen Rahmen an den Wänden. Erstaunt bemerkte Halsyon, daß die Bilder echt waren. Noch größer war sein Erstaunen, als er bemerkte, daß er wieder zusammenhängend und logisch denken konnte. Sein Verstand arbeitete glasklar.
Er fuhr sich mit der Hand über die Stirn. »Was ist geschehen?« fragte er schwach. »Ich glaube, ich hatte ... Fieber. Alpträume.«
»Du bist krank gewesen«, gab Aquila zurück. »Entschuldige mein Benehmen, Alter. Das ist nur eine zeitweilige Rückkehr zur geistigen Gesundheit. Kein Kunststück, god damn. Jeder Arzt könnte das. Niacin und Karbondioxyd. Id genus omne. Nur zeitweilig. Wir müssen nach einer länger anhaltenden Lösung suchen.«
»Wo bin ich?«
»In meinem Büro. Ohne Vorzimmer. Ist auch gleichzeitig Konferenzsaal. Das Laboratorium ist links. In God We Trust.«
»Ich kenne Sie«, murmelte Halsyon. »Ich kenne Sie irgendwoher. Ihr Gesicht kommt mir so bekannt vor.«
»Oui. Während du ... an Fieber littest, hast du mich immer und immer wieder gezeichnet. Ecco homo. Aber du bist im Vorteil, Halsyon. Wo sind wir uns begegnet? Das frage ich mich auch.« Aquila leuchtete mit

einer kleinen Lampe in Halsyons Gesicht. »Jetzt frage ich dich. Wo sind wir uns begegnet?«

Vom Licht hypnotisiert, gab Halsyon träumerisch zurück: »Beim Beaux Arts Ball ... vor langer Zeit ... vor dem Fieber.«

»Ah? Si. Vor einem halben Jahr. Ich war dort. Ein unglücklicher Abend.«

»Nein. Ein wunderschöner Abend ... war glücklich, hatte Spaß ... Wie ein Abschlußball bei der Schule ... wie Karneval ...«

»Immer zurück zur Kindheit, wie?« murmelte Mr. Aquila. »Wir müssen dem nachgehen. Cetera desunt, junger Lochinvar. Fahre fort!«

»Ich war mit Judy dort ... An diesem Abend bemerkten wir, daß wir uns ineinander verliebt hatten. Wir erkannten, wie schön das Leben werden würde. Und dann kamen Sie vorbei und sahen mich an ... nur einmal. Sie sahen mich an. Es war schrecklich.«

»Tsss«, machte Mr. Aquila verdrossen. »Jetzt erinnere ich mich an den besagten Vorfall. Ich war unbedacht. Schlechte Nachrichten von zu Hause. Syphilis in meinen beiden Häusern.«

»In Rot und Schwarz gingen Sie an mir vorbei ... satanisch! Sie trugen keine Maske, sahen mich an ... Ein roter und schwarzer Blick, den ich nie vergessen werde. Ein Blick aus schwarzen Augen, die wie die Sümpfe der Hölle aussehen, wie die kalt glühenden Feuer des Schreckens. Und mit diesem Blick haben Sie mir alles geraubt, Frohsinn, Hoffnung, Liebe, Leben ...«

»Nein, nein!« sagte Mr. Aquila scharf. »Wir wollen uns doch richtig verstehen. Meine Unachtsamkeit war der Schlüssel, der die Tür öffnete. Aber du bist in eine Kluft gestürzt, die du dir selbst geschaffen hast. Nichtsdestotrotz müssen wir dies ändern, bei Gerstensaft und Kegeln!« Er nahm das Lämpchen weg und drohte Halsyon mit dem Zeigefinger. »Wir müssen dich in das Land der Lebenden zurückbringen. Auxilium ab alto. Jeez. Deshalb habe ich auch dieses Zusammentreffen arrangiert. Was ich getan habe, werde ich ungeschehen machen, ja! Aber du mußt selbst aus deiner Kluft klettern. Wer nicht wagt, der nicht gewinnt. Also!«

Er nahm Halsyon am Arm und führte ihn durch eine getäfelte Halle und an einem kleinen Büroraum vorbei in ein blitzblankes Laboratorium, ganz mit Fliesen und Glas ausgelegt.

An den Wänden standen Regale mit Reagenzgläsern, Porzellanfiltern, einem Bunsenbrenner, Fläschchen, die Säuren enthielten, und Behälter mit anderen Grundstoffen. In der Mitte befand sich eine kleine, runde Erhebung, eine Art Estrade. Mr. Aquila rückte einen Stuhl dorthin,

setzte Halsyon auf den Stuhl, zog einen weißen Kittel an und begann damit, die Apparate vorzubereiten.
»Du bist ein Künstler des Äußersten«, schwatzte er. »Und das ist keine Übertreibung. God damn, habe ich geflucht, als Jimmy Derelict mir berichtete, daß du nicht mehr arbeitest. Wir müssen ihn wieder zur Vernunft bringen, habe ich gesagt. Solon Aquila muß noch viele Gemälde von ihm besitzen. Wir werden ihn heilen. Sofort.«
»Sind Sie Arzt?« fragte Halsyon.
»Nein. Sagen wir besser: ein Zauberer. Um genau zu sein, ein Hexenpathologe. Ein erstklassiger. Keine geheimen Ingredienzien. Nur moderne Magie. Schwarze und Weiße Magie sind passé, n'est-ce pas? Ich decke das gesamte Spektrum ab, habe mich aber auf die Fünfzehntausend-Ångström-Breite spezialisiert.«
»Sie wollen ein Hexenmeister sein? Nie und nimmer!«
»Oh, doch.«
»Und hier arbeiten Sie?«
»Ah, das hat dich also auch getäuscht, he? Das ist unsere Tarnung. In vielen Laboratorien, von denen ihr denkt, daß dort die Zahnpasta entsteht, wird Magie betrieben. Aber sie ist auch eine Wissenschaft. Parbleu! Wir Magier gehen mit der Zeit. Unsere Hexentränke folgen den neuesten Diätvorschriften und enthalten keine Drogen. Eine Familienpackung Hexengebräu ist hundertprozentig steril verpackt. Hexenbesen mit eingebauten Waschgelegenheiten. Zellophanumhüllte Flüche. Vater Satan in Gummihandschuhen. Dank an Lord Lister – oder ist es Pasteur? Mein Idol.«
Der Hexenpathologe prüfte ein paar Mineralien, suchte Rat in einem Nachschlagewerk, speiste etwas in einen Computer ein und plauderte dabei weiter. »Fugit hora«, sagte er. »Dein Problem, mein Sohn, liegt darin, daß du deiner geistigen Gesundheit verlustig geworden bist. Oui? Ja, eine verdammte Flucht aus der Wirklichkeit und eine genauso verdammte Suche nach Frieden, lediglich weil ich dich einmal unvorsichtig angesehen habe. Hélas! Dafür möchte ich mich entschuldigen.« Mit einem Ding, das wie eine kleine Sahnetube aussah, zog er einen Kreis um Halsyon. »Aber dein eigentliches Problem liegt darin, daß du versuchst, den Frieden der Kindheit erneut zu erlangen. Du solltest besser um den immerwährenden Frieden der geistigen Reife kämpfen, n'est-ce pas? Jeez.«
Mit einem glitzernden Kompaß zog Aquila Kreise und Hexagramme. Dabei sprach er Beschwörungen vor sich hin, verbreitete eine Wolke mikrobenfeinen Staubes um sich und schüttete aus gefärbten Fläschchen

verschiedene Flüssigkeiten darüber. »Viele Hexer finden ihr Glück darin, Wasser aus dem Jungbrunnen zu verkaufen«, murmelte er. »O ja. Es gibt viele solcher Brunnen, aber nicht für dich. Nein. Jugend ist nichts für Künstler. Alter, darin liegt die Wahrheit. Wir müssen die Jugend aus dir herausdrängen und dem Alter Platz bereiten, nicht wahr?«
»Nein«, widersprach Halsyon schnell. »Nein. Jugend ist die Kunst. Jugend ist der Traum, der Segen.«
»Ja, für manche. Für viele aber auch nicht. Nicht für dich. Wir müssen dich von einem Fluch befreien, mein Lieber. Lust nach Macht. Wollust. Dir widerfährt eine Ungerechtigkeit, und du ziehst dich aus der Realität zurück und dürstest nach Rache. O ja, auch Vater Freud ist mein Idol. Wir werden dich für einen sehr kleinen Preis wiederherstellen.«
»Welchen Preis?«
»Das wirst du sehen, wenn wir fertig sind.«
Mr. Aquila errichtete mit den Flüssigkeiten und Pülverchen weitere Zeichen um den hilflosen Künstler. Dabei ging er sehr sorgfältig vor, schritt die Abmessungen genau ab und nahm die Zeit mit einer Quarzuhr. Dann ging er zu einem Regal, auf dem Flaschen mit Sera standen, nahm einen kleinen Woulff-Behälter mit der Aufschrift »5-271-009«, zog eine Spritze hoch und verabreichte Halsyon das Serum. »Nun beginnen wir damit«, sagte er, »dir deine Träume abzuführen. Voilá.«
Er betätigte den elektrischen Zeitnehmer und trat hinter einen ledernen Schutzschild. Für einen Moment herrschte Schweigen. Plötzlich drang düstere Musik aus einem verborgenen Lautsprecher, und eine Tonbandstimme stimmte einen unerträglichen Singsang an. Dann entzündeten sich die Flüssigkeiten und Pülverchen um Halsyon. Der Künstler saß dort, umschlossen von Musik und Feuer, und die Welt begann sich mit tosender Verwirrung um ihn zu drehen ...

Der Präsident der Vereinten Nationen kam zu ihm. Er war groß und hager, lebhaft, aber verbittert. Verlegen rieb er sich die Hände.
»Mr. Halsyon! Mr. Halsyon!« rief er. »Wo haben Sie gesteckt, mein Zuckermäulchen? God damn! Hoc tempore. Wissen Sie nicht, was geschehen ist?«
»Nein«, gab Halsyon zurück, »was ist denn geschehen?«
»Nach ihrer Flucht aus den Gefilden der Einsamkeit. Bango! Überall Atombomben. Der zweistündige Krieg. Nun ist er vorbei. Hora fugit, mein Bester, auch mit der Mannhaftigkeit ist es vorbei.«
»Was?«
»Die harte Strahlung, Mr. Halsyon, hat alle Männer der Welt unfrucht-

bar gemacht. God damn. Sie sind der einzige Mann, der noch in der Lage ist, Kinder zu zeugen. Kein Zweifel, wegen einer geheimnisvollen Mutation von Bestandteilen Ihres Make-ups sind Sie diesem Effekt entgangen. Jeez.«

»Nein!«

»Oui. Es ist Ihre Aufgabe, die Welt wieder zu bevölkern. Wir haben für Sie eine Suite im Odeon gemietet. Mit drei Schlafzimmern. Drei – meine Lieblingszahl. Eine Primzahl.«

»Currywurst und Pommes!« stieß Halsyon aus. »Das ist ein riesengroßer Traum!«

Sein Zug zum Odeon war ein Triumph. Er wurde mit Blumen, Liedern, Gebeten und Jubelrufen geehrt. Ekstatische Frauen warfen sich in eindeutigen Stellungen vor ihm auf den Boden und flehten um seine Aufmerksamkeit. In seiner Suite wurde Halsyon zuerst mit Speise und Trank bewirtet. Ein großer, hagerer Mann kam leise herein. Er gab sich lebhaft, war aber verbittert. In seiner Hand trug er eine Liste.

»Ich bin der Weltverwalter«, sagte er. »Zu Ihren Diensten, Mr. Halsyon.« Er blickte auf seine Liste. »God damn. Insgesamt 5.271.009 Jungfrauen zetern um Ihre Aufmerksamkeit. Alle sind garantiert wunderschön. Das Ewigweibliche! Sagen Sie eine Zahl zwischen eins und fünf Millionen.«

»Wir beginnen mit einer Rothaarigen«, meinte Halsyon.

Man brachte ihm eine Rothaarige. Sie war schlank, hatte eine knabenhafte Figur und einen kleinen, festen Busen. Die zweite war voller, hatte ein fast übermütiges Becken. Die fünfte war junoesk, mit Brüsten wie afrikanische Birnen. Die zehnte war in klassischem Sinne üppig. Die zwanzigste war drahtig. Die dreißigste war schlank, hatte eine knabenhafte Figur und einen kleinen, festen Busen.

»Kennen wir uns nicht?« fragte Halsyon.

»Nein«, sagte sie.

Die nächste war voller, hatte ein fast übermütiges Becken.

»Dieser Körper kommt mir bekannt vor«, sagte Halsyon.

»Nein«, gab sie zurück.

Die fünfzigste war junoesk, mit Brüsten wie afrikanische Birnen.

»Bestimmt nicht?« sagte Halsyon.

»Sicher nicht«, antwortete sie.

Der Weltverwalter kam mit Halsyons morgendlichem Aphrodisiakum herein. »Ich rühre dieses Zeug nicht an«, meinte Halsyon.

»God damn«, rief der Weltverwalter. »Sie sind ein Übermensch! Ein Elefant. Kein Wunder, daß Sie der geliebte Adam sind. Tant soit peu.

Kein Wunder, daß alle Mädchen aus Liebe zu Ihnen weinen.« Er trank das Aphrodisiakum selbst.
»Ist Ihnen schon aufgefallen, daß sie allmählich alle gleich aussehen?« beschwerte sich Halsyon.
»Aber nein! Alle sind anders! Parbleu! Das ist eine Beleidigung für mein Amt!«
»Oh, natürlich sind sie alle anders, aber der Typ wiederholt sich immer wieder.«
»Ah, ja. So ist das Leben, mein Bester. Das gesamte Leben verläuft zyklisch. Haben Sie als Künstler das etwa noch nicht bemerkt?«
»Ich dachte nicht, daß dies auch auf die Liebe zutrifft.«
»Auf alles. Wahrheit und Dichtung.«
»Was haben Sie gesagt? Sie weinen?«
»Oui. Alle weinen.«
»Warum denn?«
»Aus tiefster Liebe zu Ihnen. God damn.«
Halsyon dachte an die Reihen der knabenhaften, übermütigen, junoesken, üppigen, drahtigen, roten, blonden, brünetten, weißen, schwarzen und braunen Frauen. »Das ist mir gar nicht aufgefallen«, meinte er.
»Achten Sie heute einmal darauf, Vater der Welt. Sollen wir beginnen?«
Es war wahr. Halsyon hatte es gar nicht bemerkt. Er fühlte sich geschmeichelt, aber auch niedergeschlagen.
»Warum lachst du nicht mal?« fragte er. Die Mädchen wollten oder konnten es nicht.
Oben auf dem Dachgarten des Odeons, wo Halsyon seine nachmittäglichen Übungen durchführte, fragte er seinen Trainer, der ein großer, hagerer Mann mit lebhaftem, aber verbittertem Gesichtsausdruck war.
»Oh«, sagte der Trainer. »Ich weiß es nicht, Bärendreck und Schmusedecke. Vielleicht, weil es ein traumatisches Erlebnis für sie ist.«
»Traumatisch?« sagte Halsyon. »Warum denn? Was mache ich denn mit ihnen?«
»Hah! Soll das ein Scherz sein? Alle Welt weiß, was Sie mit ihnen machen!«
»Nein, das meinte ich nicht. Wieso kann das denn traumatisch sein? Sie schlagen sich doch darum, mit mir zusammen sein zu dürfen, nicht wahr? Erfülle ich ihre Erwartungen nicht?«
»Ein Geheimnis. Tripotage. Und nun, geschätzter Vater der Welt, beginnen wir mit den Liegestützen. Fertig? Dann los!«

Unten im Odeon-Restaurant befragte Halsyon den Oberkellner, einen großen, hageren Mann mit lebhaften, aber verbitterten Augen.
»Wir sind doch Männer von Welt, Mr. Halsyon. Suo jure. Sicher verstehen Sie das! Diese Frauen lieben Sie und können nicht mehr als eine Liebesnacht von Ihnen erwarten. Natürlich sind sie enttäuscht.«
»Was wollen sie denn?«
»Was alle Frauen wollen, mein Tor zum Westen. Ein dauerhaftes Verhältnis. Ehe!«
»Ehe!«
»Oui.«
»Sie alle?«
»Oui.«
»In Ordnung. Ich heirate alle 5.271.009.«
Aber der Weltverwalter weigerte sich. »Nein, nein, mein junger Lochinvar. God damn. Unmöglich. Abgesehen von den religiösen Hinderungsgründen gibt es auch noch menschliche. Wer könnte solch einen Harem führen?«
»Dann heirate ich eben eine.«
»Nein, nein, nein. Pensez à moi. Wie könnten Sie eine Wahl treffen? Mit einer Lotterie? Streichhölzer ziehen? Münzen werfen?«
»Ich habe schon eine ausgesucht.«
»So? Welche denn?«
»Mein Mädchen«, sagte Halsyon langsam. »Judith Field.«
»Ah. Ihre Herzallerliebste.«
»Ja.«
»Auf der Liste der fünf Millionen steht sie ziemlich weit unten.«
»Sie ist immer Nummer eins auf meiner Liste gewesen. Ich will Judith.«
Halsyon seufzte. »Ich erinnere mich daran, wie sie auf dem Beaux Art Ball aussah ... es war Vollmond, und ...«
»Aber auf den Vollmond müssen Sie bis zum sechsundzwanzigsten warten.«
»Ich will Judith.«
»Die anderen werden sie vor Eifersucht in Stücke reißen. Nein, nein, nein, Mr. Halsyon, wir müssen uns strikt an die Regeln halten. Eine Nacht für alle, mehr für keine.«
»Ich will Judith. Sonst ...«
»Ich werde es mit dem Rat diskutieren müssen. God damn.«
Ein Dutzend Delegierte der UNO, alles große, hagere, lebhafte, aber verbitterte Männer, sprachen darüber. Man entschloß sich, Jeffrey Halsyon eine geheime Ehe zu erlauben.

»Aber keine häuslichen Bindungen«, warnte der Weltverwalter. »Sie müssen einsehen, daß Sie Ihrer Frau nicht treu sein dürfen. Wir können Sie von Ihren Aufgaben nicht entbinden. Sie sind unersetzlich.«
Man brachte die glückliche Judith Field ins Odeon. Sie war ein großes, gebräuntes Mädchen mit hellem, lockigem Haar und langen Beinen.
»Hallo, Liebling«, murmelte Halsyon.
»Wenn du mich berührst, Jeff«, sagte Judith mit erstickter Stimme, »bringe ich dich um!«
»Judy!«
»Dieser abscheuliche Mann hat mir alles erklärt. Er schien mich aber nicht zu verstehen, als ich ihm etwas erklären wollte ... Ich habe gebetet, daß du stirbst, bevor ich an die Reihe komme.«
»Aber ich will dich heiraten, Judy!«
»Ich würde lieber sterben als dich heiraten.«
»Das glaube ich dir nicht. Wir haben uns doch geliebt ...«
»Um Gottes willen, Jeff, mit der Liebe ist es jetzt bei dir vorbei. Verstehst du denn nicht? Diese Frauen weinen, weil sie dich hassen. Ich hasse dich ebenfalls. Die Welt verabscheut dich. Du bist ekelhaft.«
Halsyon starrte das Mädchen an und erkannte die Wahrheit in ihrem Gesicht. In einem Wutausbruch versuchte er, sie zu ergreifen. Sie wehrte sich verzweifelt. Miteinander ringend, durchquerten sie das große Wohnzimmer in voller Länge, stießen Möbelstücke um und atmeten immer schwerer, während ihr Zorn wuchs. Halsyon holte mit seiner großen Faust aus, um den Kampf ein für allemal zu beenden. Judith Field trat zurück, rutschte auf einem Teppich aus, krachte durch ein Fenster und fiel wie eine sich drehende Puppe vierzehn Stockwerke tief auf die Straße.
Halsyon schaute erschrocken hinab. Eine Menschenmenge drängte sich um den zerschmetterten Körper. Gesichter schauten nach oben, Fäuste wurden geschüttelt. Die Menschenmenge begann zu schreien. Der Weltverwalter kam ins Zimmer gelaufen.
»Mein Gott«, schrie er, »mein Bester, was haben Sie getan? Per conto. Dieser Funke läßt das Faß explodieren. Sie sind in Lebensgefahr. God damn.«
»Ist es wahr, daß mich alle hassen?«
»Hélas, Sie haben also die Wahrheit herausgefunden? Dieses indiskrete Mädchen. Ich habe sie gewarnt. Oui. Jedermann verabscheut Sie.«
»Aber Sie haben mir gesagt, daß man mich liebt. Der neue Adam. Vater der neuen Welt.«
»Oui. Sie sind der Vater, aber welches Kind haßt seinen Vater nicht?

Dem Gesetz nach begehen Sie außerdem Notzucht. Welche Frau würde es nicht hassen, gezwungen zu werden, solch einen Mann zu umarmen? Auch wenn es nötig für das Überleben ist? Kommen Sie schnell, mein Fels in der Brandung. Sie sind in großer Gefahr!«
Er zog Halsyon zu einem zweiten Fahrstuhl und brachte ihn in den Keller des Odeons.
»Die Armee wird Sie hier herausholen. Wir werden Sie erst einmal in die Türkei bringen und dann versuchen, eine Lösung zu finden.«
Halsyon wurde in den Gewahrsam eines großen, hageren, verbitterten Armeecolonels überstellt, der ihn auf Schleichwegen zu einem Wagen führte, der mit laufendem Motor wartete. Der Colonel stieß Halsyon hinein. »Alea iacta est«, sagte er zu dem Fahrer. »Schnell, mein Korporal. Beschützen Sie unseren Treuglaubenden. Zum Flughafen. Alors!«
»God damn, Sir«, gab der Korporal zurück. Er salutierte und fuhr los.
Als der Wagen mit halsbrecherischer Geschwindigkeit durch die Straßen raste, sah Halsyon ihn sich näher an. Er war ein großer, hagerer Mann, lebhaft, aber verbittert.
»Kulturkampf der Menschheit«, stieß der Korporal hervor. »Jeez!«
Man hatte eine große, aus Mülltonnen, Möbeln, umgeworfenen Autos und Verkehrsschildern improvisierte Barrikade auf der Straße errichtet. Der Korporal mußte bremsen. Als er den Wagen wenden wollte, tauchte ein Mob von Frauen aus den Hauseingängen, Kellern und Geschäften auf. Schreiend schwangen sie selbstgebastelte Keulen.
»Exzelsior!« rief der Korporal. »God damn!« Er versuchte, seine Dienstpistole aus dem Halfter zu ziehen. Die Frauen rissen die Wagentüren auf und zerrten Halsyon und den Korporal heraus. Halsyon kämpfte sich frei, schlug sich durch den wilden Mob, gelangte zu einer Seitenstraße und stolperte schwankend auf ein offen daliegendes Kohlenlager zu. Er fiel, fiel in einen endlosen, dunklen Raum. Sein Verstand wirbelte umher. Ein Sternenstrom floß vor seinen Augen dahin …

Und er drehte sich allein im Weltraum, trieb dahin, ein Märtyrer, das mißverstandene Opfer einer grausamen Ungerechtigkeit.
Er war immer noch an das angekettet, was einst die Wand von Zelle 5, Block 27, Reihe 100, Flügel 9 des Zuchthauses von Callisto gewesen war, bis diese unerwartete Gamma-Explosion die weitläufigen Kerker der Festung – sie erstreckten sich über ein größeres Areal als das Chateau d'If – auseinandergerissen hatte. Diese Explosion, so wußte er nun, war von den Grssh ausgelöst worden.
Alles, was er besaß, war seine Sträflingskleidung, ein Helm, ein Behälter

mit Sauerstoff, sein vehementer Zorn auf die Ungerechtigkeit, die ihm widerfahren war, und sein Wissen um das Geheimnis, wie den Grssh auf ihrem wahnsinnigen Eroberungsfeldzug Einhalt geboten werden konnte.

Die Grssh, scheußliche Plünderer von Omicron Ceti, degenerierte, kaltblütige, milbenähnliche Weltraumimperialisten, deren Überleben von den psychotischen Angstgefühlen, die sie durch geistige Kontrolle in den Menschen erzeugten und von denen sie sich ernährten, abhängig war, eroberten die bekannte Galaxis mit atemberaubender Geschwindigkeit. Sie waren unangreifbar, da sie die Kunst der Simulkinese beherrschten – die Fähigkeit, zugleich an zwei verschiedenen Orten zu sein.

In der tiefschwarzen Weite des Weltalls bewegte sich langsam – wie ein umherirrender Meteor – ein Lichtpunkt. Halsyon ahnte, daß es ein Rettungsschiff war, welches das All nach Überlebenden durchkämmte. Er fragte sich, ob das Licht des Jupiters, das ihn mit rostroter Strahlung überflutete, ausreichen würde, um ihn seinen Rettern sichtbar zu machen. Und er fragte sich, ob er überhaupt gerettet werden wollte.

»Alles wird wie gehabt sein«, knirschte Halsyon. »Fälschlicherweise angeklagt von Balorsens Roboter, ungerechterweise verurteilt von Judiths Vater, von Judith selbst verachtet. Man wird mich wieder ins Gefängnis werfen, und schließlich werde ich von den Grssh getötet werden, wenn sie die letzten Bastionen der Erde niederreißen. Warum soll ich nicht schon jetzt sterben?«

Aber noch während er sprach, bemerkte er, daß er sich etwas vorlog. Er war der einzige Mensch, der das Geheimnis kannte, das die Erde und die gesamte Galaxis retten konnte. Er mußte überleben ....

Mit neu erwachtem Überlebenswillen kämpfte Halsyon gegen die ihn haltenden Ketten an und kam schließlich auf die Füße. Mit der stählernen Kraft, die er während seiner Gefangenschaft in den Erzminen der Grssh gewonnen hatte, winkte und rief er. Aber der Lichtpunkt änderte den Kurs, der an ihm vorbeiführen würde, nicht. Plötzlich sah er, wie seine rasselnden Ketten einen hellen Funken auf dem feuersteinhaltigen Felsen erzeugten, und kam auf eine verzweifelte Idee, wie er die Aufmerksamkeit des Schiffes auf sich lenken konnte.

Er löste den Plastik-Schlauch seines O_2-Tanks von seinem Helm. Der lebenswichtige Sauerstoff zischte ins All ab. Mit zitternden Händen ergriff er die Kette und schlug sie auf den Felsen, über dem der Sauerstoff schwebte. Ein Funken glimmte auf, und das Oxygen fing Feuer. Ein grellweiß aufflammender Geysir erhob sich fast einen Kilometer hoch ins All.

Während der letzte Sauerstoff in seinem Helm langsam verbraucht wurde, schwenkte er den Behälter in dem verzweifelten letzten Versuch, doch noch die Aufmerksamkeit seiner Retter auf sich zu ziehen. Die Luft wurde noch ungenießbarer. Seine Ohren dröhnten, die Umgebung verschwamm vor seinen Augen. Schließlich brach er zusammen ...

Als er das Bewußtsein wiedererlangte, lag er in einer Plastik-Koje in der Kabine eines Raumschiffes. Das Dröhnen des Bodens verriet ihm, daß sie sich mit Überlichtgeschwindigkeit bewegten. Er öffnete die Augen. Vor der Plastik-Koje stand Balorsen, sein Roboter, der Oberste Richter Field und dessen Tochter Judith, die leise vor sich hinschluchzte. Der Roboter wurde von Plastikklammern im Griff gehalten und winselte, als General Balorsen ihn immer und immer wieder mit einer nuklearverdichteten Plastikpeitsche schlug.

»Parbleu! God damn!« grollte der Roboter. »Es trifft zu, daß ich ein Komplott gegen Jeff Halsyon geschmiedet habe. Autsch! Flux de bouche. *Ich* war der Raumpirat, der den Raumfrachter entführt hat. God damn! Autsch! Der Wirt der Raumschenke ›Raumfahrersaloon‹ war mein Komplize. Als Jackson das Raumtaxi zu Schrott fuhr, ging ich zur Raumgarage und beamte die Schallwellen herüber, *bevor* Tantial diesen O'Leary ermordet hat. Aux armes. Jeez. Autsch!«

»Da haben Sie das Geständnis, Halsyon«, knirschte General Balorsen. Er war groß, hager und verbittert. »Mein Gott. Ars est celare artem. Sie sind unschuldig!«

»Ich habe Sie fälschlicherweise verurteilt, mein Alter«, knirschte der Oberste Richter Field. Er war groß, hager und verbittert. »Können Sie mir altem Narr noch einmal vergeben? God damn, wir bitten um Verzeihung.«

»Wir haben uns in dir geirrt, Jeff«, flüsterte Judith. »Wie kannst du uns je vergeben? Sage, daß du uns vergibst!«

»Sie bereuen die Art und Weise, mit der Sie mich behandelt haben«, knirschte Halsyon. »Aber nur, weil eine geheimnisvolle Mutation von Bestandteilen meines Make-ups mich verändert hat. Ich bin der einzige Mensch, der das Geheimnis kennt, das die Galaxis vor den Grssh erretten kann.«

»Nein, nein, nein, mein alter Gin-Tonic«, bat General Balorsen. »God damn! Grollen Sie uns bitte nicht, sondern retten Sie uns vor den Grssh.«

»Retten Sie uns, faute de mieux, retten Sie uns, Jeff!« warf Richter Field ein.

»Oh, bitte, Jeff, bitte«, flüsterte Judith. »Die Grssh sind überall und

kommen näher. Wir bringen dich zur UN-Vollversammlung. Du mußt dem Rat berichten, wie man verhindern kann, daß die Grssh sich zur gleichen Zeit an zwei verschiedenen Orten aufhalten.«
Das Raumschiff fiel in den Normalraum zurück und landete auf Governor's Island, wo eine Delegation weltlicher Würdenträger bereits wartete und Halsyon zum Hauptversammlungsraum begleitete. Sie fuhren durch die seltsam gerundeten Straßen und an den seltsam gerundeten Gebäuden vorbei, die errichtet worden waren, als man herausfand, daß die Grssh immer in Ecken auftauchten. Auf ganz Terra konnte man keine Ecke und keinen Winkel mehr finden.
Der Saal war schon gänzlich gefüllt, als Halsyon eintrat. Hunderte von großen, hageren, verbitterten Diplomaten applaudierten, als er sich den Weg zum Podium bahnte. Halsyon, der immer noch seine Sträflingskleidung aus Plastik trug, warf vorwurfsvolle Blicke um sich.
»Ja«, grollte er. »Sie alle applaudieren. Sie alle ehren mich nun; aber wo waren Sie, als ich angeklagt, verurteilt und eingekerkert wurde, ich, ein Unschuldiger? Wo waren Sie da?«
»Halsyon, god damn, verzeihen Sie uns!« riefen sie.
»Ich werde Ihnen nicht vergeben. Ich habe siebzehn Jahre in den Minen der Grssh gelitten. Nun ist es Ihre Zeit zu leiden.«
»Bitte, Halsyon!«
»Wo sind Ihre Experten? Ihre Professoren? Ihre Spezialisten? Wo sind Ihre Elektronik-Kalkulatoren? Ihre Supergehirn-Maschinen? Sollen sie doch das Geheimnis der Grssh entschlüsseln.«
»Das können sie nicht, alter Whisky-Soda. Entre nous. Die Maschinen haben kläglich versagt. Retten Sie uns, Halsyon!«
Judith faßte ihn am Arm. »Nicht um meinetwillen, Jeff«, flüsterte sie. »Ich weiß, daß du mir die Ungerechtigkeit, die ich dir zugefügt habe, niemals verzeihen wirst. Aber um all der anderen Mädchen in der Galaxis willen, die lieben und geliebt werden.«
»Ich liebe dich immer noch, Judy.«
»Ich habe dich immer geliebt, Jeff.«
»Nun gut. Ich wollte ihnen das Geheimnis nicht verraten, aber du hast mich dazu überredet.« Halsyon hob die Hand, und alles schwieg, während er leise sprach. »Das Geheimnis liegt darin, meine Herren: Ihre Fachleute haben die Daten zusammengetragen, um das Geheimnis der Grssh zu entschlüsseln. Sie haben keines gefunden. Konsequenterweise haben Sie vermutet, daß die Grssh keine geheime, schwache Stelle haben. *Das war eine Fehldiagnose!«*
Die Vollversammlung hielt den Atem an.

»Hier ist das Geheimnis. *Sie hätten darauf kommen können, daß etwas mit den Computern nicht stimmte.«*
»God damn!« kreischte die Vollversammlung. »Warum haben wir daran nicht gedacht? God damn!«
»Und ich weiß, wo der Fehler liegt!«
Es herrschte tödliches Schweigen.
Die Tür zur Vollversammlung wurde aufgestoßen. Professor Todesschweigen, groß, hager, verbittert, wankte hinein. »Heureka!« schrie er. »Ich habe es gefunden! God damn! Irgend etwas stimmt nicht mit diesen Supergehirn-Maschinen. Drei kommt *nach* zwei, nicht vorher!«
Die Vollversammlung brach in Jubel aus. Man umringte Professor Todesschweigen und schlug ihm auf die Schultern. Flaschen wurden entkorkt, man trank auf ihn und überschüttete ihn mit verschiedenen Orden. Er strahlte.
»He!« rief Halsyon. »Das war *mein* Geheimnis. Ich bin der einzige, der wegen einer geheimnisvollen Mutation meines Make-ups ...«
Der Fernschreiber begann zu rattern: ACHTUNG! ACHTUNG! SCHWEIGENOV IN MOSKAU ENTDECKTE FEHLSCHALTUNG IN DEN COMPUTERN. 3 KOMMT NACH 2 UND NICHT VORHER. WIEDERHOLE, 3 KOMMT NACH 2 UND NICHT VORHER!
Ein Briefträger rannte herbei. »Eilbrief von Doktor Lifesilence aus Caltech. Schreibt, daß drei nach zwei kommt und nicht vorher.«
Ein weiterer Wissenschaftler gab ein Telegramm ab: SUPERGEHIRN-MASCHINEN KAPUTT STOP ZWEI KOMMT VOR DREI STOP UND NICHT DANACH STOP VON SCHWEIGETRAUM, HEIDELBERG.
Eine Flasche wurde durchs Fenster geworfen, zerschlug auf dem Boden und enthüllte ein Blatt Papier, auf dem gekritzelt stand: *Habense je daran jedacht, dat de Zahl zwei vielleicht vor de Zahl drei kütt un nich danach? Nieder mit de Grssh! Mr. Schweige-Schweige.*
Halsyon ergriff Richter Field am Kragen. »Was, zum Teufel, soll das?« wollte er wissen. »Ich dachte, ich sei der einzige, der dieses Geheimnis kennt!«
»Herrgott noch mal«, gab Richter Field ungeduldig zurück. »Ihr seid doch alle gleich. Ihr träumt, daß ihr die einzigen seid, die um ein Geheimnis wissen, denen Unrecht angetan wurde, die eine Frau haben, die keine Frau haben, denen sonstwas fehlt. God damn! Sie langweilen mich, Sie Einzig-und-allein-Traumtänzer. Ziehen Sie Leine!«
Richter Field stieß ihn beiseite. General Balorsen boxte ihn in den Rükken. Judith Field ignorierte ihn. Balorsens Roboter drängte ihn in eine Ecke der Menschenmenge, in der ein Grssh auftauchte, der ebenfalls in

einer Ecke einer Menschenmenge auf Neptun erschien, etwas Unaussprechliches mit ihm machte und mit seinem schreienden, schluchzenden und um sich tretenden Opfer verschwand. Er zog ihn in einen zur Realität gewordenen Schrecken, der ein köstliches Menü für den Grssh darstellte, für Halsyon aber einen Plastik-Alptraum ...

... aus dem seine Mutter ihn erweckte, indem sie sagte: »Das wird dich lehren, mitten in der Nacht Mengen von Erdnußbutterbroten zu verschlingen, Jeffrey!«

»Mama?«

»Ja. Du mußt aufstehen, Liebling, sonst kommst du zu spät zur Schule.«

Sie ging aus dem Zimmer, und er sah sich um, blickte an sich herunter. Es war wahr! Wahr! Freudig bemerkte er, daß sein ewiger Traum wahr geworden war. Er war wieder zehn Jahre alt, hatte den Körper eines zehn Jahre alten Jungen, war im Heim seiner Kindheit, lebte das Leben, das er in den dreißiger Jahren gelebt hatte. Und er besaß das Wissen, die Erfahrung und die Belesenheit eines Dreiunddreißigjährigen.

»O Freude!« jauchzte er. »Das wird wunderbar werden! Einfach wunderbar!«

Er würde in der Schule ein Genie sein, seine Eltern erstaunen, die Lehrer verblüffen, die Experten verwirren. Er würde Stipendien zugesprochen bekommen und diesen kleinen Rennahan, der ihn immer zu verhauen pflegte, fertigmachen. Er würde eine Schreibmaschine kaufen und all die erfolgreichen Theaterstücke, Kurzgeschichten und Romane schreiben, an die er sich erinnerte. Diesmal würde er jene Gelegenheit nicht nutzlos verstreichen lassen, damals, als er sich mit Judy Field an einer abgelegenen Stelle im Isham-Park getroffen hatte. Er würde Erfindungen und Entdeckungen stehlen, neue Industrien begründen, Wetten abschließen und an der Börse spekulieren. Schließlich würde er die Welt beherrschen, da er die Zukunft kannte.

Das Anziehen bereitete ihm Schwierigkeiten. Er hatte vergessen, wo seine Kleider sich befanden. Beim Frühstück war es nicht anders, aber nun war nicht die richtige Zeit dafür, seiner Mutter zu erklären, er sei es gewohnt, den Tag mit Irish Coffee zu beginnen. Und er vermißte seine Morgenzigarette. Er hatte keine Ahnung, wo seine Schulbücher waren. Als er aus dem Haus ging, war seine Mutter schon ganz durcheinander.

»Jeff ist heute ganz durcheinander«, hörte er sie murmeln. »Ich will nur hoffen, daß er in der Schule klarkommt.«

Der Tag begann damit, daß Rennahan ihn am Schuleingang anpöbelte. Halsyon erinnerte sich an ihn als einen bulligen Jungen mit unintelligentem Gesichtsausdruck. Er war erstaunt, als er sah, daß Rennahan groß und hager war – und wegen einiger unterdrückter Erlebnisse überaus aggressiv.

»He, eigentlich bist du mir gar nicht feindlich gesinnt«, rief Halsyon aus. »Du weißt nur nicht, was du eigentlich willst, und versuchst, irgendwem etwas zu beweisen.«

Rennahan schlug ihn.

»Hör mal zu, Kleiner«, sagte Halsyon freundlich. »Du willst eigentlich gut Freund mit der ganzen Welt sein. Du bist nur unsicher. Deshalb fängst du immer wieder Streit an.«

Rennahan war für solch eine Analyse taub. Er schlug Halsyon noch einmal. Es tat weh.

»Laß mich in Ruhe«, sagte Halsyon. »Beweise dich an einem anderen.«

Rennahan trat mit zwei schnellen Bewegungen Halsyons Bücher auf den Boden und schlug zu. Er hatte keine andere Möglichkeit und mußte kämpfen. Aber all die Jahre, in denen er Joe Louis auf dem Bildschirm beobachtet hatte, zeigten keine Auswirkungen. Er verlor glatt nach Punkten und kam auch zu spät zur Schule. Nun hatte er jedoch eine Chance, seine Lehrer zu verblüffen.

»Entschuldigung«, erklärte er Miß Ralph, der Lehrerin der fünften Klasse, »aber ich hatte ein unerfreuliches Zusammentreffen mit einem Neurotiker. Über seine Zwangsvorstellungen kann ich nichts sagen, dafür ist sein linker Haken aber nicht zu verachten.«

Miß Ralph gab ihm eine Ohrfeige und schickte ihn zum Direktor. Solch eine Unverschämtheit sei ihr noch nicht untergekommen.

»Die Psychoanalyse ist wohl noch nicht bis zu dieser Schule vorgedrungen«, sagte Halsyon zu Mr. Snider. »Wie können Sie vorgeben, kompetente Lehrer zu haben, wenn Sie ...«

»Verdammter Lausebengel!« unterbrach ihn Mr. Snider ärgerlich. Er war groß, hager und verbittert. »Also hast du schmutzige Bücher gelesen, he?«

»Was, zum Teufel, ist denn schmutzig an Freud?«

»Und deine Sprache! Du hast eine Lektion verdient, du kleiner Schmutzfink.«

Man schickte ihn nach Hause und gab ihm einen Brief mit, in dem eine baldige Unterredung mit seinen Eltern gefordert wurde. Ihr Sohn laufe Gefahr, von der Schule geworfen zu werden, wenn der Verrohung

seiner Sprache und seiner Manieren nicht baldigster Einhalt geboten werde.
Aber anstatt nach Hause, ging er zu einem Kiosk, um in den Zeitungen nachzusehen, auf welche Ereignisse er Wetten abschließen könne. Die Überschriften widmeten sich fast alle den Football-Meisterschaften. Aber wer hatte sie im Jahre 1931 gewonnen? Und die Tabelle? Er konnte sich einfach nicht daran erinnern. Die Börsenkurse? Davon wußte er auch nichts mehr. Als Kind hatte er sich nie sonderlich dafür interessiert. In seinen Erinnerungen war nichts, auf das er hätte zurückgreifen können.
Er versuchte, in der Stadtbibliothek weitere Nachforschungen zu betreiben, aber die Bibliothekarin, eine große, hagere, verbitterte Frau, wollte ihn erst am Nachmittag, zur täglichen Stunde für Kinder, einlassen. Also bummelte er auf den Straßen umher. Doch überall, wo er sich herumtrieb, wurde er von hageren und verbitterten Erwachsenen fortgescheucht. Er begann zu begreifen, daß die Möglichkeiten eines zehnjährigen Jungen, die Welt in Erstaunen zu versetzen, eher beschränkt waren.
Nach Schulschluß wartete er auf Judy Field und begleitete sie nach Hause. Ihre knochigen Knie und ihr trockenes, gewelltes schwarzes Haar stießen ihn ab. Er mochte auch ihren Geruch nicht. Ihre Mutter jedoch – die das Abbild jener Judy war, an die er sich erinnerte – nahm ihn sehr für sich ein. Er vergaß sich aber und sagte ein oder zwei Dinge, die sie völlig verwirrten. Schließlich warf sie ihn hinaus und rief seine Mutter an. Ihre Stimme zitterte vor Erregung.
Halsyon ging den Hudson entlang und trieb sich auf den Docks herum, bis er fortgescheucht wurde. Er ging in einen Laden und erkundigte sich, ob er dort eine Schreibmaschine mieten könne, und wurde hinausgejagt. Dann suchte er nach einem ruhigen Plätzchen, wo er sich hinsetzen, nachdenken, Pläne schmieden und sich vielleicht den Anfang eines erfolgreichen Theaterstücks in die Erinnerung zurückrufen konnte. Aber solch ein Plätzchen schien es für einen zehnjährigen Jungen nicht zu geben.
Um halb fünf kam er nach Hause. Er legte die Bücher in seinem Zimmer ab, stahl sich ins Wohnzimmer, paffte eine Zigarette und wollte gerade wieder gehen, als er entdecken mußte, daß seine Eltern schon nach ihm suchten. Seine Mutter sah schockiert aus, sein Vater war groß und verbittert.
»Ach ja«, sagte Halsyon. »Ich glaube, Snider hat angerufen. Das hatte ich ganz vergessen.«

»*Mister* Snider«, sagte seine Mutter.
»Und Mrs. Field auch«, meinte sein Vater.
»Seht mal«, begann Halsyon. »Das klären wir besser sofort. Hört ihr mir mal ein paar Minuten zu? Ich muß euch etwas Erstaunliches erzählen, und wir müssen überlegen, was wir dann tun wollen. Ich ...«
Er schrie auf. Sein Vater hatte ihn am Ohr gefaßt und zerrte ihn zur Tür. Eltern hören ihren Kindern noch nicht einmal für ein paar Minuten zu. Eltern hören nie zu.
»Paps! Nur eine Minute ... Bitte! Ich will es dir doch erklären. Ich bin nicht wirklich zehn Jahre alt! Ich bin dreiunddreißig. Es hat einen Riß in der Zeit gegeben, verstehst du? Wegen einer seltsamen Mutation meines Make-ups ...«
»Verdammt! Sei endlich ruhig!« brüllte sein Vater. Der Schmerz, den seine großen Hände ihm zufügten, und die unterdrückte Wut in seiner Stimme brachten Halsyon zum Verstummen. Er mußte sich aus dem Haus und um vier Wohnblocks führen lassen, dann traten sie in Mr. Sniders Büro ein, wo der Schulpsychologe wartete. Er war groß, hager, verbittert, aber lebhaft.
»Ah, ja«, sagte er. »Das ist also unser kleiner Frechdachs. Unser Al Capone mit dem Milchgesicht, he? Nun, nehmen wir ihn mit zur Klinik. Dort werde ich mich seiner annehmen. Hoffen wir das Beste. Nisi prius. Er kann nicht ganz und gar schlecht sein.«
Er faßte Halsyon am Arm. Halsyon riß den Arm weg und sagte: »Hören Sie zu, Sie sind ein erwachsener, vernünftiger Mann. Sie werden mir also zuhören. Mein Vater hat emotionale Probleme, die verhindern, daß er die Wahrheit erkennt ...«
Sein Vater versetzte ihm einen kräftigen Schlag hinter das Ohr, packte ihn und übergab ihn wieder dem Griff des Psychologen. Halsyon brach in Tränen aus. Der Psychologe führte ihn aus dem Büro zur kleinen Krankenstation der Schule. Halsyon wurde hysterisch. Er zitterte vor Enttäuschung und Angst.
»Hört mir denn überhaupt keiner zu?« schluchzte er. »Versucht niemand, mich zu verstehen? Benehmen wir uns so unseren Kindern gegenüber? Müssen alle Kinder so etwas durchmachen?«
»Ruhig, mein Zuckermäulchen«, murmelte der Psychiater, steckte Halsyon eine Pille in den Mund und zwang ihn, Wasser zu trinken.
»Ihr seid alle so verdammt unmenschlich«, weinte Halsyon. »Ihr haltet uns von eurer Welt fern, brecht aber ständig in die unsrige ein. Wenn ihr uns nicht respektiert, warum laßt ihr uns dann nicht in Ruhe?«
»Begreifst du langsam?« sagte der Psychologe. »Wir sind zwei verschie-

dene Arten von Lebewesen, Kinder und Erwachsene. God damn! Jetzt bin ich offen und ehrlich. Les absents ont toujours tort. Wir können niemals zusammenkommen. Jeez. Es gibt nichts außer dem Krieg. Deshalb wachsen auch alle Kinder auf, indem sie ihre Kindheit hassen und nach Rache dürsten. Aber Rache wird es niemals geben. Pari mutuel. Wie könnte es auch? Kann eine Katze einen König beleidigen?«
»Das ist doch ... Scheibenkleister«, murmelte Halsyon. Die Pille wirkte bereits. »Die ganze Welt besteht nur aus Haß und is voller Konflikte, die nich gelöst werden können ... werd' alles zurückzahlen ... Das is doch so, als ob jemand 'nen Scherz mit uns treibt, 'nen Scherz ohne Pointe. Nich wahr?«
Während er in die Dunkelheit hinabglitt, konnte er den Psychologen kichern hören. Aber kein Preis in der Welt hätte ihn beflügeln können zu erraten, worüber er lachte ...

Er nahm den Spaten auf und folgte dem ersten Clown auf den Friedhof. Der erste Clown war ein großer, hagerer Mann, verbittert, aber lebhaft.
»Soll sie nach christlichem Brauch begraben werden, so daß die Erlösung auf sie wartet?« fragte der erste Clown.
»Jawohl, mein hehrer Gesell«, gab Halsyon zurück. »Also hebt aus das Grab sehr tief; die Kron hat auf ihrem Kopf geruht und verlanget solch einen Brauch.«
»Wie kann das sein, außer, sie hat sich selbst zu ihrer Verteidigung ertränkt?«
»Nun, so steht's geschrieben.«
Sie begannen das Grab auszuheben. Der erste Clown überdachte die Angelegenheit. »*Se offendendé*«, sagte er. »Anders kann's nicht sein. Denn hier liegt des Pudels Kern: Wenn ich mich selbst willentlich ertränke, so beweist dies eine Handlung, und eine Handlung hat drei Zweige; nämlich Handeln, Tun, Durchführung. So hat sie also sich selbst ertränkt.«
»Nein, so höret zu, Ihr guter ...«, begann Halsyon.
»So lasset mich in Ruhe«, unterbrach der erste Clown und fuhr in seiner langweiligen Abhandlung über die Rechte fort. Dann sprang er hurtig in die Höhe und riß ein paar berufsmäßige Witze ab. Schließlich ging Halsyon und begab sich in Yaughans Taverne, um einen Drink zu sich zu nehmen. Als er zurückkam, erzählte der erste Clown seine Witze ein paar Herren, die auf den Friedhof hinausgewandert waren. Einer davon machte viel Aufhebens wegen eines Schädels.

Der Trauerzug näherte sich; der Sarg, der Bruder des toten Mädchens, König und Königin, die Priester und Lords. Sie begruben sie, und der Bruder und einer der Herren begannen über ihrem Grab zu streiten. Halsyon schenkte dem keine Beachtung. In der Prozession stand ein hübsches Mädchen mit schwarzem, lockigem Haar und wunderschönen, langen Beinen. Er blinzelte ihr zu. Sie blinzelte zurück. Halsyon schlenderte auf sie zu und sprach unterdessen mit den Augen, und sie antwortete auf die gleiche Art und Weise.

Dann nahm er seinen Spaten auf und folgte dem ersten Clown auf den Friedhof. Der erste Clown war groß und hager, mit einem verbitterten Gesichtsausdruck, aber lebhaften Gesten.

»Soll sie nach christlichem Brauch begraben werden, so daß die Erlösung auf sie wartet?« fragte der erste Clown.

»Jawohl, mein hehrer Gesell«, gab Halsyon zurück. »Also hebt aus das Grab sehr tief; die Kron hat auf ihrem Kopf geruht und verlanget solch einen Brauch.«

»Wie kann das sein, außer, sie hat sich selbst zu ihrer Verteidigung ertränkt?«

»Hast du mich das nicht schon einmal gefragt?« wollte Halsyon wissen.

»Halt den Mund, mein Bester, und beantworte lieber meine Frage.«

»Ich könnte schwören, daß dies schon einmal passiert ist.«

»God damn! Wirst du jetzt Antwort geben? Jeez.«

»Nun, so steht's geschrieben.«

Sie begannen, das Grab auszuheben. Der erste Clown überdachte die Angelegenheit und begann mit einer langweiligen Abhandlung über die Rechte. Danach tanzte er umher und riß berufsmäßig Witze. Schließlich ging Halsyon zu Yaughans, um ein Glas zu trinken. Als er zurückkam, umstanden einige Fremde das Grab, und der Trauerzug näherte sich.

Unter den Trauernden war ein hübsches Mädchen mit lockigem schwarzen Haar und wunderschönen, langen Beinen. Halsyon blinzelte ihr zu, und sie blinzelte zurück. Er schlenderte zu ihr herüber und sprach unterdessen mit den Augen. Sie antwortete ihm auf die gleiche Weise.

»Wie heißt Ihr?« flüsterte er.

»Judith«, gab sie zurück.

»Ich trage Euren Namen auf meinem Körper eintätowiert, Judith.«

»Ihr lügt, mein Herr.«

»Ich kann es beweisen, Madam. Ich werde Euch den Ort zeigen, wo er eintätowiert wurde.«

»Und wo ist das?«

»In Yaughans Taverne. Ein Seemann von der *Golden Hind* tat mir den Gefallen. Werden wir uns heute nacht treffen?«
Bevor sie antworten konnte, nahm er seinen Spaten und folgte dem ersten Clown auf den Friedhof. Der erste Clown war groß und hager, mit einem verbitterten Gesichtsausdruck, aber lebhaften Gesten.
»Um Himmels willen!« beschwerte sich Halsyon. »Ich könnte schwören, dies schon einmal erlebt zu haben.«
»Soll sie nach christlichem Brauch begraben werden, so daß die Erlösung auf sie wartet?« fragte der erste Clown.
»Ich weiß genau, daß wir dies alles schon einmal getan haben.«
»Wirst du meine Frage wohl beantworten!«
»Hör zu«, sagte Halsyon stur. »Vielleicht bin ich verrückt, vielleicht aber auch nicht. Aber ich habe so ein Gefühl ... dies alles ist schon einmal passiert. Es erscheint unwirklich. Ja, das Leben erscheint unwirklich.«
Der erste Clown schüttelte den Kopf. »Himmelherrgott«, fluchte er. »Das habe ich befürchtet. Lux et veritas. Wegen einer mysteriösen Mutation deines Make-ups, die dich verändert hat, gehst du untragbare Risiken ein. Eternity! Beantworte meine Frage.«
»Ich habe sie nicht nur einmal, ich habe sie hundertmal beantwortet.«
»Ham and eggs«, brach es aus dem ersten Clown heraus, »du hast sie schon 5.271.009mal beantwortet. God damn. Jetzt antworte noch einmal!«
»Warum?«
»Weil du es mußt. Pot au feu. Das ist das Leben, das wir leben müssen.«
»Leben nennst du das? Wenn wir immer und immer wieder das gleiche tun? Mädchen zublinzeln und sonst auf keinen grünen Zweig kommen?«
»Nein, nein, nein. Hinterfrage das nicht. Es ist eine Verschwörung, die wir nicht zu bekämpfen wagen. So ist das Leben, das jeder lebt. Jeder tut immer und immer wieder das gleiche. Es gibt keinen Ausweg.«
»Warum nicht?«
»Das wage ich nicht zu sagen; ich wage es einfach nicht. Vox populi. Andere haben diese Frage gestellt und sind verschwunden. Eine Verschwörung. Und ich habe Angst.«
»Angst wovor?«
»Vor unseren Besitzern.«
»Was? Wir werden besessen?«
»Si! Ach, ja! Wir alle, mein junger Mutant. Es gibt keine Wirklichkeit,

kein Leben, keine Freiheit, keinen Willen. God damn, verstehst du nun? Wir sind ... Wir alle sind Charaktere in einem Buch. Wenn das Buch gelesen wird, tanzen wir unseren Tanz; wenn es erneut gelesen wird, tanzen wir erneut. E pluribus unum. Soll sie nach christlichem Brauch begraben werden, so daß die Erlösung auf sie wartet?«
»Was sagst du?« schrie Halsyon in panischem Schrecken. »Wir sind Puppen?«
»Beantworte die Frage.«
»Wenn es keine Freiheit, keinen freien Willen gibt, wie können wir dann dieses Gespräch führen?«
»Jeder, der unser Buch liest, gibt sich Tagträumen hin, mein Bester. Idem est. Antworte endlich.«
»Das werde ich nicht tun. Ich werde revoltieren. Ich werde nicht mehr für unsere Besitzer tanzen. Ich werde ein besseres Leben finden ... die Realität.«
»Nein, nein! Das wäre Wahnsinn, Jeffrey! Cul-de-sac!«
»Wir brauchen einzig und allein einen tapferen Anführer. Alles andere ergibt sich von allein. Wir werden die Verschwörung zerschlagen, die uns in ihren Griff preßt.«
»Das kann nicht geschehen. Gehe lieber auf Nummer Sicher. Antworte!«
Halsyon antwortete, indem er seinen Spaten nahm und ihn auf den Kopf des ersten Clowns niedersausen ließ, der dies jedoch nicht zu bemerken schien. »Soll sie nach christlichem Brauch begraben werden, so daß die Erlösung auf sie wartet?« fragte er.
»Revolte!« schrie Halsyon und schlug erneut auf ihn ein. Der Clown begann zu singen. Die beiden Herren erschienen. »Hat dieser Kerl kein Gefühl für Anstand?« sagte der eine. »Daß er singt, während er ein Grab aushebt?«
»Aufstand! Mir nach!« schrie Halsyon und schwang den Spaten gegen den Kopf des melancholischen Herren, der dieser Handlung jedoch keine Aufmerksamkeit schenkte und sich weiterhin mit dem ersten Clown und seinem Freund unterhielt. Halsyon wirbelte wie ein Derwisch umher und griff immer wieder mit seinem Spaten an. Der Herr nahm einen Schädel hoch und philosophierte über einen Menschen – oder deren mehrere – mit dem Namen Yorick.
Der Trauerzug kam. Halsyon griff ihn, herumwirbelnd und immer wieder zustoßend, an, kämpfte mit der heftigen Wut eines Träumenden.
»Hören Sie auf damit, das Buch zu lesen!« schrie er. »Lassen Sie mich heraus. Können Sie mich hören? Lesen Sie das Buch nicht weiter! Ich

will lieber in einer Welt sein, die ich selbst erschaffen habe. Lassen Sie mich heraus!«
Plötzlich ertönte ein mächtiges Donnergrollen, als ob die Seiten eines riesigen Buches zugeklappt würden. Im nächsten Augenblick schwebte Halsyon durch die dritte Abteilung des siebenten Kreises des Infernos im vierzehnten Kapitel der Göttlichen Komödie, wo die Sünder wider die Kunst von Flammen geplagt wurden, die auf ewig auf sie niederprasseln. Dort kreischte er lauthals, bis er genug Amüsement erregt hatte. Dann gestattete man ihm, einen eigenen Text zu schreiben, und er formte eine neue Welt, eine romantische Welt, die Welt seiner kühnsten Träume ...

Er war der letzte Mensch der Erde.
Er war der letzte Mensch auf der Erde, und er weinte jämmerlich.
Die Hügel, die Täler, die Berge und Flüsse, alle waren sie sein, gehörten allein ihm; dennoch weinte er jämmerlich.
Fünf Millionen zweihunderteinundsiebzigtausendundneun Häuser boten ihm Unterschlupf, 5.271.009 Betten warteten darauf, daß er in ihnen schlafe. Die Läden boten ihm Nahrung, alle Juwelen der Welt gehörten ihm. Die Spielzeuge, die Werkzeuge, die Spiele, die Gegenstände des täglichen Bedarfs, die Luxuswaren ... alles gehörte dem letzten Mann der Erde, der jämmerlich weinte.
Er verließ die ländlichen Gebiete von Connecticut, die er sich als Wohnsitz ausgesucht hatte, durchquerte weinend Westchester, rannte südwärts auf dem, was einst der Hendrick-Hudson-Highway gewesen war, und weinte dabei. Heulend ging er über die Brücke nach Manhattan, rannte heulend an den einsamen Wolkenkratzern, den Geschäften und Spielhallen vorbei. Weinend erreichte er die Fifth Avenue, und an der Straßenecke zur 50. Straße erblickte er ein menschliches Wesen.
Sie lebte und atmete; eine wunderschöne Frau, groß, mit schwarzen lockigen Haaren und wundervoll langen Beinen. Sie trug eine weiße Bluse, eine Tigerfellhose und Lederstiefel. Sie hatte ein Messer, und in einem Halfter an der Hüfte steckte ein Revolver. Aus einer Büchse löffelte sie gekochte Tomaten und starrte Halsyon dabei ungläubig an.
Er lief zu ihr.
»Ich dachte, daß ich der letzte Mensch der Erde sei«, sagte sie.
»Du bist die letzte Frau«, heulte Halsyon. »Und ich bin der letzte Mensch. Bist du eine Zahnärztin?«
»Nein«, sagte sie. »Ich bin die Tochter des unglücklichen Professors Field, dessen gutgemeinte, aber unter einem schlechten Stern stehende Experimente in Strahlungstechnik die Menschheit vom Antlitz der Erde

weggewischt haben – bis auf uns beide, was zweifellos an einer mysteriösen Mutation unseres Make-ups liegt, die uns verändert hat. Wir sind die letzten der alten und die ersten der neuen Zivilisation.«
»Hat dein Vater dir etwas über Zahnmedizin beigebracht?«
»Nein«, sagte sie.
»Dann leih mir mal kurz deine Pistole.«
Sie nahm den Revolver aus dem Halfter und gab ihn Halsyon. Dabei hielt sie ihr Gewehr schußbereit. Halsyon entsicherte den Revolver.
»Ich wünschte, du wärest eine Zahnärztin«, meinte er.
»Ich bin eine wunderschöne Frau mit einem IQ von 141, der wichtiger für die Erschaffung einer wackeren neuen, schönen Menschenrasse ist, die unsere gute grüne alte Erde wieder bevölkern wird«, erwiderte sie.
»Aber nicht bei meinen Zahnschmerzen!« heulte Halsyon, hielt den Revolver gegen die Schläfe, drückte ab und zerfetzte sein Gehirn.

Er erwachte mit bohrenden Kopfschmerzen. Er lag neben dem Stuhl auf der Estrade und hatte seinen brummenden Schädel gegen den kühlen Boden gedrückt. Mr. Aquila war hinter dem ledernen Schutzschild hervorgekommen und wedelte mit einem großen Fächer umher, um die Luft ein wenig zu reinigen.
»Bravo, Leber mit Zwiebel und Apfelscheiben«, kicherte er. »Den letzten hast du selbst erschaffen, nicht? Ohne jede Hilfe. Meglio tarde che mai. Aber du bist vom Stuhl gefallen, bevor ich dich auffangen konnte. God damn!«
Er half Halsyon auf die Füße und führte ihn in das Konferenzzimmer, wo er ihn auf einen echt antiken Stuhl setzte und ihm ein Glas Brandy gab.
»Garantiert frei von Drogen«, sagte er. »Noblesse oblige. Nur erstklassiger spiritus frumenti. Jetzt wollen wir darüber sprechen, was wir getan haben, nicht wahr? Jeez.«
Er nahm hinter dem Schreibtisch Platz, immer noch lebhaft und verbittert, und betrachtete Halsyon freundlich. »Der Mensch lebt von seinen Entscheidungen, n'est-ce pas?« begann er. »Wir stimmen zu, oui? Im Laufe seines Lebens muß ein Mensch etwa fünf Millionen zweihunderteinundsiebzigtausendundneun Entscheidungen treffen. Pest! Ist das eine Primzahl? Nicht wichtig. Stimmst du mir zu?«
Halsyon nickte.
»Nun, mein Bester, von der Reifheit dieser Entscheidungen hängt es ab, ob ein Mann ein Mann oder ein Kind ist. Isn't it? Malgré nous. Ein Mann kann nicht eher erwachsene Entscheidungen treffen, bevor er sich

von den Träumen der Kindheit befreit hat. God damn. Diese Phantasien müssen verschwinden.«
»Nein«, sagte Halsyon langsam. »Diese Träume machen meine Kunst aus ... diese Träume und Phantasien setze ich in Linien und Farben um.«
»God damn! Ja, zugestanden. Maître d'hôtel: Aber erwachsene Träume, nicht solche von Kindern. Babyträume. Pfui! Alle Männer haben sie ... Der letzte Mensch auf der Erde zu sein, um die Erde zu besitzen ... Der letzte potente Mann auf der Erde zu sein, um alle Frauen zu besitzen ... Mit dem Wissen eines Erwachsenen in die Kindheit fliehen und Siege erringen ... Der Realität zu entkommen, indem man glaubt, das Leben sei nur ein Traum ... Der Verantwortung zu entkommen, indem man sich Phantasien mit heroisch ertragenen Ungerechtigkeiten, einem Märtyrertum mit gutem Ausgang hingibt ... Und es gibt noch viele hundert solcher beliebter Träume. Gott segne Vater Freud und seine lustigen Gefolgsleute. Er entschlüsselt solch einen Unsinn. Sic semper tyrannis. Avaunt!«
»Aber wenn jeder solche Träume hat, dann können sie doch nicht schlecht sein, oder?«
»God damn! Im vierzehnten Jahrhundert hatte jeder Läuse. War das gut? Nein, mein junger Freund, solche Träume sind für Kinder. Zu viele Erwachsene sind immer noch Kinder. Ihr, die Künstler, müßt sie dazu anleiten, erwachsen zu werden, so wie ich dich dazu angeleitet habe. Ich habe dich errettet; jetzt rette du die anderen.«
»Warum haben Sie das getan?«
»Weil ich Vertrauen in dich setze. Sic vos non vobis. Es wird dir nicht leichtfallen. Der Weg ist lang, hart und einsam.«
»Ich glaube, ich müßte mich dankbar fühlen«, murmelte Halsyon, »aber ich fühle mich ... nun ... leer. Betrogen.«
»O ja, god damn. Jeez, wenn du lange genug mit einem großen Geschwür lebst, wirst du es vermissen, wenn es entfernt worden ist. Du hast dich hinter solch einem Geschwür versteckt, und ich habe dich einer sicheren Zuflucht beraubt. Ergo fühlst du dich betrogen. Warte! Du wirst dich noch viel betrogener fühlen. Ich habe dir gesagt, daß du einen Preis dafür zahlen mußt. Und du hast ihn bezahlt. Schau!«
Mr. Aquila hielt einen kleinen Toilettenspiegel hoch. Halsyon blickte hinein, starrte immer wieder auf das Glas. Ein fünfzig Jahre altes Gesicht starrte zurück, mit tiefen Linien und eindrucksvollen, aber harten Konturen. Halsyon sprang auf die Füße.
»Immer mit der Ruhe«, riet Mr. Aquila. »So schlimm ist es nun auch

wieder nicht. Es ist besser, als es scheint. Dein Alter ist immer noch dreiunddreißig, genau wie das deines Körpers. Du hast nichts von deinem Leben verloren ... nur deine gesamte Jugend. Was hast du eigentlich verloren? Ein hübsches Gesicht, mit dem du junge Mädchen scharf machen konntest? Bist du deshalb so erzürnt?«

»Himmel!« schrie Halsyon.

»Schon gut. Immer mit der Ruhe, mein Junge. Hier stehst du also, reingewaschen, desillusioniert, unglücklich, verwirrt, mit einem Fuß auf der Straße zur geistigen Reife. Wäre es dir lieber, wenn das alles nicht geschehen wäre? Si. Ich kann es vollbringen. Das alles kann niemals stattgefunden haben. Lost forever. Zehn Sekunden deiner Flucht. Du kannst dein hübsches, junges Gesicht zurückbekommen. Ich kann dich wieder dem Wahnsinn übergeben. Du kannst zum sicheren Geschwür des Mutterleibes zurückkehren, wieder zum Kind werden. Willst du das?«

»Das können Sie ja doch nicht vollbringen.«

»Sauve qui peut, mein Schweinepfötchen. Ich kann es. Das Fünfzehntausend-Ångström-Band hat kein Ende.«

»Verflucht seien Sie! Sind Sie Satan? Luzifer? Nur der Teufel kann derartige Kräfte haben.«

»Oder ein Engel, mein Lieber.«

»Sie sehen nicht wie ein Engel aus. Eher wie der Teufel.«

»Ah! Ha! Aber Satan war ein Engel, bevor er verstoßen wurde. Er hat viele Verwandte im Himmel. Sicher sind manche dieser Familienbindungen noch recht eng. God damn.« Mr. Aquila hörte auf zu lachen. Er lehnte sich gegen den Schreibtisch, und das Leben schien aus seinem Gesicht zu weichen. Nur die Verbitterung blieb zurück. »Soll ich dir sagen, wer ich bin, mein Hühnchen? Soll ich dir erklären, weshalb ein ehrlicher Blick dieser Augen dich völlig aus der Bahn geworfen hat?«

Unfähig zu sprechen, nickte Halsyon nur.

»Ich bin ein Schurke, ein schwarzes Schaf, ein Taugenichts. Man hat mich hierhergeschickt. Ja, god damn! Ich bin ein Botengänger.« Mr. Aquilas Augen wurden zu Wunden. »Nach deinen Wertmaßstäben bin ich ein mächtiger Mann mit unbegrenzten Möglichkeiten. Wie der Mann, der von Europa nach Tahiti geschickt wurde, den dortigen Eingeborenen vorkam. Ja ... So komme ich euch vor, wenn ich die Strände der Sterne durchkämme, um ein wenig Vergnügen, ein wenig Hoffnung, ein wenig Spaß zu bekommen – während der einsamen Jahre meines Exils ...«

»Ich bin schlecht«, sagte Mr. Aquila verzweifelt. »Ich bin durch und durch verfault. In meiner Heimat gibt es niemanden, der mich aufnehmen würde. Die bezahlen mich, damit ich mich von ihnen fernhalte. Und dann gibt es Momente, in denen ich mich vergesse, wenn Elend und Verzweiflung meine Augen füllen und diese Schrecken in euren unschuldigen Seelen verbreiten. Nun?«

Halsyon nickte erneut.

»Glaube mir. Es war das Kind in Solon Aquila, das ihn zerstörte und ihn in das Elend führte, das sein Leben vernichtete. Oui. Ich leide ebenfalls an kindlichen Vorstellungen, denen ich nicht entkommen kann. Begehe nicht den gleichen Fehler! Ich bitte dich …« Mr. Aquila blickte auf seine Armbanduhr und sprang auf. »Jeez. Es ist schon spät. Du mußt dich jetzt entschließen, alter Freund. Wofür entscheidest du dich? Für das alte oder das hübsche Gesicht? Für die Realität der Träume oder den Traum der Realität?«

»Was sagten Sie, wie viele Entscheidungen müssen wir während unseres Lebens fällen?«

»Fünf Millionen zweihunderteinundsiebzigtausendundneun. Plus minus eintausend. God damn!«

»Und die wievielte ist dies für mich?«

»Bitte? Ah, vérité sans peur. Die zwei Millionen sechshundertfünfunddreißigtausendfünfhundertundvierte …«

»Aber es ist die bedeutendste!«

»Sie sind alle bedeutend.« Mr. Aquila trat zur Tür, legte eine Hand auf einen recht kompliziert aussehenden Schalter und sah Halsyon an. »Voilà tout«, sagte er. »Es hängt von dir ab.«

»Ich entscheide mich für den harten Weg«, sagte Halsyon.

Ein silberhelles Glockenspiel erklang gemeinsam mit dem Zischen einer tonlosen Explosion. Jeffrey Halsyon war bereit für seine 2.635.505te Entscheidung.

Gegen Ende des einundzwanzigsten Jahrhunderts war die reibungslose Kommunikation zwischen den Planeten unseres Sonnensystems kein Wunschtraum mehr – auf Kosten von mehr Menschenleben und größeren Geldsummen, als der Letzte Weltkrieg verschlungen hatte.

John W. Lackland
Die Geschichte der Solaren Städte

10. Juni. Venus. Wohnen im Excelsior. Überhaupt keine Schwierigkeiten, da jedermann Englisch spricht. Aber hier hat man einfach keine Ahnung, wie man einen Martini richtig mixt. Mist. Ging zu diesem Couturier, den Linda mir empfohlen hat. Kaufte fünf *göttliche* Kleider für ein Butterbrot. Tom sagte: »Der Wechselkurs ist günstig für uns.« Ich sagte: »Was heißt das?« Tom: »Unsere Dollars sind hier kaufkräftiger als zu Hause.« Ich: »Warum kann ich mir dann keine sechs Kleider kaufen?« Tom: »So günstig ist er nun auch nicht.« Aber ich habe herausbekommen, daß er sich eine weitere Kamera gekauft hat. Schwein! Liefen den Trumbulls und den Rogers über den Weg. Nahmen uns mit zu einem wundervollen Bistro, wo Clyde Pippin aus dem alten Key Club spielt. Liebe seine Lieder. Liebe diesen Mann. Tom rechnete seine Schecks nach. Weiß auch, daß man uns hier überall betrügen will, aber warum macht er nicht deutlich, daß wir einen Sch... darum geben? Mars und Saturn kommen als nächste Planeten. Dann Alpha Centauri.

Bislang verhinderten die großen Entfernungen und die zu geringen Geschwindigkeiten unserer Schiffe eine praktische Kommunikation mit den Planetensystemen anderer Sonnen. Mit dem Überlichtantrieb, der nach Jahrhunderten intensiver Forschungen entwickelt wurde, war es möglich, innerhalb von Wochen und nicht von Jahren zu den fernen Sternen zu reisen.

Ezra Coudert
Die Entwicklung der intergalaktischen Raumfahrt

19. Juli. Alpha Centauri. Wohnen im Excelsior. Überhaupt keine Schwierigkeiten, da jedermann Englisch spricht. Können das Wasser

aber nicht trinken. Mist. Ging zu diesem wundervollen Spitzenhändler, von dem Linda mir erzählt hat. Kaufte fünf Meter für ein Butterbrot.
Die Leute hier sind zu schmutzig und eindeutig amoralisch. Ekelhaft. Und sie sind unfreundlich!!! Tom schoß Fotos von irgendeiner komischen Zeremonie. Die Leute begannen uns anzuschreien. Versuchten, Toms Kamera zu stehlen. Ein Polizist kam und radebrechte in schlechtem Englisch. »Sie sagen, nicht mehr Fotos, bitte. Pause.« Tom: »Pause? Weshalb?« Polizist: »Religion. Sakrileg. Kein Bild machen. Pause.« Tom: »Sie haben die Nerven, mir zu sagen, diese Clownerei sei eine religiöse Angelegenheit?« Polizist: »Ja, bitte.« (Deutete auf Kamera) »Geben, bitte. Muß kaputtmachen, bitte.« Tom (zu mir): »Haben die Nerven! Wollen eine Vierhundert-Dollar-Kamera zerstören, nur weil sie Bilder von irgendeiner religiösen Zeremonie aufgenommen hat.« Ich: »Wenn man damit Notre-Dame fotografieren kann, kann man auch Bilder hiervon machen.« Tom gab ihnen etwas Geld, und wir gingen.
Die Trumbulls und Rogers liefen uns über den Weg. Nahmen sie zu einem wundervollen Bistro mit, wo Clyde Pippin spielt. Als ich die alten Melodien aus dem Key Club hörte, bekam ich richtig Heimweh. Liebe diesen Mann. Tom war zu lustig, als er vorgab, einen Würdenträger zu besuchen. Sagte, es sei ein berühmter Senator vom Saturn. Sagte, er betreibe *Nachforschungen* hier. Hat sie alle tödlich erschreckt. Lachen? Ich dachte, ich würde sterben. Als nächstes Beteigeuze.

Der Wettstreit der Kulturen führte zu unvermeidbaren Auseinandersetzungen, die im Großen Galaktischen Krieg gipfelten. Beteigeuze, bankrott und am Boden zerstört, wagte ein teures und riskantes Experiment. Die Regierung wurde abgeschafft und ein Finanzdespotismus unter der Führung eines ökonomischen Diktators eingesetzt.

Arthur Raskober
Die politische Ökonomie des Alls

23. Juli. Beteigeuze. Wohnen im Excelsior. Sehr angenehm, da jedermann Englisch spricht. Kann das Gerede über Armut und Lebensmittelknappheit hier nicht verstehen. Ist überhaupt nicht wahr! Das Essen ist hervorragend. Viel Sahne, Butter, Eier etc. hier im Hotel. Die Menschen sind nicht unglücklich, wie man immer behauptet. Alle Kellner und Zimmermädchen des Hotels sind fröhlich und lächeln immer. Und Mudinna hat es fertiggebracht, daß die Flugzeuge pünktlich starten.
Ging zu diesem wunderbaren Friseur, den Linda mir empfohlen hat. Faßte all meinen Mut zusammen und ließ mir *die Haare schneiden*. Très

chic, hatte aber Angst, mich Tom zu zeigen. War wütend, als er mich schließlich sah. Sagte, ich sehe nun aus wie ein verd ...... Ausländer. Er wird sich daran gewöhnen.
Liefen den Trumbulls und Rogers über den Weg. Gingen alle in ein wunderbares Bistro, wo Clyde Pippin spielte. Liebe diesen Mann. Nach zwei Monaten Sternenreise entwickelte ich schließlich genug kosmopolitisches Bewußtsein, um mich ihm vorzustellen. Hätte das früher nie gewagt. War furchtbar aufgeregt. Sagte: »Mr. Pippin, ich bewundere Sie schon seit zwanzig Jahren. Schon als ich ein Kind war.« Er: »Danke, meine Liebe.« Ich: »Finde es Klasse, wie Sie *Tree Top* singen.« Er: »Nein, das ist ein Lied von Charley Hoyt. Habe ich nie gesungen, Schätzchen.« Ich: »Nun, ich habe Charley Hoyt nie um ein Autogramm gebeten, aber ich bitte *Sie* darum.« Ich war einfach zu *sophisticated.*
Morgen reisen wir nach Andromeda ab. Sehr aufregend. Wird der Höhepunkt der ganzen Reise werden.

Der vielleicht erstaunlichste Zwischenfall bei der Erforschung des Alls war die Entdeckung, daß die Zeitreise im Andromedanebel schon entwickelt worden war. Ihr beschränkter Gebrauch wurde im Jahre 2754 für Wissenschaftler, Historiker und Studenten zugelassen.

Stark Robinson
Die Erforschung der Zeit

1. August. Wohnen im Excelsior. Jedermann spricht ein hervorragendes Englisch. Tom und ich gingen zu den Behörden, bewaffnet mit einem Stapel Briefen von der Handelskammer, dem NAM, von Senator Wilkins und Joe Cates, dessen Neffe einen hohen Regierungsposten innehat. Wir wollten einen Zeitsprung. Sie sagten nein, nicht für Touristen. Zu kostspielig, nur für Studenten. Tom berief sich schließlich auf das Gesetz, log und drohte etwas, und schließlich sagten sie ja. Bei diesen Eierköpfen muß man nur stur bleiben.
Tom wählte den 5. September 1665 in London aus. Ich: »Warum?« Tom: »Das ist der Tag, an dem das große Feuer ganz London zerstörte. Habe davon schon immer geträumt. Wollte ich immer schon sehen.« Ich: »Sei doch nicht kindisch. Ein Feuer ist ein Feuer. Ich will die Kleider der Marie Antoinette sehen.« Tom: »Nein. Ich habe es gedreht. Also sehen wir, was *ich* sehen will.« Wie eigensüchtig! Mußte Geld umtauschen – in die Währung des siebzehnten Jahrhunderts. Mußte alte Kleider des siebzehnten Jahrhunderts tragen. Die waren nicht einmal anständig gesäubert. Fast wäre ich nicht mitgegangen.

Hatte recht. Ein Feuer ist ein Feuer. Kaufte aber hervorragendes Silber und chinesisches Porzellan und zehn *himmlische* Zinnkrüge. Auch ein Teeservice. Tom konnte sich diesmal nicht darüber beschweren. *Er* kaufte sechs Schwerter und einen Helm als Dekorationsstücke für das Wohnzimmer. Am lustigsten bei der ganzen Reise war, daß wir die Leute dort kaum verstehen konnten. Im Jahre 1665 konnten sie noch nicht einmal ihr eigenes Englisch richtig sprechen.
Nächste Woche geht's nach Hause!

Die überlichtschnelle Reise durch das Universum ruft ein physikalisches Paradoxon hervor. Obwohl der Reisende das Verstreichen der Zeit an Bord des Raumschiffes wahrnimmt (subjektive Zeit), reist er in Wirklichkeit mit solch großer Geschwindigkeit, daß der Trip für den Rest der Welt keine Zeit in Anspruch genommen hat (objektive Zeit). Mit anderen Worten: Ein Schiff, das den Andromedanebel am 1. August mit Kurs auf die Erde verläßt, kommt dort auch am 1. August an. Für das Universum ist keine Zeit vergangen. Aber an Bord des Schiffes, das mit Überlichtgeschwindigkeit reiste, sind sieben Tage verstrichen.

Oliver Nielson
Die Paradoxa der Raumfahrt

20. August. Daheim. Obwohl wir laut Tagebuch den 20. August schreiben, ist in Wirklichkeit auf der Erde erst der 14. Juni. *Kann* mich einfach nicht an die subjektive und objektive Zeit gewöhnen. Nach unserer Zeitrechnung sind wir drei Monate fort gewesen, nach der der Erde nur vierzehn Tage. Fühle mich, als wäre ich gar nicht verreist gewesen.
Haben schon alle Geschenke verteilt, die wir mitbrachten. Linda war unmöglich. Bestand darauf, sie habe mir auf Kallisto gesagt, ich solle ihr einen Morgenmantel in Schockrosa kaufen, nicht in Himmelblau. Das ist eine verd ... Lüge, und das weiß sie auch. Bei ihrem Haar kann sie überhaupt kein Rosa tragen. Tom schäumt vor Wut. Er hat vergessen, den Linsenverschluß von seiner neuen Kamera abzunehmen, als er das Große Feuer fotografierte. Alle Negative unbelichtet. Jetzt glaubt ihm niemand, daß er als wichtig genug angesehen wurde, um die Erlaubnis für einen Zeitsprung zu erhalten.
Die Trumbulls und die Rogers riefen an. Wollten, daß wir uns wieder einmal treffen. Schlugen den neuen Kolony Club vor. Clyde Pippin spielt dort. Würde liebend gerne gehen, mußte aber absagen. Bin zu erschöpft. Für eine Reise ist das Universum hervorragend geeignet, aber ich würde es hassen, dort leben zu müssen.

Er weiß nicht, wer von uns wir dieser Tage sind, aber sie kennen eine Wahrheit. Man darf nichts außer sich selbst besitzen. Man muß sein eigenes Leben einrichten, es leben und dann den eigenen Tod sterben – sonst stirbt man den eines anderen ...

Die Reisfelder von Paragon III erstreckten sich viele hundert Meilen wie eine schachbrettartige Tundra, ein blaues und braunes Mosaik unter einem orangefarben brennenden Himmel. Gegen Abend überzogen kleine Wolken den Himmel, und die Reisähren raschelten und murmelten.

Eine lange Menschenschlange bewegte sich an jenem Abend, als wir von Paragon III flohen, durch die Felder. Die Menschen waren still, bewaffnet und konzentriert; eine lange Reihe silhouettenhafter Statuen, die sich gegen den rauchigen Himmel abzeichneten. Jeder Mann hielt eine Waffe in den Händen und war mit einem Walkie-Talkie ausgestattet, dessen Lautsprecher am Ohr und dessen Mikrophon an der Kehle anhaftete. Die kleinen Sichtschirme an den Fäusten glühten wie grünäugige Gesichter, zeigten aber sämtlich nur Trampelpfade durch die Reisfelder. Die Detektoren rauschten lediglich oder gaben platschende Schrittgeräusche der Männer wieder. Wenn einer von ihnen sprach, sprach er gleichzeitig zu allen.

»Hier ist nichts.«

»Hier – wo ist das?«

»Jensons Felder.«

»Ihr bewegt euch zu sehr nach Westen.«

»Wir schließen uns der Linie an.«

»Hat jemand die Grimson-Farm durchsucht?«

»Ja. Nichts!«

»So weit hätte sie gar nicht gehen können.«

»Sie könnte getragen worden sein.«

»Glaubt ihr, daß sie noch lebt?«

»Warum sollte sie tot sein?«

Die lange Kette der Suchenden arbeitete sich auf den Sonnenuntergang zu, der die Felder mit rauchigem Grau überzog, zitterte auf und ab wie eine sich windende Schlange, verlor sich aber nie aus den Augen. Alle fünfzehn Meter ein Mann. Eine Meile hatten sie schon zurückgelegt,

eine Meile beklemmender Suche, strikt wie eine Kompaßnadel von Osten nach Westen. Der Abend brach herein. Alle Männer ließen ihre Suchlampen aufflammen. Die sich windende Schlange verwandelte sich in eine gigantische Kette funkelnder Diamanten.
»Alles abgesucht. Nichts.«
»Nichts gefunden.«
»Hier auch nicht.«
»Was ist mit den Allen-Feldern?«
»Haben sie gerade erreicht.«
»Glaubt ihr, daß wir schon an ihr vorbei sind?«
»Kann schon sein.«
»Wir kehren um und suchen noch einmal.«
»Das wird die ganze Nacht so gehen.«
»Allen-Felder durchsucht.«
»Verdammt! Wir müssen sie einfach finden!«
»Wir werden sie schon finden.«
»Hier ist sie! Sektor sieben! Kommt her!«
Die Kette hielt inne. Die Diamanten schmolzen in der Hitze. Schweigen herrschte, als jeder auf den Sichtschirm an seinem Handgelenk starrte, der Sektor sieben zeigte. Alle Schirme boten das gleiche Bild: Eine kleine, nackte Gestalt, die in einem Reisfeld lag. Daneben ein Pfahl mit einer rotbronzenen Aufschrift: VANDALEUR. Er zeigte an, daß hier das Farmgebiet Vandaleurs begann. Das diamantene Halsband verwandelte sich in einen Sternenhaufen. Einhundert Männer starrten auf einen kleinen, nackten Körper, auf ein totes Mädchen in einem Reisfeld. In ihrem Mund befand sich kein Wasser. Auf ihrer Kehle waren Würgemale. Ihr unschuldiges Gesicht war zerschlagen, ihr Körper schrecklich mißhandelt. Eine Kruste verklumpten, verkrusteten Blutes überzog ihre Haut.
»Seit mindestens drei bis vier Stunden tot.«
»Ihr Mund ist trocken.«
»Sie ist nicht ertrunken. Jemand hat sie totgeschlagen.«
In der Hitze des dunklen Abends fluchten die Männer heftig. Sie hoben den Körper auf. Einer gab ein Zeichen zu warten und deutete auf die Fingernägel des Mädchens. Sie hatte mit ihrem Mörder gekämpft. Unter den Nägeln befanden sich Fleischfetzen und helle Tropfen scharlachroten Blutes, noch flüssig und noch nicht geronnen.
»Dieses Blut müßte ebenfalls schon geronnen sein.«
»Komisch.«
»Gar nicht komisch. Welches Blut gerinnt nicht?«

»Das eines Androiden.«
»Sieht so aus, als ob sie von einem Androiden umgebracht wurde.«
»Vandaleur besitzt einen.«
»Ein Androide kann sie nicht getötet haben.«
»Unter ihren Nägeln ist Androidenblut.«
»Die Polizei soll das besser überprüfen.«
»Die Polizei wird beweisen, daß ich recht habe.«
»Aber Androiden können nicht töten.«
»Das ist Androidenblut – oder etwa nicht?«
»Androiden können nicht töten. Sie werden so gemacht.«
»Dann ist ein Androide fehlerhaft hergestellt worden.«
»O Gott!«
Und das Thermometer zeigte an diesem Tage prächtige 92,9 Grad Fahrenheit* an.

Und so gelangten wir an Bord der *Paragon Queen,* die Kurs auf Megaster V genommen hatte – James Vandaleur und sein Androide. James Vandaleur zählte sein Geld und weinte dabei. Sein Androide war bei ihm in der Kabine der zweiten Klasse, eine großartige synthetische Schöpfung mit klassischen Gesichtszügen und großen blauen Augen. In einer Kamee aus Fleisch standen auf seiner Stirn die Buchstaben MZ, leicht erhöht. Sie zeigten an, daß dies einer der seltenen Mehrzweckandroiden war, die nach dem gegenwärtigen Wechselkurs siebenundfünfzigtausend Dollar kosteten. Dort saßen sie, weinend und zählend und ruhig beobachtend.
»Zwölf, vierzehn, sechzehn. Sechzehnhundert Dollar«, heulte Vandaleur. »Das ist alles. Sechzehnhundert Dollar. Mein Haus war zehntausend wert, das Land fünftausend. Dann noch die Möbel, die Autos, meine Gemälde und Radierungen, meine Flugzeuge und ... Aber jetzt habe ich nichts bis auf sechzehnhundert Dollar. Jesus!«
Ich erhob mich, wandte mich dem Androiden zu, zog einen Riemen aus der ledernen Tasche und schlug auf den Androiden ein. Er bewegte sich nicht.
»Ich muß Sie daran erinnern«, sagte der Androide, »daß ich nach gegenwärtigem Wechselkurs siebenundfünfzigtausend Dollar wert bin. Ich muß Sie darauf aufmerksam machen, daß Sie einen wertvollen Besitz gefährden.«
»Du verdammte, verrückte Maschine!« schrie Vandaleur.

* 33,8° Celsius

»Ich bin keine Maschine«, gab der Androide zurück. »Ein Roboter ist eine Maschine. Ein Androide ist eine chemische Schöpfung, hergestellt aus synthetischen Gewebeschichten.«
»Was ist in dich gefahren?« schrie Vandaleur. »Warum hast du das getan? Verdammt!« Er schlug heftiger auf den Androiden ein.
»Ich muß Sie daran erinnern, daß ich nicht bestraft werden kann«, sagte er. »Das Schmerz-Freude-Syndrom wurde bei der Herstellung nicht berücksichtigt.«
»Warum hast du sie dann umgebracht?« brüllte Vandaleur. »Warum, wenn du dich nicht daran erfreut hast?«
»Ich muß Sie daran erinnern«, sagte der Androide, »daß Kabinen der zweiten Klasse in diesem Schiff nicht schalldicht sind.«
Vandaleur ließ den Riemen fallen und starrte das Geschöpf, das sein Besitz war, schwer atmend an.
»Warum hast du es getan? Warum hast du sie getötet?« fragte ich.
»Ich weiß es nicht«, antwortete der Androide.
»Zuerst hast du aus reiner Boshaftigkeit kleine Wertgegenstände zerstört. Damals hätte ich schon wissen müssen, daß mit dir etwas nicht in Ordnung ist. Androiden können nichts zerstören. Sie können niemandem ein Leid antun. Sie ...«
»Bei der Synthese eines Androiden wird auf das Freude-Schmerz-Syndrom verzichtet.«
»Dann wurde es schlimmer. Du hast ernsthafte Schäden angerichtet. Dann dieser Angriff auf den Ingenieur von Rigel. Jedesmal wurde es schlimmer. Von Mal zu Mal mußten wir uns schneller absetzen. Jetzt heißt es: Mord. Himmel! Was zum Teufel ist mit dir los? Was ist bloß geschehen?«
»Das Gehirn eines Androiden ist einer Selbstanalyse nicht fähig.«
»Jedesmal sind wir tiefer gesunken. Sieh mich an! In einer zweitklassigen Kabine! Ich, James Paleologue Vandaleur. Früher war mein Vater der wohlhabendste ... Und nun? Sechzehnhundert Dollar in der Tasche! Mehr habe ich nicht. Das und dich. Hol dich doch der Teufel!«
Vandaleur hob den Riemen, um den Androiden erneut zu schlagen, ließ ihn jedoch wieder sinken und brach schluchzend zusammen. Schließlich raffte er sich wieder auf. »Instruktionen«, sagte er.
Der Mehrzweck-Androide reagierte sofort. Er erhob sich und wartete auf die Befehle.
»Mein Name lautet jetzt Valentine. James Valentine. Ich habe mich nur einen Tag auf Paragon III aufgehalten, um in dieses Raumschiff umzusteigen. Mein Beruf: Besitzer eines MZ-Androiden, der gemietet wer-

den kann. Zweck des Besuches: Ich will mich auf Megaster V niederlassen. Und nun fälsche die Papiere.«
Der Androide holte Vandaleurs Paß und Papiere aus einer Tasche, nahm Feder und Tinte und setzte sich am Tisch nieder. Mit sorgfältigen Bewegungen und einer Hand, die nie zitterte – sie konnte zeichnen, schreiben, malen, schnitzen, gravieren, fotografieren, entwerfen, erschaffen und bauen –, fälschte er methodisch neue Papiere für Vandaleur, der elend zusah.
»Erschaffen und bauen«, murmelte ich. »Und nun auch zerstören. O Gott! Was soll ich nur tun? Jesus! Wenn ich dich nur loswerden könnte. Gott! Wenn ich doch nur ein paar Ländereien geerbt hätte – und nicht dich!«

Dallas Brady war die führende Juwelendesignerin auf Megaster. Sie war klein, knöchern, kannte keine Moral und war eine Nymphomanin. Sie mietete Valentines Mehrzweck-Androiden und ließ mich in ihrem Laden arbeiten. Und sie verführte Valentine. In ihrem Bett fragte sie eines Abends plötzlich: »Dein Name ist Vandaleur, nicht wahr?«
»Ja«, murmelte ich, und dann: »Nein! Nein! Ich heiße Valentine, James Valentine.«
»Was ist auf Paragon geschehen?« fragte Dallas Brady. »Ich habe immer gedacht, Androiden könnten nicht töten oder Gewalt gegen Dinge ausüben. Schließlich werden ihnen bei der Synthese Direktiven und Verbote eingegeben. Jede Firma, die sie herstellt, garantiert dafür.«
»Valentine!« bestand Vandaleur.
»Na, komm schon«, meinte Dallas Brady. »Seit einer Woche weiß ich davon, und bislang habe ich die Bullen ja nicht alarmiert, nicht wahr?«
»Der Name ist Valentine.«
»Willst du das beweisen? Soll ich die Polizei rufen?« Dallas griff zum Telefon.
»Um Gottes willen, Dallas!« Vandaleur sprang auf und wollte ihr das Telefon entreißen.
Sie wehrte ihn ab und lachte ihn aus, bis er vor Scham und Hilflosigkeit schluchzend zusammenbrach.
»Wie hast du es herausgefunden?« fragte er schließlich.
»Die Zeitungen sind voll davon. Und Valentine ähnelt Vandaleur ein wenig zu sehr. Das war nicht gerade clever, oder?«
»Ich glaube nicht. Ich bin ohnehin nicht sehr clever.«
»Dein Androide hat schon einige Rekorde gebrochen, nicht wahr? An-

griffe auf Menschen, Brandstiftung, Gewalt gegen Dinge. Was ist auf Paragon geschehen?«

»Er entführte ein Kind, verschleppte es in die Reisfelder und tötete es.«

»Hat er es vergewaltigt?«

»Ich weiß es nicht.«

»Man wird dich eines Tages erwischen.«

»Was weiß ich? Himmel, wir fliehen jetzt seit zwei Jahren. Sieben Planeten in zwei Jahren. In dieser Zeit habe ich ein Vermögen von etwa einhunderttausend Dollar verloren.«

»Du tätest gut daran herauszufinden, was mit ihm nicht in Ordnung ist.«

»Wie kann ich das? Ich kann nicht zu einer Reparatur-Klinik gehen und darum bitten, daß sie ihn dort überholen. Was soll ich denn sagen? ›Mein Androide ist zu einem Killer geworden. Bringen Sie ihn wieder in Ordnung!‹ Man würde sofort die Polizei rufen.«

Ich begann zu zittern.

»Innerhalb eines Tages hätten sie den Androiden auseinandergenommen. Ich würde wahrscheinlich wegen Beihilfe zum Mord eingebuchtet werden.«

»Warum hast du ihn nicht reparieren lassen, bevor er zum Mörder wurde?«

»Ich hatte keine Gelegenheit dazu«, erklärte Vandaleur ärgerlich. »Wenn sie an seinem Gehirn, seiner Biochemie oder den Nervenbahnen herumgepfuscht hätten, wären möglicherweise seine Mehrzweck-Fähigkeiten zerstört worden. Wem hätte ich ihn dann noch vermieten können? Wovon sollte ich leben?«

»Du könntest selbst arbeiten. Das machen andere Menschen auch.«

»Was arbeiten? Du weißt, daß ich zu nichts tauge. Wie könnte ich mit spezialisierten Androiden oder Robotern konkurrieren? Wer kann das schon, es sei denn, er hat eine überragende Befähigung zu einer speziellen Arbeit?«

»Ja. Da hast du recht.«

»Verdammt noch mal, zeit meines Lebens habe ich von dem Geld meines Vaters gelebt. Und kurz vor seinem Tode mußte er noch durchdrehen und mir einzig und allein diesen Androiden hinterlassen. Und ich kann nur von dem leben, was er verdient.«

»Du verkaufst ihn besser, bevor die Polizei dich mit ihm erwischt. Du kannst ja von dem Ertrag leben. Investiere das Geld!«

»Zu drei Prozent? Fünfzehnhundert pro Jahr? Während der Androide

fünfzehn Prozent seines Wertes abwirft, achttausend im Jahr? Das verdient er nämlich. Nein, Dallas, ich muß allein damit fertig werden.«
»Was willst du gegen seinen Hang zur Gewalt tun?«
»Ich kann gar nichts tun ... nur warten und beten. Und was willst du tun?«
»Nichts. Das geht mich nichts an. Ach ja, doch ... ich glaube schon, daß es etwas kosten wird, wenn ich meinen Mund halten soll.«
»Was?«
»Der Androide arbeitet für mich umsonst. Alle anderen können dich bezahlen, aber nicht ich.«

Der Mehrzweck-Androide arbeitete. Vandaleur sparte das Geld. Er verdiente mehr, als er zum Leben benötigte. Als der warme Frühling auf Megaster V sich in einen heißen Sommer verwandelte, begann ich Farmen und Ländereien aufzusuchen. Wenn Dallas Bradys Forderungen nicht zu unverschämt wurden, würden wir uns in ein oder zwei Jahren vielleicht irgendwo niederlassen können.
Am ersten heißen Sommertag begann der Androide in Dallas Bradys Geschäft vor sich hin zu singen. Er beugte sich über den elektrischen Ofen, dessen Wärmeausstrahlung den Laden zusammen mit der Sommerhitze in eine Backstube zu verwandeln schien, und summte eine Melodie, die vor nahezu einem halben Jahrhundert einmal populär gewesen war.

Schwitze, schwitze in der Hitze,
ob beim Flitzen oder Sitzen;
bevor die Blitze dieser Hitze
meine Grütze stibitzen,
rasch, mein Schätzchen,
eine kühle Spritze ...

Er sang mit seltsamer, ausdauernder Stimme, während seine Finger hinter dem Rücken verschränkt waren und im Rumba-Rhythmus heftig zuckten. Dallas Brady war, gelinde gesagt, etwas überrascht.
»Bist du gut aufgelegt, oder was ist los?« fragte sie.
»Ich muß Sie daran erinnern, daß bei meiner Synthese das Freude-Schmerz-Syndrom nicht berücksichtigt wurde«, gab er zurück. »Bevor die Blitze dieser Hitze ... rasch, mein Schätzchen, eine kühle Spritze ...«
Seine Finger hörten zu zucken auf und ergriffen eine schwere Eisenzange. Der Androide schob sie in das glühende Herz des Ofens und beugte sich vor, um in die liebliche Hitze zu starren.

»Paß doch auf, du verdammter Narr!« schrie Dallas Brady. »Willst du in den Brennofen fallen?«
»Ich muß Sie darauf aufmerksam machen, daß ich nach dem gegenwärtigen Wechselkurs siebenundfünfzigtausend Dollar wert bin«, sagte er. »Es ist verboten, wertvolle Besitztümer zu gefährden. Rasch, mein Schätzchen ...«
Er zog einen Schmelztopf mit rotglühendem Gold aus dem elektrischen Brennofen, drehte sich um, machte einen wilden Luftsprung, sang wie verrückt und spritzte einen trägen Schleier aus geschmolzenem Gold über Dallas Bradys Kopf. Schreiend brach sie zusammen. Ihr Haar und die Kleider entzündeten sich, die Haut verbrannte knisternd. Tanzend und singend ließ der Androide einen weiteren Goldstrom über ihren Körper laufen.
»Bevor die Blitze dieser Hitze ...« Er sang und überschüttete sie mit Gold, bis der verkrampfte Körper sich nicht mehr bewegte. Dann verließ ich den Laden und fand mich in James Vandaleurs Hotelsuite ein. Die verschmorten Kleider und verbrannten Finger warnten den Besitzer des Androiden, daß irgend etwas ganz und gar nicht in Ordnung war.
Vandaleur stürzte in Dallas Bradys Laden, starrte auf die goldene Statue, fluchte und floh. Ich hatte genügend Zeit, um eine Tasche zu packen und neunhundert Dollar zusammenzukratzen. Er nahm eine Kabine der dritten Klasse auf der *Megaster Queen*, die an diesem Morgen mit Kurs auf Lyra Alpha startete. Er nahm mich mit. Er weinte und zählte sein Geld, und ich schlug den Androiden erneut.
Und das Thermometer in Dallas Bradys Laden registrierte wundervolle 98,1 Grad Fahrenheit.

Auf Lyra Alpha mieteten wir uns in einem kleinen Hotel nahe der Universität ein. Vandaleur schlug so lange auf meinen Kopf ein, bis die Buchstaben MZ von der Schwellung und der Verfärbung unkenntlich gemacht worden waren. Die Buchstaben würden erst nach mehreren Monaten wieder zum Vorschein kommen, und Vandaleur hoffte, daß bis dahin Gras über die Sache gewachsen sei. Der Androide wurde als Hilfsarbeiter für das Kraftwerk der Universität gemietet. Vandaleur – als James Venice – lebte mehr schlecht als recht von den geringen Einkünften des Androiden.
Ich war nicht allzu unglücklich. Die meisten Bewohner des Hotels waren Studenten, hatten kaum mehr Geld als ich, waren aber jung und enthusiastisch. Unter ihnen war ein reizendes Mädchen mit scharfen Augen und scharfem Verstand. Ihr Name war Wanda, und sie und ihr Vereh-

rer, Jed Stark, interessierten sich überaus für den Killer-Androiden, der in jeder Zeitung der Galaxis erwähnt wurde.
»Wir haben diesen Fall untersucht«, sagten sie und Jed auf einer jener Studentenfeten, die dann und wann die Nacht hindurch in Vandaleurs Zimmer abgehalten wurden. »Wir glauben zu wissen, weshalb er tötet, und werden darüber schreiben.« Sie waren überaus aufgeregt.
»Wer tötet?« wollte jemand wissen.
»Nun, dieser Androide.«
»Der Fall scheint doch eindeutig zu sein. Irgend etwas ist mit seiner Biochemie nicht in Ordnung. Vielleicht eine Art synthetischer Krebs, ja?«
»Nein.« Wanda blickte Jed mit unterdrücktem Triumph an.
»Nun, was dann?«
»Etwas Besonderes.«
»Was?«
»Das wollen wir nicht sagen.«
»Ach, nun sagt es schon!«
»Nein.«
»Warum nicht?« fragte ich beiläufig. »Ich ... wir alle interessieren uns sehr dafür, was bei einem Androiden schieflaufen kann.«
»Nein, Mr. Venice«, sagte Wanda. »Das ist eine einzigartige Idee, und wir müssen sie schützen. Wenn unsere These zutrifft, haben wir für den Rest unseres Lebens ausgesorgt. Wir müssen verhindern, daß sie uns jemand stiehlt.«
»Könnt ihr uns nicht wenigstens einen Hinweis geben?«
»Nein, noch nicht einmal einen Hinweis. Sei ruhig, Jed. Aber ich kann Ihnen so viel sagen, Mr. Venice: Ich möchte nicht in der Haut des Mannes stecken, dem dieser Androide gehört.«
»Meinen Sie wegen der Polizei?« fragte ich.
»Ich meine eine Art Projektion, Mr. Venice, eine psychotische Überlagerung. Darin liegt die Gefahr ... Aber mehr sage ich nicht. Ich habe sowieso schon zuviel verraten.«
Draußen hörte ich Schritte, und jemand sang leise: »Schwitze, schwitze in der Hitze, rasch, mein Schätzchen ...« Mein Androide kam von der Arbeit im Elektrizitätswerk heim. Darauf war ich nicht vorbereitet. Ich zeigte auf ihn, und ich gehorchte sofort dem Befehl und übernahm die Aufgabe, Vandaleurs Gäste mit Bier zu versorgen. Seine Finger zuckten in einem wilden Rumba-Rhythmus. Dann und wann hörten die Bewegungen auf, und auch das fremde Summen erstarb bei solchen Gelegenheiten.

Androiden waren nichts Ungewöhnliches in der Universität. Die wohlhabenderen Studenten besaßen sie, wie sie Autos und Flugzeuge besaßen.
Vandaleurs Androide erregte keine Aufmerksamkeit, aber die junge Wanda hatte scharfe Augen und einen ebenso scharfen Verstand. Ihr fiel die mitgenommene Stirn auf, und sie dachte sofort an jene aufsehenerregende Theorie, die sie und Jed Stark veröffentlichen wollten. Als sie nach dem Ende der Party zu ihrem Zimmer gingen, sprach sie Jed darauf an.
»Jed, warum ist die Stirn dieses Androiden zerschlagen?«
»Wahrscheinlich hat er sich selbst verletzt, Wanda. Er arbeitet ja im Elektrizitätswerk, und dort kann so etwas sehr schnell geschehen.«
»Ist das alles?«
»Was meinst du?«
»Das ist doch sonnenklar.«
»Was ist sonnenklar?«
»Diese Verletzung soll verdecken, was auf seiner Stirn geschrieben steht.«
»Blödsinn, Wanda. Man braucht die Zeichen auf der Stirn nicht zu sehen, um einen Androiden zu erkennen, genausowenig, wie man ein Nummernschild auf einem Auto sehen muß, um zu wissen, daß es ein Auto ist.«
»Ich will damit nicht sagen, daß er versucht, als Mensch durchzukommen, sondern um als Androide niedrigerer Klasse eingestuft zu werden.«
»Warum denn das?«
»Stell dir mal vor, auf seiner Stirn würde ein MZ stehen.«
»Mehrzweck-Androide? Warum zum Teufel würde Venice ihn dann an den Verbrennungsanlagen arbeiten lassen, wenn er doch viel mehr Geld verdienen könn ... Oh! Oha! Du meinst, daß er ...«
Wanda nickte.
»Himmel!« Stark spitzte den Mund. »Was sollen wir tun? Die Polizei verständigen?«
»Nein. Wir wissen nicht genau, daß er ein MZ ist. Aber wenn er das sein sollte und dazu noch der Killer-Androide ist, hat unsere Untersuchung Vorrang. Jed, das ist unsere große Chance. Wenn es *der* Androide sein sollte, können wir ein paar Tests durchführen und ...«
»Wie wollen wir uns Gewißheit verschaffen?«
»Das ist leicht: mit einem Infrarotfilm. Die Bilder werden zeigen, was auf seiner Stirn geschrieben steht. Borge dir eine Kamera. Morgen nach-

mittag pirschen wir uns ins Elektrizitätswerk und schießen ein paar Aufnahmen. Dann werden wir es wissen.«

Am folgenden Nachmittag schlichen sie sich verstohlen in das Kraftwerk der Universität. Es lag tief unter der Erde in einem großflächigen Kellergewölbe, ein dunkler, düsterer Ort, nur erleuchtet von den hinter Klarsichtscheiben flackernden Ofenfeuern. Über deren Getöse hinweg konnten sie eine Stimme vernehmen, die in den Gewölben ein geisterhaftes Echo hervorrief: »Schwitze, schwitze in der Hitze, ob beim Flitzen oder Sitzen ...« Und sie machten eine umherspringende Gestalt aus, die einen wahnsinnigen Rumba zu ihrem eigenen Gesang tanzte, mit breit gespreizten Beinen, zitternden Armen und wildhuschenden Fingern.

Jed Stark hob die Kamera und begann, den Infrarotfilm zu belichten. Dabei zielte er auf den auf und ab hüpfenden Kopf. Dann schrie Wanda auf, weil er sie gesehen hatte und – in den Händen eine glänzende Stahlschaufel – auf sie zulief. Die Schaufel zerstörte die Kamera, schlug zuerst das Mädchen und dann den Jungen nieder. Jed kämpfte einen kurzen Moment mit äußerster Verzweiflung, bevor seine Kräfte nachließen und er hilflos auf den Boden sank. Dann zerrte der Androide die leblosen Körper zu den Öfen und übergab sie den Flammen, die langsam an ihnen hochleckten. Dabei tanzte und sang er. Dann kehrte er zu meinem Hotel zurück.

Das Thermometer im Elektrizitätswerk zeigte mörderische 100,9 Grad Fahrenheit an.

Schwitze, schwitze!

Wir mieteten uns im Zwischendeck auf der *Lyra Queen* ein. Vandaleur und der Androide mußten für ihre Mahlzeiten die schmutzigsten Arbeiten erledigen. Während der Nachtwachen pflegte Vandaleur allein im Heck des Zwischendecks zu sitzen und eine große Mappe auf seinem Schoß zu halten, über deren Inhalt er brütete. Diese Mappe war alles, was er von Lyra Alpha mitnehmen konnte. Er hatte sie aus Wandas Zimmer gestohlen. Sie trug die Aufschrift ANDROIDE und enthielt das Geheimnis seiner Krankheit.

Und sie enthielt nichts außer Zeitungsseiten. Es waren Zeitungen aus der ganzen Galaxis, gedruckt, auf Mikrofilm gebannt, eingraviert, eingeätzt, vervielfältigt oder fotokopiert ... Rigels *Sternenbanner*, Parangons *Picayune*, Megasters *Times*, Lalandes *Herald*, Lacailles *Journal*, Indis *Morgenpost*, Eridanis *Telegram*. Schwitze, schwitze ...

Nichts als Zeitungen. Jede enthielt einen Bericht über ein Verbrechen in der scheußlichen Karriere des Androiden. Jede enthielt auch Nachrichten, einen Lokalteil, Berichte über Sport und gesellschaftliche Ereignisse, die Wettervoraussagen, die Börsenkurse, allgemein interessierende Geschichten, Klatsch und Kreuzworträtsel. Irgendwo in der Menge dieser ungeordneten Fakten lag das Geheimnis verborgen, auf das Wanda und Jed Stark gestoßen waren. Vandaleur grübelte hilflos über den Zeitungen. Das ging über seinen Horizont. Kühle Spritze ...

»Ich werde dich verkaufen«, sagte ich zu dem Androiden. »Verdammt, wenn wir auf Terra gelandet sind, werde ich dich verkaufen. Und ich lebe von den drei Prozent der Geldsumme, die ich für dich bekomme.«

»Nach aktuellem Wechselkurs bin ich siebenundfünfzigtausend Dollar wert«, versicherte er.

»Wenn ich dich nicht verkaufen kann, werde ich dich der Polizei übergeben«, sagte ich.

»Ich bin ein wertvolles Besitztum«, antwortete er. »Es ist verboten, wertvolle Besitztümer zu gefährden. Sie werden es nicht zulassen, daß ich vernichtet werde.«

»Verdammt noch mal!« schrie Vandaleur. »Was? Arrogant bist du auch noch? Weißt du, daß du darauf vertrauen kannst, daß ich dich beschützen werde? Ist das dein Geheimnis?«

Der Mehrzweck-Androide betrachtete ihn mit ruhigen, gebildet blickenden Augen. »Manchmal«, sagte er, »ist es gut, ein Besitztum zu sein.«

Es herrschten drei Grad unter Null, als die *Lyra Queen* in Croydon Field aufsetzte. Eine Mischung aus Eis und Schnee toste über den Raumhafen und explodierte unter den Triebwerken der *Queen* zu geballten Dampfwolken. Die Passagiere trotteten geduldig über den geschwärzten Zement, um die Zollformalitäten über sich ergehen zu lassen und dann zum Flughafenbus, der sie nach London bringen sollte. Vandaleur und der Androide waren pleite. Sie gingen zu Fuß.

Gegen Mitternacht hatten sie den Piccadilly Circus erreicht. Die winterlichen Eisstürme hatten in ihrer Heftigkeit nicht nachgelassen, und die Eros-Statue war mit Eis überkrustet. Vor Kälte und Erschöpfung zitternd, wandten sie sich nach rechts, gingen zum Trafalgar Square und dann die Fleet Street entlang. Dort sah Vandaleur eine einsame Gestalt, die sich von St. Pauls her näherte. Er zerrte den Androiden in eine Nebenstraße.

»Wir müssen zu Geld kommen«, flüsterte er. Er deutete auf die näherkommende Gestalt. »Er hat Geld. Nimm es ihm ab!«

»Diesem Befehl kann ich nicht gehorchen«, sagte der Androide.

»Nimm es ihm ab!« wiederholte Vandaleur. »Wende Gewalt an. Ver-

stehst du nicht? In unserer verzweifelten Lage bleibt uns keine andere Möglichkeit.«
»Dieser Befehl widerspricht meinen primären Direktiven«, bekräftigte der Androide. »Ich kann ihm nicht gehorchen.«
»Scheiße!« sagte ich. »Du hast zerstört, gequält, gemordet! Und jetzt sagst du mir *so etwas*!«
»Es ist verboten, Gewalt gegen Lebewesen oder Dinge auszuüben. Ich kann dem Befehl nicht gehorchen.«
Ich stieß den Androiden zurück und sprang auf den Fremden zu. Er war groß, hatte eine aufrechte Haltung und sah irgendwie streng aus. Er verbreitete eine Aura der Hoffnung um sich, die nur von Zynismus eingeschränkt wurde. Und er hatte einen Stock. Ich bemerkte, daß er blind war.
»Ja?« sagte er. »Ich kann Sie gut hören. Was hat das zu bedeuten?«
»Sir ...« Vandaleur zögerte. »Ich bin verzweifelt.«
»Wir alle sind verzweifelt«, gab der Fremde zurück. »Mehr oder weniger.«
»Sir ... ich muß zu etwas Geld kommen.«
»Wollen Sie betteln oder stehlen?« Die blicklosen Augen schweiften über Vandaleur und den Androiden.
»Ich bin zu beidem bereit.«
»Ah, das sind wir alle. Das ist die Geschichte unserer Rasse.« Der Fremde deutete über seine Schulter. »Ich habe in St. Pauls gebetet, mein Freund. Ich kann nicht rauben, was ich mir ersehne. Was ersehnen Sie sich, daß Sie glücklich genug sind, um es stehlen zu können?«
»Geld«, sagte Vandaleur.
»Geld wofür? Kommen Sie, mein Freund, fassen wir Vertrauen zueinander. Ich werde Ihnen sagen, worum ich bitte, und Sie werden mir sagen, weshalb Sie rauben. Mein Name ist Blenheim.«
»Mein Name ist ... Vole.«
»Ich habe in St. Pauls nicht darum gebetet, daß mir das Augenlicht wiedergegeben werde. Ich habe um eine Zahl gebetet.«
»Um eine Zahl?«
»Ja. Rationale Zahlen, irrationale Zahlen, imaginäre. Positive und negative Integrale. Brüche, positiv und negativ. Wie? Sie haben nie von Blenheims unsterblicher Abhandlung über die zwanzig Nullen gehört oder vom Unterschied in der Nichtvorhandenheit der Menge?« Blenheim lächelte bitter. »Ich bin ein Zauberer der Zahlentheorie, Mr. Vole, und ich habe den Reiz der Zahlen gebrochen. Nach fünfzig Jahren der Zauberei nähert sich die Senilität, und mein Appetit schwindet. Ich habe

in St. Pauls um eine Eingebung gebetet. Lieber Gott, betete ich, wenn es dich gibt, so schicke mir bitte eine Zahl.«
Vandaleur hob seine Mappe langsam an und drückte sie Blenheim in die Hand. »Hier drinnen«, sagte er, »ist eine Zahl. Eine verborgene Zahl, eine versteckte Zahl. Die Zahl eines Verbrechens. Sollen wir tauschen, Mr. Blenheim? Die Zahl gegen eine Unterkunft?«
»Sie wollen weder betteln noch stehlen, was?« sagte Blenheim. »Sondern Sie wollen handeln. So läßt sich alles Leben zum Banalen zurückführen.« Die blicklosen Augen glitten erneut über Vandaleur und den Androiden. »Vielleicht ist der Allmächtige nicht Gott, sondern ein Händler. Kommen Sie mit mir nach Hause.«

Im Obergeschoß von Blenheims Haus teilten wir uns ein Zimmer – zwei Betten, zwei Schränke, zwei Waschbecken, ein Badezimmer. Vandaleur zerschlug erneut meine Stirn und schickte mich hinaus, um Arbeit zu suchen. Während der Androide arbeitete, beriet ich mich mit Blenheim und las ihm der Reihe nach sämtliche Zeitungen aus der Mappe vor. Schwitze, schwitze …
Vandaleur erzählte ihm soviel und nicht mehr. Ich sagte, er sei ein Student, der an einer Arbeit über den Killer-Androiden schrieb. In diesen Zeitungen, die er gesammelt hatte, befänden sich die Tatsachen, die diese Verbrechen erklären würden, von denen Blenheim noch nie gehört hatte. Es mußte einen Zusammenhang geben, eine Zahl, etwas, das diese geistige Zerrüttung erklären würde. Ich erklärte ihm dies alles, und Blenheim war fasziniert von dem Geheimnis, der Krimistory, der verborgenen Zahl.
Wir untersuchten die Zeitungen. Während ich sie laut vorlas, schrieb er ihre Inhalte in Blindenschrift nieder. Dann las ich ihm seine Notizen vor. Er listete die Zeitungen nach Druckart, Typus und Fakten auf, sortierte sie nach Artikeln, Syntax, Worten, Themen, Anzeigen, Bildern, Vorurteilen, politischen Einstellungen und Erscheinungsorten aus. Er studierte, analysierte und meditierte. Wir lebten im Dachgeschoß zusammen, froren immer ein wenig, hatten immer ein wenig Angst, rückten immer ein wenig enger zusammen, getrieben von unserer Furcht voreinander und unserem Haß aufeinander. Beides drang wie eine Axt in einen Baum ein, die den Stamm zersplitterte, obwohl sie nie tiefer eindringen konnte als bis knapp unter die Oberfläche. So wuchsen wir zusammen, Vandaleur und der Androide.
Die Zeit, die Zeit!
Bis eines Nachmittags Blenheim Vandaleur in sein Arbeitszimmer rief

und ihm die Ergebnisse seiner Forschungen unterbreitete. »Ich glaube, ich habe es gefunden«, sagte er, »aber ich verstehe es nicht.«
Vandaleurs Herz schlug heftiger.
»Hier sind die Zusammenhänge«, fuhr Blenheim fort. »In diesen fünfzig Zeitungen lassen sich Berichte über die Verbrechen dieses Androiden finden. Was kann man außer den Tatbeschreibungen den Berichten noch entnehmen?«
»Ich weiß es nicht, Mr. Blenheim.«
»Das war auch nur eine rhetorische Frage. Hier ist die Antwort. Das Wetter.«
»Was?«
»Das Wetter«, bestätigte Blenheim. »Jedes Verbrechen wurde begangen, als die Temperatur höher als neunzig Grad Fahrenheit lag.«
»Aber das ist unmöglich«, schrie Vandaleur. »In der Universität auf Lyra Alpha war es empfindlich kalt!«
»Es liegt kein Bericht über ein Verbrechen auf Lyra Alpha vor.«
»Nein, das stimmt. Ich ...« Vandaleur war völlig durcheinander. »Nein, Sie haben recht! Die Öfen im Elektrizitätswerk! Dort war es heiß. Heiß! Natürlich. Mein Gott, ja, das ist die Antwort! Dallas Bradys elektrische Schmelzöfen ... Die Reisfelder von Paragon. Bevor die Blitze dieser Hitze. Ja. Aber warum? Warum? Mein Gott, warum nur?«
In diesem Moment kam ich nach Hause und sah Vandaleur und Blenheim, die sich über die Zeitungen beugten. Ich betrat das Zimmer und wartete auf Befehle, dienstbereit wie immer.
»Das ist der Androide, nicht wahr?« sagte Blenheim nach einer langen Pause.
»Ja«, gestand Vandaleur, immer noch von dieser Entdeckung verwirrt. »Und das erklärt auch, warum er sich weigerte, Sie anzugreifen, an diesem Abend, als wir uns begegneten. Es war nicht warm genug, um die primären Direktiven außer Kraft zu setzen. Nur, wenn es warm ist. Ob beim Flitzen oder Sitzen!« Er sah den Androiden an. Ein verrückter Befehl ging von dem Menschen an den Androiden. Ich weigerte mich. Es ist verboten, Leben zu gefährden. Vandaleur gestikulierte wild, faßte Blenheim an den Schultern und riß ihn von seinem Stuhl zu Boden. Blenheim schrie. Mit der Wucht eines Tigers sprang Vandaleur ihn an, drückte ihn hinab und hielt ihm mit einer Hand den Mund zu.
»Suche eine Waffe!« rief ich dem Androiden zu.
»Es ist verboten, Leben zu gefährden.«
»Ich muß mich selbst verteidigen. Bring mir eine Waffe!« Mit seinem Gewicht drückte er den zitternden Mathematiker zu Boden. Ich lief

sofort zu einem Schrank, wo – wie ich wußte – ein Revolver versteckt war. Ich überprüfte ihn. Er war mit fünf Patronen geladen. Ich gab ihn Vandaleur. Ich nahm ihn, drückte die Mündung gegen Blenheims Kopf und zog ab. Er erzitterte, nur einmal.

Wir hatten drei Stunden Zeit, dann würde die Köchin kommen. Wir durchsuchten das Haus, nahmen Blenheims Geld und Juwelen an uns und packten eine Tasche mit Kleidern voll. Wir nahmen Blenheims Notizen an uns, vernichteten die Zeitungen und flohen, nachdem wir sorgfältig die Tür hinter uns abgeschlossen hatten. In Blenheims Arbeitszimmer ließen wir ein kleines Häuflein Asche zurück. Und wir bespritzten die Teppiche mit Petroleum. Nein, ich tat das alles. Der Androide weigerte sich. »Es ist mir verboten, Gewalt gegen Leben oder Dinge auszuüben.«

Rasch, mein Schätzchen!

Mit der U-Bahn fuhren sie zum Leicester Square. Dort wechselten sie die Züge und fuhren zum Britischen Museum weiter. Dort stiegen sie aus und gingen zu einem kleinen, antiken Haus am Russell Square. Eine Aufschrift an einem Fenster besagte: NAN WEBB, PSYCHOMETRISCHE RATGEBERIN. Vandaleur hatte sich die Adresse vor ein paar Wochen notiert. Sie betraten das Haus. Während der Androide in der Eingangshalle wartete, ging Vandaleur in Nan Webbs Büro hinein.

Die Frau war groß, hatte graues, geknotetes Haar, sehr gute, englische Manieren und sehr schlechte, englische Beine. Ihr Gesicht war leer und aufmerksam zugleich. Sie nickte Vandaleur zu, schrieb einen Brief zu Ende, klebte den Umschlag zu und schaute schließlich hoch.

»Mein Name«, sagte ich, »ist Vanderbilt. James Vanderbilt.«

»Aha.«

»Ich bin ein Austauschstudent der hiesigen Universität.«

»Aha.«

»Ich schreibe an einer Arbeit über diesen Killer-Androiden und glaube, eine sehr wichtige Entdeckung gemacht zu haben. Ich würde gern Ihren Rat hören. Wie hoch wird Ihr Honorar sein?«

»Welchem Seminar der Universität gehören Sie an?«

»Bitte?«

»Für Studenten gebe ich einen Rabatt.«

»Dem Merton-Seminar.«

»Das macht zwei Pfund, bitte.«

Vandaleur legte zwei Geldscheine auf den Schreibtisch und fügte Blenheims Aufzeichnungen hinzu. »Zwischen den Verbrechen dieses Androiden«, sagte er, »und dem Wetter gibt es einen Zusammenhang. Sie werden feststellen, daß jedes Verbrechen zu einem Zeitpunkt geschah, als die Temperatur über neunzig Grad Fahrenheit gestiegen war. Gibt es dafür eine psychometrische Erklärung?«

Nan Webb nickte, überflog die Notizen, legte sie dann wieder nieder und sagte: »Zweifellos eine Synästhesie.«

»Eine was?«

»Eine Synästhesie«, wiederholte sie. »Mr. Vanderbilt, eine Synästhesie ist eine Erfahrung, die ein anderes Sinnesorgan macht als das eigentlich stimulierte. Wenn man zum Beispiel Töne sieht, Farben schmeckt oder Lichtstrahlen hört. Dabei ist eine Störung oder ein Kurzschluß bei allen Sinneswahrnehmungen vorausgegangen. Geschmack, Geruch, Schmerz sind durcheinandergeraten. Verstehen Sie, was ich erklären will?«

»Ich glaube schon.«

»Ihre Nachforschungen haben die Tatsache herausgestellt, daß der Androide sehr wahrscheinlich synästhetisch auf eine Wärmeempfindung von mehr als neunzig Grad Fahrenheit anspricht. Diese Reaktion läßt sich dadurch erklären, daß der Adrenalinspiegel des Androiden mit dessen Hitzeempfindungen verbunden ist. Wärme erregt bei ihm Furcht, Angst und Aufregung. Dadurch steigt der Adrenalinspiegel, und der Körper reagiert zwangsläufig gewalttätig.«

»Ah, ja, ich begreife. Wenn man den Androiden also einem kalten Klima aussetzt ...«

»Dann würde weder eine Anregung noch eine Reaktion erfolgen. Und es gäbe keine Verbrechen mehr.«

»Hm. Und was ist eine psychotische Projektion?«

»Wie meinen Sie das?«

»Besteht für den Besitzer des Androiden die Gefahr einer solchen Projektion?«

»Eine sehr interessante Frage. Sie meinen damit einen Prozeß, bei dem die Ideen eines Menschen auf einen anderen übertragen werden? Wie ein Paranoider zum Beispiel seine geistige Störung und seine Ängste auf andere Menschen überträgt, um ihnen so zu entgehen. So klagt er andere Menschen bewußt oder unbewußt an, genau an der Krankheit zu leiden, die tief in ihm selbst steckt.«

»Und worin liegt bei solch einer Projektion die Gefahr?«

»Darin, daß das Opfer glaubt, was ihm ständig vorexerziert wird. Wenn man mit einem Psychopathen zusammenlebt, der ständig seine Krankheit auf einen projektiert, läuft man Gefahr, diesen psychopathischen Mustern zu verfallen und schließlich selbst zum Psychopathen zu werden. Und das geschieht zweifellos mit Ihnen, Mr. Vandaleur.«

Vandaleur sprang auf die Füße.
»Sie sind ein Scheißkerl«, fuhr Nan Webb trocken fort und wedelte mit den Notizen in der Luft umher. »Dies sind keineswegs die Aufzeichnungen eines Austauschstudenten, sondern es handelt sich um die einzigartige Kurzschrift des berühmten Blenheim. Jeder Schüler in England kennt diese Blindenschrift. Und es gibt an der Londoner Universität kein Merton-Seminar. Da haben Sie ganz schlecht geraten. Das Merton-Seminar befindet sich in Oxford. Und Sie, Mr. Vandaleur, haben sich so sehr mit ihrem Androiden identifiziert, daß ich Sie, um Sie vor sich selbst zu schützen ... nun, ich überlege, ob ich die Polizei benachrichtigen soll oder das Hospital für kriminelle Geisteskranke.«
Ich nahm die Pistole hervor und erschoß sie.
Eine kühle Spritze ...

»Antares II, Alpha Aurigae, Acrux IV, Pollux IX, Rigel Centaurus«, sagte Vandaleur. »Alles kalte Planeten. Kalt wie der Kuß einer Hexe. Durchschnittstemperatur jeweils vierzig Grad Fahrenheit. Steigt niemals über siebzig Grad. Wir steigen wieder ins Geschäft ein. Paß auf die Kurve auf!«
Der Mehrzweck-Androide schwang das Lenkrad mit seinen gefühlvollen Händen herum. Der Wagen nahm die Kurve mit Leichtigkeit und brauste durch die nördlichen Sümpfe, die sich Meile um Meile vor ihnen dehnten, braun und trocken unter der kalten Sonne Englands. Die Sonne versank schnell am Horizont. Über ihnen zog ein einsamer, gen Osten fliegender Bussard seine Kreise. Hoch über dem Vogel schien ein Hubschrauber der Wärme der Sonne entgegenzustreben.
»Keine Hitze mehr für uns«, sagte ich. »Keine Hitze mehr. Wir sind sicher, wenn wir frieren. Wir werden uns in Schottland verstecken, etwas Geld verdienen, nach Norwegen fahren und dort ein Schiff nehmen. Wir lassen uns auf Pollux nieder. Dann haben wir es geschafft und sind sicher. Wir werden wieder leben können.«
Oben erklang ein helles Piepen, und dann folgte eine röhrende Stimme: »JAMES VANDALEUR UND ANDROIDE – ACHTUNG! JAMES VANDALEUR UND ANDROIDE – ACHTUNG!«
Vandaleur sah hoch. Der einsame Hubschrauber zog seine Kreise über ihnen. Aus seinem Leib kamen eindeutige Befehle: »SIE SIND UMZINGELT. DIE STRASSE IST ABGESPERRT. BITTE HALTEN SIE SOFORT AN UND STELLEN SIE SICH DEN ÖRTLICHEN BEHÖRDEN. HALTEN SIE SOFORT AN!«
Ich sah Vandaleur an und wartete auf seine Befehle.

»Fahre weiter«, schnappte Vandaleur.
Der Helikopter sank tiefer. »ANDROIDE, ACHTUNG! SIE FAHREN DAS AUTO. SIE SOLLEN SOFORT ANHALTEN. DAS IST EINE STAATLICHE ANORDNUNG, DIE VOR ALLEN PRIVATEN BEFEHLEN VORRANG HAT.«
Der Wagen wurde langsamer.
»Was, zum Teufel, hast du vor?« brüllte ich.
»Eine staatliche Anordnung hat vor allen privaten Befehlen Vorrang«, erklärte der Androide. »Ich muß darauf hinweisen ...«
»Zum Teufel, weg vom Lenkrad!« befahl Vandaleur. Ich zerrte den Androiden zur Seite und entwand seinen Händen das Lenkrad. Der Wagen schlitterte ein wenig und jagte dann über den gefrorenen Sumpf. Vandaleur bekam wieder Kontrolle über das Fahrzeug und raste auf eine parallel verlaufende, etwa fünf Kilometer entfernte Straße zu.
»Diese verdammte Straßensperre wird ihnen nichts nützen«, fluchte er.
Schleudernd schoß das Auto weiter. Der Hubschrauber sank immer tiefer. Ein Suchscheinwerfer flackerte auf.
JAMES VANDALEUR UND ANDROIDE, ACHTUNG. STELLEN SIE SICH! DIES IST EINE STAATLICHE ANORDNUNG, DIE VOR ALLEN PRIVATEN BEFEHLEN VORRANG HAT!
»Er kann sich nicht stellen«, schrie Vandaleur laut. »Niemand wird sich stellen. Er kann es nicht, und ich werde es nicht.«
»Jesus!« stieß ich hervor. »Wir werden sie übers Ohr hauen. Diese Straßensperre wird ihnen nichts einbringen. Wir werden gegen die Hitze ankommen. Wir werden ...«
»Ich muß darauf hinweisen«, sagte ich, »daß meine primären Direktiven von mir verlangen, daß ich staatlichen Anordnungen den Vorzug vor privaten Befehlen gebe. Ich muß mich stellen.«
»Wer sagt denn, daß dies eine staatliche Anordnung ist?« fragte Vandaleur. »Die Männer im Hubschrauber? Sie müssen ihre Ausweise zeigen. Sie müssen beweisen, daß sie in staatlichem Auftrag handeln, bevor du dich stellen darfst. Woher willst du wissen, daß es keine Gangster sind, die uns hereinlegen wollen?«
Während er das Lenkrad mit einer Hand hielt, faßte er sich mit der anderen in die Innentasche, um sich zu versichern, daß sein Revolver noch dort steckte. Der Wagen schleuderte erneut, und die Reifen quietschten auf den schnee- und eisbedeckten Straßen. Das Lenkrad entglitt seinen Händen. Das Auto raste gegen einen Felsen und überschlug sich. Während der Motor noch lief und die Räder sich rasend

drehten, kroch Vandaleur hinaus und zog den Androiden mit sich. Draußen blitzten die Suchscheinwerfer des Hubschraubers auf. Wir taumelten in den Sumpf, in die Kälte, in den Schutz der Dunkelheit. Während das Herz wie rasend schlug, lief Vandaleur los und zerrte den Androiden hinter sich her.

Der Helikopter kreiste über dem schrottreifen Wagen und suchte mit gleißenden Lichtfingern die Umgebung ab. Über Lautsprecher wurden neue Befehle gegeben, und auf der Straße erschienen die Lichter jener Autos, die die Straßensperre gebildet hatten und nun ebenfalls für die Suche eingesetzt wurden. Vandaleur und der Androide kämpften sich tiefer und tiefer in den Sumpf hinein und arbeiteten sich zur Parallelstraße – und damit in die Sicherheit – vor. Inzwischen war es Nacht geworden. Der Himmel war samtschwarz, nicht ein einziger Stern war zu sehen. Die Temperatur fiel. Ein eisiger Wind aus dem Süden schnitt in unser Fleisch.

Weit hinter ihnen herrschte heillose Verwirrung. Keuchend drehte Vandaleur sich um. Der Tank des Autos war explodiert. Ein Flammengeysir schoß wie eine brennende Ölfontäne in den Himmel und riß einen tiefen Krater in das mit Sumpfgräsern bewachsene Land. Der Wind trieb die Flammen vor sich hin und bauschte sie zu einer drei Meter hohen Wand auf. Knisternd begann die Flammenwand uns zu folgen. Dichte Ölwolken stiegen zum Himmel hinauf. Vandaleur konnte einige Gestalten ausmachen – ein Suchkommando.

»Himmel!« schrie ich und suchte verzweifelt nach einem sicheren Unterschlupf. Er rannte immer weiter und zog mich mit, bis ihre Füße auf der trügerischen, vereisten Oberfläche eines Sees einbrachen. Wütend trat er das Eis zur Seite und stürzte sich dann in die kalten Fluten, den Androiden mit sich ziehend.

Die Flammenwand war heran. Ich konnte ihr Knistern hören und die Hitze spüren. Er konnte die Verfolger deutlich ausmachen. Vandaleur griff in seine Tasche, um die Pistole zu ziehen, aber die Tasche war zerrissen und die Pistole verschwunden. Er fluchte und begann vor Kälte und Angst zu zittern. Das Licht des Feuers blendete ihn. Oben pendelte der Hubschrauber hilflos von einer Seite zur anderen. Die Männer in ihm waren nicht in der Lage, in den Qualmwolken die Flüchtlinge auszumachen und die Suchmannschaft zu unterstützen, die sich viel zu weit rechts hielt.

»Sie werden uns nicht finden«, flüsterte Vandaleur. »Bleib ruhig! Das ist ein Befehl! Sie werden uns nicht finden. Wir legen sie herein, sie und auch das Feuer. Wir werden ...«

Das *Peng! Peng! Peng!* dreier Schüsse erklang kaum zwanzig Meter von den Flüchtlingen entfernt. Das Feuer hatte sie ausgelöst, als es die Pistole erreicht hatte und die Patronen explodieren ließ. Die Verfolger hatten das Geräusch ebenfalls vernommen und arbeiteten sich nun direkt auf uns zu. Vandaleur fluchte hysterisch und versuchte, tiefer einzutauchen, um der unmenschlichen Hitze des Feuers besser entgehen zu können. Der Androide begann zu zucken.

Die Flammenwand hatte sie erreicht. Vandaleur nahm einen tiefen Atemzug und bereitete sich darauf vor unterzutauchen, bis die Flammen an ihm vorbeigezogen waren. Der Androide erschauderte und begann plötzlich zu schreien.

»Schwitze, schwitze!« rief er. »Eine kühle Spritze!«

»Verdammt!« schrie ich und versuchte, den Androiden zu ertränken.

»Verdammt!« schrie ich und zerschmetterte Vandaleurs Gesicht.

Der Androide schlug auf Vandaleur ein, der sich heftig wehrte und schließlich aufrecht stand. Bevor ich weiter angreifen konnte, hatten mich die Flammen hypnotisch in ihren Bann gezogen. Er tanzte und vollführte wahnsinnige Luftsprünge in einem hektischen Rumba-Rhythmus vor der Flammenwand, mit breit gespreizten Beinen und zitternden Armen. Die Finger zuckten in ihrem eigenen Rumba-Rhythmus. Er schrie und sang und rannte in einem verrückten Tanz in der Umarmung der Flammen, ein verdrecktes Monstrum, das sich gegen das helleuchtende Feuer deutlich abzeichnete.

Die Verfolger riefen etwas. Schüsse peitschten auf. Der Androide drehte sich zweimal um die eigene Achse und fuhr mit seinem schrecklichen Tanz im Antlitz des Feuers fort. Ein plötzlicher Windstoß trieb die Flammen vorwärts, und sie umfaßten eine schreckliche Sekunde lang die tanzende Gestalt. Dann brannten sich die Flammen weiter und hinterließen eine schluchzende Masse aus synthetischem Fleisch, aus der scharlachrotes Blut floß, das niemals gerinnen würde.

Ein Thermometer hätte wundervolle 1200° Fahrenheit registriert.

Vandaleur starb nicht. Ich entkam. Sie fanden mich nicht, während sie den Androiden tanzen und sterben sahen. Aber ich weiß nicht, wer von uns er heute ist. Wanda hat mich gewarnt: psychotische Projektion. Nan Webb hat es ihm auch gesagt. Eine Projektion. Wenn man lange genug mit einer verrückten Maschine zusammenlebt, wird man selbst verrückt. Schwitze!

Aber eine Wahrheit ist uns bekannt. Wir wissen, daß sie sich geirrt haben. Es war andersherum. Es war der Mensch, der die Maschine

korrumpiert hat ... jede Maschine ... alle Maschinen. Der neue Roboter und Vandaleur konnten das mit Sicherheit sagen, da der neue Roboter auch zu zucken begann. Grütze!
Hier auf dem kalten Planeten Pollux zittert und singt der Roboter. Keine Hitze, aber meine Finger zittern. Keine Hitze, aber er hat die kleine Talley mit auf einen einsamen Spaziergang genommen. Ein billiger Arbeitsroboter. Ein Servo-Mechanismus, alles, was ich mir leisten konnte, aber er zittert und summt und geht mit dem kleinen Mädchen fort, und ich kann sie nicht finden. Himmel! Vandaleur kann mich nicht finden, bevor es zu spät ist. Rasch, mein Schätzchen, eine kühle Spritze – während das Thermometer zärtliche 10° Fahrenheit anzeigt.

Anmerkung des Herausgebers:
Die sprachlichen Eigenheiten dieser Kurzgeschichte – gelegentlicher Wechsel der Erzählerperspektive mitten im Text – sind ein von Alfred Bester bewußt eingesetztes Stilmittel, das sprachlich die Pointe vorbereiten soll: Schizophrenie durch psychische Projektion zwischen einem Androiden und seinem Besitzer. Der Autor ist für sprachliche Gags bekannt und ordnete beispielsweise in »The Pi-Man« einzelne Textpassagen zu harmonischen graphischen Mustern an, um den Ordnungstrieb des Protagonisten zu illustrieren.

Hans Joachim Alpers

Hände weg von Zeitmaschinen!

Dies ist eine Warnung an Mitschuldige wie Sie, mich und Addyer.

Würden Sie mir das Geld für eine Tasse Kaffee schenken, werter Herr? Ich bin ein mittelloser, hungriger Organismus.

Tagsüber war Addyer Statistiker. Er beschäftigte sich mit solchen Dingen wie Tabellen, Durchschnittsgrößen, Streuungen, nicht homogenen Gruppen und Randerscheinungen. Des Nachts stürzte Addyer sich in kunstvoll errichtete Phantasien, die man in zwei Gruppen unterteilen konnte. Entweder stellte er sich vor, mit Ausgaben der *Encyclopaedia Britannica*, mit Bestsellern, erfolgreichen Schlagern und Aufzeichnungen von Wettrennen unter beiden Armen einhundert Jahre in die Vergangenheit zu reisen, oder er ließ sich tausend Jahre in die Zukunft treiben, in das Goldene Zeitalter der Perfektion.

An manchen Donnerstagen allerdings unterhielten andere Phantasien den Statistiker; durch einen Zufall war er der letzte Mann der Erde, der von leidenschaftlichen Schönheiten umbuhlt wurde; oder er erlangte die Fähigkeit, sich unsichtbar zu machen, so daß er Banken ausrauben und Justizirrtümer bereinigen konnte; oder er besaß die geheimnisvolle Gabe, Wunder wirken zu können.

Bis zu diesem Punkt sind Sie und ich und Addyer identisch. Was uns von ihm trennt, ist die Tatsache, daß Addyer ein berufsmäßiger Statistiker war.

Würden Sie den Preis für eine Tasse Kaffee opfern, ehrenwertes Fräulein? Aus reiner Barmherzigkeit? Ich schulde Ihnen tiefsten Dank.

Am Montag stürzte Addyer in das Büro seines Chefs und wedelte mit einem Bündel Papieren.

»Schauen Sie, Mr. Grande«, sprudelte es aus ihm hervor, »ich bin da auf etwas Komisches gestoßen. Sehr komisch ... im statistischen Sinne natürlich.«

»Zum Teufel«, gab Grande zurück. »Man erwartet von Ihnen nicht, daß Sie überhaupt etwas finden. Bis der Krieg vorüber ist, stecken wir bis zum Hals in Statistiken.«

»Ich habe die Berichte des Innenministeriums durchgesehen. Ist Ihnen bekannt, daß unsere Bevölkerung wächst?«
»Nicht nach der Atombombe«, sagte Grande. »Wir haben doppelt so viele Menschen verloren wie die Geburtenrate ersetzen kann.« Er deutete durch das Fenster auf den vier Meter hohen Überrest des Washington-Monumentes. »Da haben Sie den Beweis dafür.«
»Aber unsere Bevölkerung ist um 3,0915 Prozent gestiegen.« Addyer breitete seine Zahlen aus. »Was sagen Sie nun, Mr. Grande?«
»Da muß Ihnen irgendwo ein Fehler unterlaufen sein«, murmelte Grande, nachdem er die Berechnungen durchgesehen hatte. »Das prüfen Sie besser nach.«
»Jawohl, Sir«, sagte Addyer und hastete aus dem Büro. »Ich wußte, daß Sie das interessiert, Sir. Sie sind der ideale Statistiker, Sir.« Fort war er.
»Depp«, sagte Grande und fuhr damit fort, die Zahl der langweiligen Atemzüge zu berechnen, die ihm noch verblieben. Das war seine Art der Betäubung.
Am Dienstag entdeckte Addyer, daß zwischen dem Sterbeziffern-Geburten-Verhältnis und dem Bevölkerungszuwachs kein Zusammenhang bestand. Der Krieg vervielfachte die Sterblichkeitsrate und reduzierte die Geburtenzahl; und trotzdem hatte sich die Bevölkerungszahl geringfügig erhöht.
Addyer teilte Grande mit, was er herausgefunden hatte, bekam einen belobigenden Schlag auf den Rücken und ging nach Hause, um sich einer neuen Phantasie, einem neuen Traum hinzugeben, in dem er eine Million Jahre in der Zukunft aufwachte, die Lösung des Rätsels erfuhr und beschloß, zwischen den schneebedeckten Bergen und Hügeln zu bleiben, in Sicherheit unter der Ägide einer Kultur, die gesünder war als Aureomycin.
Am Mittwoch nahm Addyer den Computer und die Akten in Beschlag und machte eine Stichprobe von Washington, D. C. Zu seiner Überraschung fand er heraus, daß die Bevölkerungszahl der ehemaligen Hauptstadt um 0,0029 Prozent zu niedrig lag. Das war entmutigend, und Addyer ging heim, um in einen Traum über Königin Viktorias Goldenes Zeitalter zu flüchten, wo er die Welt mit seinem Ausstoß an brillanten Romanen, Dramen und Gedichten erstaunte, die er von Shaw, Galsworthy und Wilde abgeschrieben hatte.

Können Sie das Geld für einen Kaffee entbehren, ehrenwerter Herr? Ich bin ein bejammernswertes Geschöpf, das der Wohltätigkeit bedarf.

Am Donnerstag machte Addyer eine weitere Stichprobe, diesmal von Philadelphia, und fand heraus, daß die Bevölkerungsziffern von Philadelphia um 0,0959 Prozent über dem Soll stand. Sehr ermutigend. Er untersuchte die Statistik von Little Rock. Um 1,1329 Prozent zu hoch. Und St. Louis. Bevölkerungsziffern um 2,0924 Prozent zu hoch – und das trotz der völligen Auslöschung von Jefferson County aufgrund eines jener so verhängnisvollen militärischen Irrtümer.
»Mein Gott!« rief Addyer zitternd vor Aufregung. »Je näher ich dem Landesinneren komme, desto größer ist der Anstieg. Aber gerade das Landesinnere wurde beim Atomschlag am härtesten betroffen. Wie ist das zu erklären?«
In seiner Aufregung schwankte er in dieser Nacht zwischen der Zukunft und der Vergangenheit hin und her, und um sieben Uhr war er wieder im Büro. Diesmal verbrachte er vierundzwanzig Stunden am Computer und hinter den Akten. Er folgte der Fährte und machte eine phantastische Entdeckung, die er in angemessener graphischer Form festhielt. Auf der Karte mit den Überresten der Vereinigten Staaten zeichnete er konzentrische Kreise in verschiedenen Farben, die jene Gebiete mit dem Bevölkerungszuwachs kennzeichneten. Die roten, orangefarbenen, gelben, grünen und blauen Kreise formten eine perfekte Zielscheibe um das Finney County in Kansas.
»Mr. Grande«, schrie Addyer mit höchster statistischer Leidenschaft, »Finney County ist uns eine Erklärung schuldig.«
»Fahren Sie hin und suchen Sie diese Erklärung«, gab Grande zurück, und Addyer verzog sich.
»Depp«, murmelte Grande und begann damit, eine Statistik über den Zusammenhang zwischen seinem Augenzwinkern und seinem Pulsschlag zu erstellen.

Gnädigste, können Sie das Geld für einen Kaffee entbehren? Mein ausgedörrter Organismus verlangt nach Stärkung.

Nun war Reisen in jenen Tagen ein großes Wagnis. Addyer nahm ein Schiff nach Charleston (in den Nordatlantik-Staaten gab es keine Bahnverbindungen mehr) und erlitt bei Hatteras durch eine Treibmine Schiffbruch. Siebzehn Stunden blieb er im eisigen Wasser und stieß immer wieder zwischen den Zähnen hervor: »O Gott, wenn ich doch nur einhundert Jahre früher geboren worden wäre!«
Augenscheinlich zeigte sich dieses Gebet als recht stark. Ein Suchboot der Marine fischte ihn auf und brachte ihn nach Charleston, wo er

gerade rechtzeitig ankam, um sich bei einer Bombenexplosion subkritische Strahlenverbrennungen zu holen. Glücklicherweise blieben die Eisenbahnschienen unbeschädigt. Während der Fahrt von Charleston nach Macon (umsteigen) wurde er behandelt. Er fuhr über Birmingham nach Memphis (Beulenpest), Little Rock (verseuchtes Wasser), Tulsa (Quarantäne wegen radioaktivem Fall-out), Kansas City (»Die OK-Busgesellschaft übernimmt keine Haftung für Todesfälle aufgrund kriegerischer Handlungen«) und kam schließlich in Lyonesse, Finney County, Kansas, an.

Da war er nun im Finney County mit den großen Magmakratern und Narben und Strahlungsquellen. Ganze Farmen waren vom Erdboden weggefegt worden, ganze Autobahnen waren so mitgenommen, daß sie wie gesprengte Wallanlagen aussahen. Die Bevölkerung war hochgradig strahlenverseucht. Rußwolken und Fall-out-Entgifter hingen am Tag über dem County und verliehen ihm das Aussehen von Pittsburgh an einem windstillen Nachmittag. Des Nachts glühten Strahlenfelder, noch zusätzlich erleuchtet von blinkenden Warntürmen – ein dankbares Motiv für eine dieser kunstvollen Verfremdungs-Fotografien, auf denen alles verwischt und von tödlichen Lichtstreifen durchzogen erscheint.

Nach einer ruhelosen Nacht im Lyonesse-Hotel begab sich Addyer zur County-Verwaltung, um das Geburtenregister zu überprüfen. Er trug alle nötigen Beglaubigungsschreiben mit sich, aber die County-Verwaltung verfügte über keine Statistiker. Wieder einmal ein folgenschwerer Fehler der Militärstrategen. Dadurch war in der Verwaltung ein nützliches Arbeiten praktisch unmöglich.

Ein wenig verärgert wanderte Addyer zum Gesundheitsamt des Countys. Er beabsichtigte, die örtlichen Ärzte nach der Geburtenrate zu fragen. Zwar gab es solch ein Amt, aber es erwies sich als nur mit einem Mann besetzt, der einmal Krankenpfleger gewesen war und Addyer darüber informierte, daß Finney County seinen letzten Arzt vor acht Monaten an die Armee abtreten mußte. Hebammen könnten ihm die gewünschte Auskunft sicher geben, aber es existierte kein Verzeichnis von ihnen. Addyer müßte wohl oder übel von Tür zu Tür wandern und die Hausfrauen fragen, ob sie zufälligerweise diesen überkommenen Beruf ausübten.

Ein wenig mehr verärgert begab sich Addyer zum Lyonesse-Hotel zurück und schrieb auf ein Blatt Toilettenpapier: HABE INFORMATIONSPROBLEME. WERDE BERICHTEN, SOBALD INFORMATIONEN ZUGÄNGLICH SIND. Er steckte die Botschaft in eine Aluminiumkapsel, befestigte diese an seiner letzten überlebenden Brieftaube

und schickte sie mit einem Gebet gen Washington. Dann setzte er sich ans Fenster und brütete vor sich hin.
Ein seltsamer Anblick riß ihn aus seinem Halbschlaf. Unten auf der Straße war soeben der OK-Bus aus Kansas City eingetroffen. Quietschend rollte die alte Benzinkutsche aus. Mit einiger Mühe wurden die Türen geöffnet, und ein einbeiniger Farmer stieg aus, dessen strahlenverbranntes Gesicht frisch bandagiert war. Anscheinend ein wohlhabender Bürger, der sich eine Reise zur medizinischen Behandlung erlauben konnte. Der Bus wartete auf die Passagiere, die mit nach Kansas City wollten, und hupte warnend. Da begann ein seltsames Schauspiel ...
Aus dem Nichts – buchstäblich aus dem Nichts – erschien eine Horde von Menschen. Sie strömten aus Hintergassen und zwischen Schuttmulden hervor, schlüpften aus Läden und füllten die Straßen. Sie alle waren fröhlich, gesund, lebhaft und glücklich, lachten und plauderten, als sie den Bus bestiegen. Sie sahen aus wie Wanderer und Touristen, trugen Rucksäcke, Reisetaschen, Picknickkörbe und sogar Babys auf den Armen. In zwei Minuten war der Bus voll. Er holperte die Straße entlang, und als er verschwand, hörte Addyer glücklichen Gesang, der an den Schuttbergen sein Echo fand.
»Ich will verdammt sein«, sagte er.
Seit zwei Jahren hatte er kein spontanes Singen mehr vernommen. Seit drei Jahren hatte er kein sorgenfreies Lächeln mehr gesehen. Er fühlte sich wie ein Farbenblinder, der zum ersten Mal das gesamte Spektrum wahrnimmt. Es war außergewöhnlich. Und auch ein wenig blasphemisch.
»Wissen diese Menschen nicht, daß wir uns im Kriegszustand befinden?« fragte er sich.
Und ein wenig später: »Sie sahen zu gesund aus. Warum trugen sie keine Uniformen?«
Und schließlich: »Wer *waren* sie überhaupt?«
In dieser Nacht hatte Addyer sehr wirre Träume.

Können Sie das Geld für eine Tasse Kaffee entbehren, freundlicher Herr? Ich bin hier fremd, und der Hunger hat mich geschwächt.

Am nächsten Morgen stand Addyer früh auf, mietete ein Auto zu einem ungeheuren Preis, entdeckte, daß er um keinen Preis der Welt Benzin kaufen konnte und stieg schließlich auf einen lahmen Gaul um. Er war allergisch gegen Pferdehaar und erlitt mehrere asthmatische Anfälle, als er von Haus zu Haus ritt. Und als er an diesem Nachmittag zum Lyonesse-Hotel zurückkehrte, war er völlig entmutigt. Er kam gerade rechtzeitig an, um wieder Zeuge der Abfahrt des OK-Busses zu werden. Erneut erschien eine Horde glücklicher Menschen und bestieg den Bus. Erneut holperte der Bus die mitgenommene Straße entlang. Erneut vernahm er fröhlichen Gesang.

»Ich will *verdammt* sein«, winselte Addyer.

Er machte einen Besuch im Vermessungsamt des Countys, um eine genaue Karte der Gegend zu erhalten. Er hatte die Absicht, die Anzahl der Hebammen statistisch zu errechnen. Es gab ein wenig Schwierigkeiten mit dem Beamten, der taub und auf einem Auge blind war. Und für das andere Auge keine Brille besaß. So konnte er Addyers Beglaubigungsschreiben absolut nicht lesen. Als Addyer schließlich mit der Karte unter dem Arm ging, sagte er sich: »Ich glaube, dieser alte Narr hat mich für einen Spion gehalten.«

Und später murmelte er: »Spion.«

Und kurz vor dem Schlafengehen: »Heiliger Moses! Vielleicht ist *das* die Antwort!«

In dieser Nacht war er Lincolns Geheimagent, der jeden Zug Lees voraussah, Jackson, Johnston und Beauregard austrickste, John Wilkes Booth narrte und im Jahre 1868 zum Präsidenten der Vereinigten Staaten gewählt wurde.

Am nächsten Tag fuhr der OK-Bus eine neue Ladung glücklicher Menschen fort.

Und am nächsten wieder.

Und am nächsten wieder.

»Vierhundert Touristen in fünf Tagen«, errechnete Addyer. »Das Land ist von Spionen überschwemmt worden.«

Er begann, durch die Straßen zu streifen, um diese fröhlichen Reisenden auszuhorchen. Das erwies sich jedoch als schwierig. Bevor der Bus kam, waren sie einfach nicht zu fassen. Sie hatten eine freundliche Art, den anderen auszuweichen. Die örtlichen Behörden wußten nichts von ihnen und waren auch nicht interessiert. In diesen Tagen war jedermann nur daran interessiert, mehr schlecht als recht zu überleben. Und das ließ den Gesang auch so obszön erscheinen.

Nach sieben Tagen Katz-und-Maus-Spiel und einer Woche von Berechnungen zog Addyer plötzlich den großen Schlußstrich. »Das haut hin«, sagte er. »Jeden Tag verlassen achtzig Menschen Lyonesse. Fünfhundert pro Woche. Fünfundzwanzigtausend pro Jahr. Vielleicht erklärt das den Bevölkerungszuwachs.« Obwohl er nur eine winzige Hoffnung hatte, daß es auch ankommen würde, gab er fünfundfünfzig Dollar für ein

Telegramm an Grande aus. In dem Telegramm stand: HEUREKA! ICH HABE ES GEFUNDEN.

Haben Sie nicht vielleicht das Geld für eine Tasse Kaffee für mich übrig, ehrenwerte Dame? Ich bin kein gewöhnlicher Tramp, sondern ein mittelloses Geschöpf.

Addyers große Chance kam am nächsten Tag. Der OK-Bus trudelte wie gewöhnlich ein. Wieder versammelte sich eine Menschenmenge, um ihn zu besteigen, aber diesmal waren es zu viele. Drei Leuten wurde die Mitnahme verwehrt. Sie waren überhaupt nicht verärgert, traten zurück, winkten eifrig, als der Bus losfuhr, vereinbarten noch schnell Treffpunkte für die Zukunft, drehten sich dann schweigend um und gingen die Straße hinab.
Addyer kam wie der Blitz aus seinem Hotelzimmer geschossen. Er folgte dem Trio die Hauptstraße entlang, folgte ihm nach links auf die Fourth Avenue, ging an einem in Ruinen liegenden Schulgebäude vorbei, dann an der demolierten Telefonzentrale, der zerfallenen Bibliothek, dem Bahnhof, der evangelischen und schließlich der katholischen Kirche. Er erreichte die Vororte von Lyonesse und endlich das offene County.
Hier mußte er mehr Vorsicht walten lassen. Es war schwierig, den Spionen auf der staubigen, von Warnlichtern hell erleuchteten Straße zu folgen. Er war schließlich kein Selbstmörder und konnte sich somit auch nicht in den Strahlenkratern verstecken. So blieb er äußerst unentschlossen zurück und war schließlich genauso erleichtert, als sie von der zerstörten Straße abbogen und die alte Baker-Farm erreichten.
»Aha«, sagte Addyer.
Er setzte sich auf das Überbleibsel eines Raketengeschosses, das im Straßengraben lag und fragte sich: »Aha – was?« Die Antwort darauf kannte er nicht, aber er wußte, wo sie zu finden war. Er wartete, bis die Dämmerung zur Dunkelheit wurde und kroch dann langsam auf das Farmgebäude zu.
Während er sich an den tödlichen Strahlenquellen vorbeischlängelte und sich gelegentlich den Kopf an Grabsteinen stieß, wurde er auf zwei Gestalten in der Nacht aufmerksam. Sie hielten sich im Scheunenhof der Baker-Farm auf und benahmen sich überaus seltsam. Einer war groß und dünn. Ein Mann. Er stand so stocksteif wie ein Leuchtturm da. Dann und wann tat er mit äußerster Vorsicht einen Schritt oder winkte langsam der anderen Gestalt zu. Das war ebenfalls ein Mann. Er war untersetzt und tänzelte nervös auf und ab.

Als Addyer näher herankam, hörte er den großen Mann sagen: »Ruuu buuu fuuu muuu wooo luuu fooo.«
Darauf antwortete der Tänzelnde: »Wd-nk-kd-ik-md-pd-ld-nk.«
Dann lachten beide, der Große wie eine Lokomotive, der Tänzelnde wie ein Eichhörnchen. Sie drehten sich um. Der zweite Mann schoß ins Haus. Der Große folgte ihm langsam. Und das war erstaunlich, wirklich erstaunlich.
»Oho«, sagte Addyer.
In diesem Moment packten ihn von hinten ein paar Hände und hoben ihn in die Luft. Addyers Herz zog sich zusammen. Ihm blieb noch die Zeit für eine unkontrollierte Zuckung, dann wurde etwas Weiches gegen sein Gesicht gedrückt. Als er die Bewußtlosigkeit verlor, galt sein letzter idiotischer Gedanke einem Teleskop.

Geben Sie einem keineswegs herumlungernden Menschen einen Kaffee aus, ehrenwerter Herr? Ihre Großzügigkeit sei gesegnet!

Als Addyer erwachte, lag er in einem kleinen, weißgetünchten Raum auf einer Couch. Ein grauhaariger Mann mit groben Gesichtszügen saß hinter einem Schreibtisch jenseits der Liege und war damit beschäftigt, Papierstöße durchzublättern. Der Schreibtisch war mit ihnen geradezu überhäuft, und sie sahen aus wie komplizierte Fahrpläne. An seiner Seite befand sich ein kleines Radio.
»Hö-hören Sie«, begann Addyer schwach.
»Moment, Mr. Addyer«, sagte der Mann freundlich. Er fingerte an dem Radio herum. In der Mitte des Zimmers bildete sich über einer kreisförmigen Kupferplatte ein Lichtschein, der sich zu einem Mädchen verdichtete, das äußerst nackt und äußerst attraktiv war. Sie raste auf den Schreibtisch zu und tätschelte den Kopf des grauhaarigen Mannes mit der Geschwindigkeit eines Preßlufthammers. Dabei lächelte sie und plauderte: »Wd-nk-tk-ik-lt-nk.«
Der Grauhaarige lächelte und deutete auf die Tür. »Gehen Sie hinaus und bewegen sie es fort«, sagte er. Sie wandte sich um und schoß hinaus.
»Es hat etwas mit dem Verhältnis der Zeiten zu tun«, sagte der Mann zu Addyer. »Ich verstehe nicht viel davon. Wenn man vorwärts ankommt, ist die Bewegungsenergie höher.« Er kritzelte etwas auf die Papiere. »Weshalb in aller Welt mußten Sie hier herumschnüffeln, Mr. Addyer?«
»Ihr seid Spione«, sagte Addyer. »Sie hat Chinesisch gesprochen.«

»Kaum. Ich würde sagen, daß es Französisch war. Frühes Französisch, wie es Mitte des fünfzehnten Jahrhunderts üblich war.«
»Mitte des fünfzehnten Jahrhunderts!« rief Addyer aus.
»Ja, das würde ich sagen. Langsam bekomme ich ein Ohr für diese schnellen Sprachen. Entschuldigen Sie mich bitte.«
Er schaltete wieder am Radio herum. Das Glühen erschien erneut und verdichtete sich diesmal zu einem nackten Mann. Er war stämmig, behaart und trübsinnig. Mit atemberaubender Langsamkeit sagte er: »Muuu fuuu bluuu wooww hooww puuu.«
Der Grauhaarige deutete auf die Tür. Der traurige Mann entfernte sich mit äußerster Langsamkeit.
»Ich sehe es so«, fuhr der Grauhaarige in heiterem Plauderton fort. »Wenn sie zurückkommen, schwimmen sie gegen den Zeitstrom an, und das verlangsamt sie. Wenn sie vorwärts kommen, schwimmen sie im Strom. Das gibt ihnen mehr Geschwindigkeit, die aber nicht sehr lange anhält. Auf keinen Fall länger als ein paar Minuten. Das gibt sich.«
»Was?« fragte Addyer. »Zeitreise?«
»Ja, natürlich.«
»Dieses Ding ...« Addyer deutete auf das Radio. »Soll das eine Zeitmaschine sein?«
»So könnte man es, grob gesehen, nennen.«
»Aber es ist doch viel zu klein.«
Der Grauhaarige lachte.
»Wo bin ich hier überhaupt? Was haben Sie eigentlich vor?«
»Komisch«, sagte der Grauhaarige. »Jedermann pflegte über die Zeitreise zu spekulieren. Wie man sie für Forschungen auf archäologischem, historischem und sozialem Gebiet anwenden könnte und so weiter. Keiner hat je vermutet, wofür man sie wirklich einmal benutzen würde ... zur Therapie.«
»Therapie? Meinen Sie medizinische Therapie?«
»Richtig. Eine psychologische Behandlung für die Eigenbrötler, die auf keine andere Kur ansprechen. Wir lassen sie emigrieren. Entkommen. Alle fünfundzwanzig Jahre haben wir eine Station errichtet. Eine Station wie diese.«
»Das verstehe ich nicht.«
»Sie befinden sich in einem Auswanderungsamt.«
»Oh, mein Gott!« Addyer sprang von der Couch hoch. »Dann ist *das* die Antwort auf den Bevölkerungsanstieg! Ja? So bin ich nämlich auf Sie gestoßen. Die Sterblichkeit liegt so hoch, und die Geburten liegen so niedrig, daß Ihre Zeitreisenden ins Gewicht fallen. Stimmt das?«

»Ja, Mr. Addyer.«
»Tausende von euch kommen hierher. Woher?«
»Aus der Zukunft natürlich. Die Zeitreise wurde erst im Jahre C/H 127 entwickelt. Das ist ... hm, ungefähr 2505 n. Chr. nach eurer Zeitrechnung. Unsere Stationskette gibt es seit C/H 189.«
»Aber sagten Sie nicht, daß diejenigen Reisenden, die sich so schnell bewegen, aus der Vergangenheit kommen?«
»Oh, ja, aber ursprünglich entstammen sie alle der Zukunft. Sie haben einfach herausgefunden, daß sie zu weit zurückgereist sind.«
»Zu weit?«
Der Grauhaarige nickte und überlegte. »Es ist amüsant, welche Fehler die Leute machen. Wenn sie ein Geschichtsbuch lesen, werden sie unrealistisch, verlieren den Kontakt mit den Tatsachen. Ich kannte einen jungen Mann, der sich nur mit dem Elisabethanischen Zeitalter zufriedengeben wollte. ›Sheakespeare‹, sagte er, ›die gute Queen Bess, die spanische Armada. Drake und Hawkins und Raleigh. Die männlichste Periode der Geschichte. Das Goldene Zeitalter. Das ist was für mich.‹ Ich konnte ihn nicht zur Vernunft bringen, und wir schickten ihn in diese Zeit. Zu schade.«
»Warum?« fragte Addyer.
»Oh, er starb nach drei Wochen. Trank ein Glas Wasser. Typhus.«
»Und Sie haben ihn nicht impfen lassen? Ich meine, wenn die Armee Männer nach Übersee schickt ...«
»Natürlich haben wir das. Gaben ihm alle nur denkbaren Seren. Aber Krankheiten verändern sich ständig, kommen und gehen in immer wieder neuen Nebenarten. Deshalb entstehen Epidemien überhaupt nur. Unser Impfstoff kam gegen den elisabethanischen Typhus nicht an. Entschuldigen Sie mich bitte ...«
Wieder glühte das Licht auf. Ein weiterer nackter Mann erschien, plapperte etwas und verschwand dann durch die Tür. Dabei stieß er fast mit dem nackten Mädchen zusammen, das gerade den Kopf hereinsteckte, lächelte und mit seltsamem Akzent sagte: »Ie vous prie de me pardonner. Quy estoit cette gentilhomme?«
»Hatte ich doch recht!« sagte der grauhaarige Mann. »Das ist mittelalterliches Französisch. Wird seit Rabelais nicht mehr gesprochen.« Zu dem Mädchen gewandt fuhr er fort: »Mittelenglisch, bitte. Den amerikanischen Dialekt.«
»Oh, tut mir leid, Mr. Jelling. Diese Sprachprobleme können einem ganz schön im Arsch brennen. Arsch? Ist das der richtige Ausdruck? Oder sagt man hier ...«

»He!« stöhnte Addyer gequält auf.
»Der Ausdruck ist schon richtig, aber man verwendet ihn nur in engstem Kreise und keineswegs vor Fremden.«
»Oh, ja, jetzt fällt es mir wieder ein. Wer war der Herr, der gerade gegangen ist?«
»Peters.«
»Aus Athen?«
»Richtig.«
»Gefiel ihm wohl nicht, wie?«
»Nicht sehr. Anscheinend kannte man damals noch keine Spülklosetts.«
»Ja, nach einer Weile beginnt man, sich nach einem modernen Badezimmer zu sehnen. Wo kann ich ein paar Kleider bekommen? Oder trägt man in diesem Jahrhundert überhaupt keine?«
»Nein, erst in hundert Jahren geht man nackt. Suchen Sie meine Frau, sie ist im Ausstattungsraum in der Scheune. Das ist das große, rote Gebäude.«
Der große, stocksteife Mann, den Addyer zuerst im Hof gesehen hatte, erschien plötzlich hinter dem Mädchen. Nun war er angekleidet und bewegte sich mit normaler Geschwindigkeit. Er starrte das Mädchen an, und sie starrte zurück. »Splem!« riefen beide. Sie umarmten sich und küßten einander auf die Schultern.
»Du mein Fels reiben reiben Fels zum Herz das Herz beide«, sagte der Mann.
»Herz auch, argal, auch Herz«, lachte das Mädchen.
»Was? Dann du zu du.«
Sie umarmten sich wieder und gingen.
»Was war das? Die Sprache der Zukunft?« fragte Addyer. »Gesprochene Kurzschrift?«
»Kurzschrift?« rief Jelling überrascht. »Erkennen Sie keine Rhetorik, wenn Sie sie hören? Das war die Rhetorik des dreißigsten Jahrhunderts, Mann. Dort sprechen wir nur so. Hexameter, Pentameter, Alexandriner, Jambus, Tetrameter und so weiter. Von Geburt an beherrschen wir alle die Kunst des Skandierens.«
»Hochnäsig sind Sie gar nicht«, murmelte Addyer neidisch. »Ich könnte auch skandieren, wenn ich es nur versuchte.«
»In Ihrer Epoche ist es aber sehr ungewöhnlich.«
»Na und?«
»Doch, das ist schon wichtig«, meinte Jelling, »zumal Sie noch herausfinden müssen, daß das Leben die Summe von Übereinkünften ist. Sie

mögen vielleicht denken, daß Installateure, verglichen mit den alten griechischen Philosophen, recht unwichtige Leute sind. Viele denken das. Aber in Wirklichkeit sieht es so aus, daß uns ihre Philosophie bereits bekannt ist. Nach einer Weile wird man es leid, die großen Männer zu sehen und ihren Lehren zu lauschen, die man sowieso schon kennt, und man beginnt, die Bequemlichkeiten unserer Zivilisation zu vermissen, die man als selbstverständlich hingenommen hat.«

»Das scheint mir aber eine sehr oberflächliche Einstellung zu sein«, bemerkte Addyer.

»Glauben Sie? Versuchen Sie einmal, in der Vergangenheit zu leben, bei Kerzenlicht und ohne Zentralheizung, ohne Eisschrank, Lebensmittel in Dosen, lebenswichtigen Medikamenten ... Oder in der Zukunft: Versuchen Sie einmal, mit Berganlicks oder den zweiundzwanzig Geboten zu leben. Mit einem Duodezimal-Kalender und der gleichen Währung. Versuchen Sie einmal, nach einer strengen Metrik zu sprechen, sich jeden Satz zu überlegen und ihn skandieren, bevor sie ihn überhaupt erst aussprechen ... Und wenn Sie sich einmal vergessen und spontan in ihrer Sprache reden, wird Sie jeder als Analphabeten verachten.«

»Sie übertreiben«, sagte Addyer. »Ich wette darauf, daß es Zeitalter gibt, in denen ich sehr glücklich sein könnte. Seit Jahren habe ich schon darüber nachgedacht, und ich ...«

»Jaaa«, schnaubte Jelling, »die große Illusion. Nennen Sie eines dieser Zeitalter.«

»Die amerikanische Revolution.«

»Pfui! Keine sanitären Anlagen, keine Medikamente. Cholera in Philadelphia. Malaria in New York. Keine Betäubungsmittel. Todesstrafe auf Hunderte kleinster Vergehen. Sie würden an der winzigsten Verletzung sterben. Keine Bücher und keine Musik, die Sie mögen würden. Die Berufe, für die Sie ausgebildet worden sind, gibt es dort noch nicht. Versuchen Sie es noch einmal!«

»Das Viktorianische Zeitalter.«

»Haben Sie gute Augen und Zähne? Die müssen Sie schon haben. Wir können Ihre Plomben und Ihre Brille nicht mit in die Vergangenheit schicken. Wie ist es um Ihre Ethik bestellt? Schlecht? Das muß sie auch sein, sonst würden Sie in dieser Epoche verhungern, wo niemand sich darum kümmert, ob man Ihnen die Kehle durchschneidet oder nicht. Was halten Sie von Klassenunterschieden? Die waren damals überaus stark. Welcher Religion gehören Sie an? Sie wären besser nicht jüdisch, katholisch, ein Quäker oder Moravianer und dürften auch keiner religiösen Minderheit angehören. Wie ist Ihre politische Einstellung? Wenn

Sie heutzutage ein Reaktionär sind, wären Sie mit der gleichen Meinung vor hundert Jahren ein gefährlicher Radikaler. Ich glaube nicht, daß Sie dort glücklich sein könnten.«

»Ich würde zumindest aber in Sicherheit leben.«

»Nur, wenn Sie reich sind – und wir können kein Geld mitschicken. Nur Ihren Körper. Nein, Addyer, die Armen starben in jenen Tagen im Durchschnittsalter von vierzig Jahren, totgearbeitet, ausgebrannt. Nur die Privilegierten lebten länger, und Sie gehören nicht zu ihnen.«

»Auch nicht mit meinem überlegenen Wissen?«

Jelling nickte müde. »Ich wußte, daß *dies* früher oder später kommen würde. Welches überlegene Wissen? Ihre wissenschaftliche Halbbildung, Ihr Wissen um spätere Erfindungen? Seien Sie doch kein Narr, Addyer, Sie genießen die Technologie Ihres Zeitalters, ohne die geringste Ahnung zu haben, wie Sie wirklich funktioniert.«

»Wieso Halbwissen? Ich könnte mich doch darauf vorbereiten.«

»Worauf, zum Beispiel?«

»Nun, sagen wir, darauf, das Radio zu erfinden.«

Jelling lächelte. »Sie könnten das Radio erst erfinden, wenn Sie jene hundert verschiedenen technischen Entwicklungen erfunden haben, die darin aufgegangen sind. Sie müßten eine völlig neue Industrie schaffen, die zum Beispiel die von Ihnen entdeckte Vakuumröhre produzieren kann, den Wechselstromkreis, den nicht überlagernden, rauschfreien Empfänger und so weiter. Sie müßten Strom produzieren, Generatoren und alles, was dazugehört. Sie müßten ... aber warum sollen wir uns Gedanken über das Offensichtliche machen? Würden Sie den Verbrennungsmotor erfinden wollen, bevor es Benzin gibt?«

»O Gott!« stöhnte Addyer.

»Und noch etwas«, fuhr Jelling grimmig fort. »Ich habe von technischen Werkzeugen gesprochen, aber auch die Sprache ist ein Werkzeug – das der Kommunikation. Ist Ihnen schon einmal aufgefallen, daß ein noch so umfassendes Sprachstudium Ihnen niemals vermitteln kann, wie eine Sprache wirklich vor Jahrhunderten benutzt wurde? Wissen Sie, wie die Römer Latein ausgesprochen haben? Könnten Sie lernen, in Gälisch zu sprechen und zu denken, in dem Flämisch des siebzehnten Jahrhunderts, in Altniederdeutsch? Niemals! Sie wären ein Taubstummer.«

»Darüber habe ich noch niemals nachgedacht«, sagte Addyer langsam.

»Flüchtlinge denken nie daran. Sie suchen einzig und allein nach einer vagen Entschuldigung, um fortlaufen zu können.«

»Was ist mit Büchern? Ich könnte mir einen bedeutenden Roman einprägen und ...«

»Und was? Weit genug in die Vergangenheit zurückgehen, um dem wirklichen Autor zuvorzukommen? Sie würden dann auch dem Lesepublikum zuvorkommen. Ein Roman wird erst dann bedeutend, wenn die Leserschaft auch bereit ist, ihn zu verstehen. Dieses Geschäft wird erst profitabel, sobald die Öffentlichkeit zu kaufen beginnt.«
»Und was ist, wenn ich in die Zukunft ginge?« fragte Addyer.
»Das habe ich Ihnen doch schon gesagt. Das gleiche Problem, nur mit umgekehrten Vorzeichen. Könnte ein Mensch des Mittelalters im zwanzigsten Jahrhundert überleben? Würde er den Stadtverkehr überstehen? Könnte er Autos fahren, die Sprache sprechen? In der Sprache der neuen Zeit denken? Sich dem Tempo, den Ideen und Voraussetzungen anpassen, die Sie für gegeben halten? Nie. Könnte sich jemand aus dem fünfundzwanzigsten Jahrhundert dem dreißigsten anpassen? Niemals.«
»Aber wenn Vergangenheit und Zukunft so unbequem sind«, sagte Addyer wütend, »warum reisen diese Menschen dann durch die Zeit?«
»Sie reisen nicht«, sagte Jelling. »Sie fliehen.«
»Wovor?«
»Vor ihrer eigenen Zeit.«
»Warum?«
»Sie mögen sie nicht.«
»Warum nicht?«
»Mögen Sie Ihre Zeit? Gibt es irgendeinen Neurotiker, der sich in ihr wohl fühlt?«
»Wo gehen sie hin?«
»Überallhin, nur nicht dorthin, wo sie eigentlich hingehören. Sie suchen immerfort nach dem Goldenen Zeitalter. Vagabunden! Narren! Sind niemals zufrieden, immer auf der Suche, lassen sich durch die Zeiten treiben. Pfui! Jeder zweite Penner, den Sie sehen, ist wahrscheinlich ein Zeitreisender, der im falschen Jahrhundert gestrandet ist.«
»Und die Leute, die hierherkommen ... glauben sie, daß *dies* das Goldene Zeitalter ist?«
»Jawohl.«
»Die sind ja verrückt!« protestierte Addyer. »Haben sie die Ruinen gesehen? Die Strahlung? Den Krieg? Das Elend? Die Hysterie?«
»Natürlich. Das zieht sie ja gerade an. Fragen Sie mich nicht nach dem Grund. Fassen Sie es so auf: Sie lieben doch die amerikanische Kolonialzeit, nicht wahr?«
»Unter anderem.«
»Nun, wenn Sie George Washington die Gründe nennen würden, wes-

halb Sie seine Zeitepoche mögen, wären dies wahrscheinlich alles Dinge, dic er haßt.«

»Aber dieser Vergleich ist unfair! Dies hier ist die allerschlimmste Epoche in der gesamten Geschichte.«

Jelling winkte ab. »Das glauben *Sie*. Jeder sagt das, in jeder Generation. Aber ich gebe Ihnen mein Wort, egal, wo und wie Sie leben, es gibt irgendwo und irgendwann immer jemanden, der glaubt, Sie lebten im Goldenen Zeitalter.«

»Ich will verdammt sein«, sagte Addyer.

Jelling sah ihn einen langen Augenblick ruhig an. »Sie sind es«, sagte er mitfühlend. »Ich habe schlechte Nachrichten für Sie, Addyer. Wir können Sie nicht hierlassen. Sie würden reden und Ärger machen – und unser Geheimnis muß gewahrt bleiben. Wir müssen Sie irgendwo hinschicken – ohne Rückfahrkarte.«

»Ich kann überall reden.«

»Aber in einer anderen Zeit wird Ihnen niemand Beachtung schenken. Sie würden nur dummes Zeug reden, als Exzentriker oder sogar Verrückter betrachtet werden. Wir haben nichts zu befürchten.«

»Und wenn ich einfach zurückkomme?«

»Das wird Ihnen nur mit einem Visum möglich sein, das ich Ihnen aber nicht eintätowieren werde. Wenn Sie das tröstet: Sie sind keineswegs der erste, den wir deportieren müssen. Ich erinnere mich da an einen Japaner ...«

»Dann wollen Sie mich also für immer in eine andere Zeit schicken?«

»So leid es mir tut: ja.«

»In die Zukunft oder in die Vergangenheit?«

»Sie haben die Wahl. Denken Sie darüber nach, während Sie sich ausziehen.«

»Das braucht Ihnen nicht leid zu tun«, meinte Addyer. »Das wird doch ein wunderbares Abenteuer. Davon habe ich schon immer geträumt.«

»Nun gut, es wird wunderbar werden.«

»Ich könnte mich aber auch weigern«, sagte Addyer nervös.

Jelling schüttelte den Kopf. »Wir würden Sie dann betäuben und trotzdem fortschicken. Wenn Sie es unbedingt so haben wollen ...«

»Nein, es ist besser, wenn ich meine Wahl selbst treffe.«

»Natürlich. Das ist die vernünftigste Einstellung, Addyer.«

»Eine Wahl, die ich gern treffe. Jeder sagt, daß ich hundert Jahre zu früh geboren wurde.«

»Das sagen normalerweise alle ... außer wenn es heißt, Sie seien hundert Jahre zu spät auf die Welt gekommen.«

»Manche sagen auch das.«
»Nun, denken Sie gut darüber nach. Es ist eine irreparable Entscheidung. Was ziehen Sie vor, die phonetische Zukunft oder die poetische Vergangenheit?«
Addyer begann, sich sehr langsam auszuziehen, so langsam, wie er sich jede Nacht auszog, wenn er sich auf seine üblichen Traumphantasien vorbereitete. Aber nun waren seine Träume wahr geworden, und der Moment der Entscheidung erschreckte ihn. Etwas traurig und auf sehr wackligen Füßen trat er auf die Kupferplatte in der Mitte des Zimmers. Als Jelling nochmals fragte, murmelte er seine Entscheidung. Dann leuchtete sein Körper in der Aura des Lichtstrahls silbern auf und verschwand auf ewig aus seiner Zeit.
Wohin er ging? Sie wissen es. Ich weiß es. Addyer weiß es. Addyer reiste ins Land unserer Lieblingsphantasien. Er entkam in das Refugium, das *unsere* Zuflucht ist, in die Zeit unserer Träume. Und sofort danach erkannte er, daß er sich in Wirklichkeit von der einzigen Zeit getrennt hatte, die für ihn richtig war.
Durch den Schleier der verflossenen Jahre hindurch erscheint uns jedes Zeitalter bis auf das unsrige als ruhmreich und golden. Wir sehnen uns nach dem Gestern und Morgen und erkennen nicht, daß wir Hobsons Entscheidung gegenüberstehen – daß das Heute, so bitter oder süß, so ruhig oder aufgepeitscht es auch sein mag, die einzige Zeit für uns ist. Der Traum von anderen Zeiten ist ein Verräter, und wir alle sind Komplizen dabei, uns selbst zu betrügen.

Geben Sie mir einen Kaffee aus, ehrenwerter Herr? Nein, mein Herr, ich bin kein gewöhnlicher Penner, ich bin ein Japaner, der in dieser miesen Zeit gestrandet ist. Ehrenwerter Herr, ich bitte in Tränen um Ihre Großzügigkeit. Würden Sie diesem elendigen Menschen vielleicht eine Fahrkarte nach Lyonesse schenken? Auf den Knien werde ich um ein Visum bitten. Ich möchte wieder zurück in das Jahr 1945. Ich möchte zurück nach Hiroshima. Ich möchte nach Hause.

Er wollte nicht sterben

»In den alten Tagen«, sagte der Alte, »gab es die Vereinigten Staaten und Rußland und Spanien und England. Länder. Souveräne Staaten. Nationen. Völker der Welt.«
»Heutzutage gibt es Völker der Welt, Alter.«
»Wer bist du?« fragte der Alte plötzlich.
»Ich bin Tom.«
»Tom?«
»Nein, Alter. Tom.«
»Ich habe Tom gesagt.«
»Sie haben den Namen nicht richtig betont, Alter. Sie haben den eines anderen Tom genannt.«
»Ihr seid alle Tom«, sagte der Alte verdrossen. »Ein jeder ist Tom, Dick oder Harry.«
Dort saß er, zitternd im Sonnenschein, und haßte den netten jungen Mann. Sie befanden sich auf dem weitläufigen Balkon vor seinem Krankenhauszimmer. Die Straße vor ihnen war mit attraktiven Männern und Frauen vollgestopft, die alle gespannt warteten. Irgendwo in der Stadt erklang ungestümer Jubel, und den Geräuschen nach zu urteilen näherte sich eine erregte Menge.
»Sieh sie dir an!« Der Alte deutete mit seinem Stock auf die Straße. »Alle sind Tom, Dick und Harry. Alle sind Daisy, Anne und Mary.«
»Nein, Alter«, sagte Tom und lächelte. »Wir benutzen auch andere Namen.«
»Ein gutes Hundert Toms hat mich schon besucht«, schnarrte der Alte.
»Wir benutzen zwar oft den gleichen Namen, Alter, aber wir sprechen ihn unterschiedlich aus. Ich bin nicht Tom oder Tom oder Tom. Ich bin Tom. Hören Sie es heraus?«
»Was ist das für ein Lärm?« fragte der Alte.
Er horchte nach draußen.
»Der Galaktische Botschafter«, erklärte Tom wieder. »Der Gesandte vom Sirius, dem Stern im Orion. Er besichtigt diese Stadt. Das ist das erste Mal, das ein Wesen aus einer anderen Welt unsere Erde besucht. Deshalb die große Aufregung.«
»In den alten Tagen«, sagte der Alte, »hatten wir wirkliche Botschafter.

Männer aus Paris und Rom und Berlin und London und Paris und ... Ihr Auftreten war sehr pompös. Sie entschieden über Krieg und Frieden. Uniformen und Gewehre und Zeremonien. Wackere Zeiten! Aufregende Zeiten!«

»Auch jetzt haben wir wackere, aufregende Zeiten, Alter.«

»Das habt ihr nicht«, schnaubte der Alte. Er stieß schwach mit seinem Stock auf den Boden. »Es gibt keine Leidenschaft, keine Liebe, keine Furcht, keinen Tod mehr. Durch eure Adern fließt kein heißes Blut. Ihr seid alle so logisch, denkt ganz ruhig. Alle Toms und Dicks und Harrys sind so.«

»Nein, Alter. Wir lieben, kennen Leidenschaften. Wir fürchten viele Dinge. Was Sie vermissen, das ist das Böse, was wir in uns vernichtet haben.«

»Ihr habt alles vernichtet! Ihr habt die Menschheit vernichtet!« schrie der Alte und wies mit einem zitternden Finger auf Tom. »Du! Wieviel Blut fließt in deinen Adern?«

»Überhaupt keines, Alter. Ich habe Tamars Lösungsflüssigkeit in meinen Adern. Blut kann radioaktiver Strahlung nicht widerstehen, und ich verrichte meine Arbeit in den Strahlungslabors.«

»Kein Blut«, krächzte der Alte. »Und auch keine Knochen.«

»Nicht alle sind ersetzt worden, Alter.«

»Und auch keine Nerven, wie?«

»Nicht alles ist ersetzt worden, Alter.«

»Kein Blut, keine Knochen, kein Magen, kein Herz. Und keine Geschlechtsorgane. Was würdest du mit einer Frau anstellen. Wieviel von dir ist mechanisch?«

»Nicht mehr als sechzig Prozent, Alter«, lachte Tom. »Und ich habe Kinder.«

»Und die anderen Toms und Dicks und Harrys?«

»Zwischen dreißig und siebzig Prozent, Alter. Auch sie haben Kinder. Was die Menschen Ihrer Zeit mit den Zähnen gemacht haben, tun wir mit dem Körper. Daran ist doch nichts Schlechtes!«

»Ihr seid keine Menschen! Ihr seid Maschinen!« schrie der Alte. »Roboter! Monstren! Ihr habt die Menschheit vernichtet.«

Tom lächelte. »In Wirklichkeit, Alter, hat sich der Mensch in der Maschine und die Maschine im Menschen so sehr aufgelöst, daß eine Unterscheidung schwer zu treffen ist. Wir fällen sie nicht mehr. Wir sind zufrieden, glücklich zu leben und glücklich zu arbeiten. Wir sind entsprechend konditioniert.«

»In den alten Tagen«, sagte der Alte, »hatten wir alle richtige Körper.

Blut und Knochen und Nerven und Mägen. Wie ich. Wir arbeiteten und schwitzten und liebten und kämpften und lebten. Ihr lebt nicht ... ihr konditionierten Supermänner, ihr Maschinenmenschen, ihr gezüchteten Bastarde aus Säure und Sperma. Nie habe ich einen Schlag gesehen, einen Kuß, einen Kampf, Leben ... Wie ich mich danach sehne, wieder einmal wirkliches Leben zu sehen und nicht dessen Imitation von Maschinen.«

»Das ist die überkommene Krankheit, Alter«, sagte Tom ernsthaft. »Warum lassen Sie uns Ihren Körper und Geist nicht rekonstruieren und heilen? Wenn wir Ihre Drüsen ersetzen könnten, Ihre Reflexe erneuern und ...«

»Nein! Nein! Nein!« schrie der Alte mit höchster Leidenschaft. »Ich werde nicht zu einem weiteren Tom werden.« Er sprang von seinem Stuhl auf und ging mit dem Stock auf den netten jungen Mann los. Der Schlag riß dessen Gesichtshaut auf und kam so unerwartet, daß der junge Mann erstaunt aufschrie. Ein weiterer netter junger Mann kam auf die Veranda geeilt, ergriff den Alten und führte ihn zum Stuhl zurück. Dann wandte er sich Tom zu, der die frostige Flüssigkeit, die aus der Wunde in seinem Gesicht quoll, beiseite wischte.

»Alles in Ordnung, Tom?«

»Nichts passiert.« Tom sah den Alten scheu an. »Weißt du, ich glaube, er wollte mich wirklich verletzen.«

»Natürlich wollte er das. Das ist das erste Mal, daß du ihn besuchst, nicht wahr? Du solltest einmal sehen, wie er flucht und was er sonst noch anstellt. Was für ein alter, unkonditionierter Rebell er doch ist. Wir sind ziemlich stolz auf den alten Burschen. Er ist einzigartig. Ein pathologisches Museumsstück.« Der zweite junge Mann nahm neben dem Alten Platz. »Ich gebe eine Weile auf ihn acht. Du kannst dem Botschafter ja zuschauen.«

Der Alte zitterte und weinte. »In den alten Tagen«, meinte er mit zitternder Stimme, »gab es Mut und Tapferkeit und Geist und Stärke und rotes Blut und ...«

»Na, na, Alter«, unterbrach ihn sein neuer Aufpasser brüsk, »das gibt es auch heute. Wenn wir einen Menschen rekonstruieren, nehmen wir ihm nichts – bis auf die verrotteten Teile seines Geistes und Körpers.«

»Wer bist du?« fragte der Alte.

»Ich bin Tom.«

»Tom?«

»Nein. Tom. Nicht Tom. Tom.«

»Du hast dich verändert.«

»Ich bin nicht der gleiche Tom, der eben noch hier war.«
»Ihr seid alle Toms«, schrie der Alte mitleiderregend. »Ihr seid alle die gleichen, gottverdammten Toms.«
»Nein, Alter. Wir sind alle anders. Sie können es nur nicht sehen.«
Der Tumult und das Jubeln kamen näher. Draußen auf den Straßen vor dem Hospital begann die Menschenmenge aufgeregt zu schreien. Eine der Straßen wurde geräumt. Tief unten blitzte etwas auf, und erste Takte von Musik wurden hörbar. Tom faßte den Alten unter dem Arm und hob ihn vom Stuhl.
»Kommen Sie zum Geländer, Alter«, sagte er aufgeregt. »Kommen Sie und sehen Sie sich den Botschafter an. Das ist ein großer Tag für Mutter Erde. Schließlich ist es uns doch noch gelungen, den Kontakt mit den Sternen zu knüpfen. Das ist der Beginn einer neuen Ära.«
»Es ist zu spät«, murmelte der Alte. »Zu spät ...«
»Was meinen Sie damit, Alter?«
»Wir sollten sie gefunden haben, nicht sie uns. Wir sollten die ersten gewesen sein. In den alten Zeiten wären wir die ersten gewesen. Wir kämpften und litten ...«
»Dort ist er!« schrie Tom und deutete die Straße hinab. »Er hält vor dem Institut ... Jetzt kommt er heraus ... Er kommt näher. Nein, warten Sie! Er ist stehengeblieben ... Im Center. Was für eine großartige Geste. Das ist keine einfache Besichtigung. Er inspiziert einfach alles.«
»In den alten Tagen«, murmelte der Alte, »wären wir mit Feuer und Sturm gekommen. Wir wären seltsame Straßen entlangmarschiert – mit Waffen an den Hüftgürteln und mit Entschlossenheit in den Augen. Wenn sie jedoch zuerst gekommen wären, hätten wir sie mit Kraft und Hingabe empfangen. Aber nicht ihr, ihr Maschinenmischlinge, ihr Supermänner aus den Laboratorien, konditioniert, rekonstruiert, wertlos ...«
»Jetzt kommt er aus dem Center«, rief Tom aus. »Er kommt näher. Schauen Sie doch, Alter. Diesen Moment sollten sie nie vergessen. Er ...« Tom hielt inne und nahm einen tiefen Atemzug. »Alter«, sagte er. »Er wird am Hospital halten!«
Der schimmernde Wagen hielt tatsächlich vor dem Krankenhaus. Die Musikkapelle hielt den Moment fest, spielte freudejauchzende Lieder. Die Menschenmenge brüllte auf. In dem Wagen lächelten die Vertreter der Erde, zeigten auf etwas, gaben Erklärungen. Der Galaktische Botschafter richtete sich zu seiner vollen, phantastischen Größe auf, trat aus dem Wagen und schlenderte auf die Stufen zu, die zu der Veranda führten. Die Eskorte folgte ihm.

»Da kommt er!« schrie Tom und brüllte nun selbst los.
Plötzlich riß sich der Alte vom Geländer los. Er schob sich an Tom vorbei und dann an all den anderen Toms, Dicks und Harrys und Daisys, Annes und Marys, die gerade die Veranda betreten hatten. Mit seinem alten Stock schlug er sich den Weg frei und stand schließlich oben auf den Stufen Auge in Auge mit dem Galaktischen Botschafter. Mit Schrecken und Ekel blickte er einen Moment in das Insektengesicht, dann schrie er:
»Ich grüße Sie. Ich allein kann Sie begrüßen.«
Er hob den Stock und schlug ihn mit aller Kraft in das Gesicht.
»Ich bin der letzte Mensch der Erde«, schrie er.

Von der Zeit und der Third Avenue

Was Macy an diesem Mann haßte, war die Tatsache, daß er quietschte. Macy wußte nicht, ob es seine Schuhe waren, aber er verdächtigte die Kleidung. Im Hinterzimmer seiner Taverne, unter dem Poster, das in grellen Farben fragte: WER WAGT ES, DIE SCHLACHT DES BOYNE ZU ERWÄHNEN? betrachtete Macy den Fremden. Er war groß, schlank und sah sehr zerbrechlich aus. Obwohl er noch jung war, war er fast kahlköpfig. Ein Büschel Haare befand sich oben auf seinem Kopf und über den Augenbrauen. Als der Fremde in die Tasche griff, um eine Geldbörse herauszufischen, kam Macy zu dem Schluß, daß es die Kleider waren, die so furchtbar quietschten.

»MQ, Mr. Macy«, sagte der Fremde mit seiner Stakkato-Stimme. »Sehr gut. Ich möchte dieses Hinterzimmer mit allen Einrichtungen für einen Chronos mieten und ...«

»Einen – was?« fragte Macy nervös.

»Chronos. Das falsche Wort? Oh, ja. Entschuldigung. Eine Stunde.«

»Sie sind ein Ausländer«, sagte Macy. »Wie heißen Sie? Ich möchte wetten, daß Sie ein Russe sind!«

»Nein. Kein Ausländer«, gab der Fremde zurück. Die Blicke seiner erschreckenden Augen wanderten durch das Hinterzimmer. »Nennen Sie mich Boyne.«

»Boyne!« echote Macy ungläubig.

»MQ. Boyne.« Mr. Boyne öffnete die Brieftasche, die wie ein Akkordeon aussah, fuhr mit den Fingern durch verschiedenfarbige Geldscheine und Münzen und zog schließlich einen Hundert-Dollar-Schein heraus. Er warf ihn Macy zu und sagte: »Die Miete für eine Stunde. Wie vereinbart. Einhundert Dollar. Nehmen Sie das Geld und gehen Sie.«

Vom Druck in Boynes Augen getrieben, nahm Macy die Note und trat in die Bar hinaus. »Was wollen Sie trinken?« fragte er über die Schulter.

»Trinken? Alkohol? Pfui!« gab Boyne zurück.

Er ging zum Telefon, betastete es und fand schließlich das Hauptkabel. Aus einer Seitentasche zog er eine kleine, glitzernde Schachtel und befestigte sie an dem Kabel, drehte sie so, daß sie unter dem Apparat verschwand und hob den Hörer ab.

»Koordinaten West 73-58-15«, sagte er schnell. »Nord 40-45-20. Sigma auflösen. Sie geistern ...« Nach einer kleinen Pause fuhr er fort: »Stet. Stet! Transmission klar. Fixieren Sie Knight, Oliver Wilson Knight. Wahrscheinlichkeit bei vier signifikanten Zahlen. Sie haben die Koordinaten ... 99.9807? MQ. Bleiben Sie dran ...«

Boyne steckte den Kopf aus der Kabinentür und spähte zum Eingang der Taverne. Er wartete mit eiserner Konzentration, bis ein junger Mann und ein hübsches Mädchen hereinkamen. Dann hockte er sich wieder vor das Telefon. »Wahrscheinlichkeit erfüllt. Oliver Wilson Knight im Kontakt. MQ. Meinem Para viel Glück.« Er hängte ein und saß wieder unter dem Poster, als das Paar auf das Hinterzimmer zukam.

Der junge Mann war etwa sechsundzwanzig, von mittlerer Größe und hatte einen Hang zum Übergewicht. Sein Anzug war zerzaust, genau wie sein Haar; sein Gesicht spiegelte natürliche Gutmütigkeit wieder. Das Mädchen hatte schwarzes Haar, hellblaue Augen und lächelte zurückhaltend. Sie gingen Arm in Arm und stießen oft mit den Hüften aneinander, wenn sie sich unbeobachtet glaubten. In diesem Moment stießen sie allerdings mit Mr. Macy zusammen.

»Es tut mir leid, Mr. Knight«, sagte Macy. »Sie und die junge Dame können heute nachmittag dort nicht sitzen. Der hintere Teil der Bar ist vermietet worden.«

Die beiden machten lange Gesichter. »Schon gut, Mr. Macy«, rief Boyne. »Alles in Ordnung. Ich würde mich freuen, Mr. Knight und seine Freundin bewirten zu dürfen.«

Knight und das Mädchen drehten sich unsicher zu Boyne um. Boyne lächelte und deutete auf den Stuhl neben ihm. »Setzen Sie sich doch«, sagte er. »Ich versichere Ihnen, daß Sie mir willkommen sind.«

»Wir möchten wirklich nicht stören«, sagte das Mädchen, »aber das ist der einzige Ort in der Stadt, wo man echtes Stone-Ginger-Ale bekommt.«

»Das ist mir bekannt, Miss Clinton.« Zu Macy gewandt sagte er: »Bringen Sie Ginger-Ale und gehen Sie. Keine weiteren Gäste. Ich erwarte nur diese beiden.«

Knight und das Mädchen starrten Boyne erstaunt an, als sie Platz nahmen. Knight legte ein in Papier eingeschlagenes Päckchen mit Büchern auf den Tisch. Das Mädchen atmete tief ein. »Sie kennen mich, Mr. ...?« fragte sie dann.

»Boyne. Wie in Boyne, Schlacht von. Ja natürlich. Sie sind Miss Jane Clinton, und das ist Mr. Oliver Wilson Knight. Ich habe das Lokal hauptsächlich gemietet, um Sie an diesem Nachmittag treffen zu können.«

»Soll das ein Scherz sein?« fragte Knight, während seine Wangen sich leicht röteten.
»Ginger-Ale«, gab Boyne höflich zurück, als Macy hereinkam, Flaschen und Gläser abstellte und eiligst wieder verschwand.
»Wir wußten selbst nicht, daß wir hierherkommen würden«, meinte Jane. »Bis vor ein paar Minuten wußten wir es noch nicht.«
»Es tut mir leid, Ihnen zu widersprechen, Miss Clinton«, lächelte Boyne. »Die Wahrscheinlichkeit für Ihr Eintreffen an diesem Ort mit dem Längengrad 73°58′15″ und dem Breitengrad 40°45′20″ betrug 99,9807 Prozent. Niemand kann so signifikanten Zahlen entkommen.«
»Hören Sie«, begann Knight ärgerlich, »wenn sie glauben, Sie könnten uns ...«
»Trinken Sie lieber ein Glas und hören Sie mir zu, Mr. Knight.« Boyne beugte sich vor und sah zum Fürchten aus. »Dieses Zusammentreffen wurde unter größten Schwierigkeiten und dem Einsatz von sehr viel Geld arrangiert. Warum? Egal. Sie haben uns in eine äußerst unangenehme, ja gefährliche Situation gebracht. Ich wurde hierhergeschickt, um eine Lösung zu finden.«
»Eine Lösung wofür?« fragte Knight.
Jane versuchte aufzustehen. »Ich ... Ich glaube, wir sollten b-besser gehen ...« Boyne winkte sie zurück, und sie gehorchte wie ein Kind.
»Heute nachmittag haben Sie die Buchhandlung J. D. Craig & Co. betreten. Sie haben vier Bücher mitgenommen und dem Buchhändler dafür Geld gegeben. Drei davon interessieren uns nicht, aber das vierte ...« Er schlug auf das Päckchen. »Das ist des Pudels Kern.«
»Wovon, zum Teufel, sprechen Sie überhaupt?« rief Knight.
»Von einem gebundenen Buch, das aus gesammelten Fakten und Statistiken besteht.«
»Der Almanach?«
»Der Almanach.«
»Was ist damit?«
»Sie beabsichtigten, einen Almanach auf das Jahr 1950 zu erwerben.«
»Und den habe ich auch gekauft.«
»Das haben Sie nicht!« brach es aus Boyne hervor. »Sie haben den Almanach auf das Jahr 1990 gekauft.«
»Was?«
»Der Weltalmanach für das Jahr 1990«, sagte Boyne laut und deutlich, »befindet sich dort auf dem Tisch. Fragen Sie nicht, warum das so ist. Sagen wir, es war eine Nachlässigkeit, die bereits geahndet wurde. Nun müssen die Folgen des Fehlers noch beseitigt werden. Deshalb bin ich

hier. Und deshalb wurde dieses Treffen arrangiert. Begreifen Sie nun?«
Knight brach in lautes Gelächter aus und griff nach dem Päckchen. Boyne beugte sich vor, und seine Hand umschloß die Faust des anderen.
»Sie dürfen es nicht öffnen, Mr. Knight.«
»Schon gut.« Knight lehnte sich in den Stuhl zurück. Er grinste Jane an und nippte an seinem Glas. »Was ist das für ein dummer Spaß?«
»Ich muß dieses Buch haben, Mr. Knight. Ich würde dieses Lokal gerne mit dem Almanach unter dem Arm verlassen.«
»Das würden Sie gern, ja?«
»Ja.«
»Ein Almanach auf das Jahr 1990?«
»Richtig.«
»Wenn tatsächlich solch ein Almanach in dem Päckchen ist«, sagte Knight, »könnten mich keine zehn Pferde davon trennen.«
»Warum nicht, Mr. Knight?«
»Stellen Sie sich nicht dumm. Ein Blick in die Zukunft – Aktienkurse, Pferderennen, Politik. Damit kann man Geld verdienen. Ich würde reich werden.«
»In der Tat«, sagte Boyne und nickte kurz. »Mehr als reich. Allmächtig. Ein Kleingeist würde den Almanach nur für kleine Dinge benutzen, etwa Wetten auf Wahlen oder Pferderennen und so weiter. Aber ein Mann mit *Ihrem* Intellekt, einem Intellekt gewaltigen Ausmaßes, würde dort nicht innehalten.«
»Sie sagen es«, antwortete Knight und grinste.
»Herleiten, folgern, kombinieren.« Bei jedem Wort schlug Boyne mit den Fingerspitzen auf die eingeschlagenen Bücher. »Jedes Stichwort berichtet über das gesamte Gebiet. Zum Beispiel Investitionen beim Grundstückskauf. Welche Ländereien man kaufen und verkaufen könnte. Bevölkerungszuzug und Volkszählungen geben Ihnen Auskunft darüber. Statistiken von Umsatzzahlen bei der Schiffahrt und der Eisenbahn würden Ihnen verraten, ob Raketen diese Verkehrsmittel ersetzt haben.«
»Haben sie es denn?« meinte Knight und kicherte.
»Flugstatistiken verraten Ihnen, von welchen Firmen Sie Aktien kaufen müssen. Die Größenordnung der Postleitzahlen, welche Dörfer zu Städten geworden sind. Die Nobel-Preisträger sagen Ihnen, welche Wissenschaftler und neue Erfindungen Sie im Auge behalten sollten. Umsatzzahlen, welche Industrien und Fabriken Sie kontrollieren müssen. Die Statistiken über die ansteigenden Lebenskosten lassen durchblicken, wie

Sie sich am besten gegen Inflation oder Deflation sichern können. Wechselkurse an den Börsen und Indexe der Versicherungsgesellschaften würden Sie befähigen, sich gegen jeden Schaden von vornherein abzusichern.«

»Eine gute Idee«, sagte Knight. »So werde ich es machen.«

»Glauben Sie das wirklich?«

»Das weiß ich. Geld in meiner Tasche – die Welt in meiner Tasche.«

»Entschuldigung«, sagte Boyne scharf, »aber Sie durchleben nur die Träume Ihrer Kindheit. Sie wollen Reichtum. Ja ... aber nur gewonnen durch Ihre ureigene Anstrengung. An einem unverdienten Geschenk werden Sie keine Freude haben, nur Schuldgefühle und Unzufriedenheit. Und dessen sind Sie sich auch bewußt.«

»Ich stimme nicht mit Ihnen überein«, sagte Knight.

»Wirklich nicht? Warum arbeiten Sie dann? Sie können doch stehlen, rauben, einbrechen, andere ihres Geldes berauben und es in Ihre eigene Tasche stecken.«

»Aber ich ...« begann Knight, schwieg dann jedoch.

»Ein gutes Beispiel, nicht wahr?« Boyne wedelte ungeduldig mit der Hand. »Nein, Mr. Knight, greifen Sie zu einem anderen Argument. Sie sind zu ehrgeizig und gesund, um sich einen gestohlenen Erfolg zu wünschen.«

»Dann will ich wenigstens wissen, ob ich erfolgreich sein werde.«

»Bitte? Stet. Sie möchten die Seiten durchblättern, um nach Ihrem Namen zu suchen. Sie wollen Sicherheiten. Warum? Haben Sie kein Vertrauen in sich? Sie sind ein junger, vielversprechender Anwalt. Ja, das weiß ich. Bestandteil meiner Informationen. Setzt Miss Clinton kein Vertrauen in Sie?«

»Doch«, sagte Jane laut und fest. »Er hat es nicht nötig, sich in einem Buch rückzuversichern.«

»Noch etwas, Mr. Knight?«

Knight zögerte, ernüchtert von Boynes überwältigender Aufrichtigkeit.

»Sicherheit«, sagte er dann.

»Sicherheit gibt es nicht. Das Leben besteht nur aus Gefahr. Einzig im Tod finden Sie Sicherheit.«

»Sie wissen schon, was ich meine«, murmelte Knight. »Das Wissen, daß es sich lohnt, mein Leben zu planen. Immerhin gibt es ja die Atombombe.«

Boyne nickte schnell. »Stimmt. Sie leben in einer von Krisen erschütterten Zeit. Aber immerhin gibt es ja mich. Ich bin der Beweis dafür, daß es weitergehen wird.«

»Falls ich Ihnen glaube.«
»Und wenn nicht?« schnaubte Boyne. »Ihnen fehlt es nicht an Sicherheit, sondern an Mut.« Mit seinem Blick nagelte er die beiden geradezu fest. »In diesem Land gibt es eine Legende über Ihre Vorfahren, Pioniere, die Ihnen die nötige Zuversicht geben sollten, dem Schicksal zu begegnen. D. Boone, E. Allen, S. Houston, A. Lincoln, G. Washington und andere mehr. Nicht wahr?«
»Das glaube ich schon«, murmelte Knight. »Das sage ich mir immer wieder selbst.«
»Aber wo bleibt Ihr Mut? Pfui! Nur Geschwätz. Sie haben Angst vor dem Unbekannten. Sie kämpfen nicht gegen eine Gefahr an, wie D. Crockett es tat – statt dessen winseln Sie und greifen nach der Sicherheit dieses Buches. Stimmt's?«
»Aber die Atombombe ...«
»Sie ist eine Gefahr, ja. Eine von vielen. Wie ist es damit? Betrügen Sie beim Solhand?«
»Solhand?«
»Entschuldigung.« Boyne überlegte und trommelte während der erzwungenen Pause ungeduldig mit seinen Fingern. »Ein Kartenspiel, das man allein gegen die Zufälligkeit der Karten spielt. Ich habe Ihren Ausdruck dafür vergessen ...«
»Oh!« Janes Gesicht hellte sich auf. »Solitär.«
»Ganz richtig. Solitär. Danke, Miss Clinton.« Boyne richtete seine furchterregenden Augen wieder auf Knight. »Betrügen Sie bei diesem Spiel?«
»Manchmal.«
»Gewinnen Sie gern, indem Sie betrügen?«
»In der Regel nicht.«
»Das wäre auch langweilig, nicht wahr? Ermüdend und witzlos. Sie würden wünschen, Sie hätten ehrlich gewonnen.«
»Kann schon sein.«
»Und so werden Sie sich fühlen, wenn Sie in dieses Buch geschaut haben. Während Ihres gesamten sinnlosen Lebens werden Sie wünschen, Sie hätten ehrlich gespielt. Sie werden diesen einen Blick verwünschen und bedauern. Zeitlebens werden Sie sich den Satz unseres großen Poeten und Philosophen Trynbyll in Erinnerung rufen, der gesagt hat: *Die Zukunft ist ein Geschenk.* Diese flammende Zeile wollen Sie hintergehen? Mr. Knight, betrügen Sie nicht. Ich flehe Sie an, überlassen Sie mir den Almanach.«
»Warum nehmen Sie ihn mir nicht einfach weg?«

»Es muß ein Geschenk sein. Wir können Ihnen nichts nehmen. Und auch nicht geben.«
»Das ist eine Lüge. Sie haben Macy die Miete für dieses Hinterzimmer bezahlt.«
»Macy wurde bezahlt, aber ich habe ihm nichts gegeben. Er wird denken, daß er betrogen wurde, aber Sie werden dafür sorgen, daß dies nicht der Fall ist. Alles wird wieder ins Lot kommen.«
»Moment mal ...«
»Wir haben alles sehr sorgfältig geplant. Ich habe mich auf ein Glücksspiel mit Ihnen eingelassen, Mr. Knight. Ich bin ganz von Ihrem guten Willen abhängig. Geben Sie mir den Almanach. Ich werde mich reorientieren, verschwinden, und Sie werden mich nie mehr sehen. Vorloss verdasch! Es wird ein Bar-Abenteuer sein, das Sie guten Freunden erzählen können. Geben Sie mir den Almanach!«
»Bleiben Sie mal auf dem Teppich«, sagte Knight. »Das ist ein Scherz, nicht wahr? Ich ...«
»Ist es das wirklich?« unterbrach Boyne. »Sehen Sie mich an.«
Fast eine Minute lang starrte das junge Paar in das hagere, bleiche Gesicht mit den tödlichen Augen. Das Lächeln wich von Knights Lippen, und Jane erschauerte unwillkürlich. Ein Hauch von Schrecken hing plötzlich in dem Hinterzimmer.
»Mein Gott!« Knight blickte Jane hilflos an. »Das kann doch nicht wahr sein! Ich beginne langsam, ihm zu glauben. Und du?«
Jane nickte krampfhaft.
»Was sollen wir nur tun? Wenn alles stimmt, was er sagt, können wir uns weigern und danach ein glückliches Leben führen.«
»Nein«, sagte Jane mit zittriger Stimme. »In diesem Buch mag zwar etwas über Geld und Erfolg stehen, vielleicht aber auch über Scheidung und Tod. Gib ihm den Almanach!«
»Nehmen Sie ihn«, sagte Knight schwach.
Boyne erhob sich auf der Stelle. Er nahm das Päckchen und verschwand in der Telefonkabine. Als er zurückkam, hatte er drei Bücher in der einen und ein kleines Päckchen in der anderen Hand. Er legte die drei Bücher auf den Tisch und stand einen Moment still da, während er das eingeschlagene Buch hielt und zu ihnen herablächelte.
»Ich bin Ihnen dankbar«, sagte er. »Sie haben mir in dieser heiklen Situation sehr geholfen. Es ist nur gerecht, wenn ich Ihnen dafür einen Gefallen erweise. Zwar ist es verboten, etwas, das ein Zeitparadoxon auslösen könnte, mit in die Vergangenheit zu nehmen, aber ich kann Ihnen einen Blick in die Zukunft erlauben.«

Er trat zurück, verbeugte sich auf seltsame Art und Weise und sagte: »Seien Sie meiner Dankbarkeit versichert!« Dann ging er auf den Ausgang zu.
»He!« rief Knight. »Was ist mit dem ... Blick?«
»Mr. Macy hat ihn«, gab Boyne zurück und war verschwunden.
Einen Moment lang blieben die beiden wie Schläfer, die gerade erwachen, am Tisch sitzen. Dann, als die Realität wieder zurückkehrte, starrten sie sich an und brachen in lautes Gelächter aus.
»Er hat mir wirklich angst gemacht«, sagte Jane.
»Typisch für die Third Avenue. Ein seltsamer Typ. Was hat er nun davon?«
»Nun, er hat deinen Almanach.«
»Aber das ergibt doch keinen Sinn.« Knight begann wieder zu lachen. »Und was soll das: Er hat Macy bezahlt, ohne ihm etwas zu geben? An mir soll es liegen, daß er sich nicht betrogen fühlt. Und dieser mysteriöse Blick in die Zukunft ...«
Die Tür wurde aufgestoßen, und Macy schoß in das Hinterzimmer. »Wo ist er?« rief er. »Wo ist dieser Dieb? Boyne, wie er sich genannt hat. Sein Name könnte eher Dillinger sein.«
»Was ist denn los, Mr. Macy?« rief Jane. »Was gibt's?«
»Wo ist er?« Macy deutete auf die Tür zur Herrentoilette. »Kommen Sie schon heraus, Sie Gangster!«
»Er ist fort«, sagte Knight. »Gerade gegangen.«
»Und Sie, Mr. Knight!« Macy deutete mit zitterndem Finger auf den jungen Anwalt. »Sie unterstützen einen Dieb und Betrüger?«
»Stimmt was nicht?« fragte Knight.
»Er hat mir hundert Dollar als Miete für das Hinterzimmer gegeben«, schrie Macy zornig. »Einhundert Dollar! Vorsichtig, wie ich bin, habe ich den Schein zu Bernie in die Bank gebracht – und der fand heraus, daß es sich um Falschgeld handelt. Eine Blüte!«
»O nein«, lachte Jane. »Das schlägt dem Faß den Boden aus. Eine Blüte?«
»Sehen Sie sich das an!« schrie Mr. Macy und knallte Faust und Geldschein auf den Tisch.
Knight untersuchte den Schein genau. Plötzlich wurde er bleich, und das Lächeln wich von seinen Zügen. Er griff in die Tasche, zog ein Scheckheft heraus und begann mit zitternden Fingern zu schreiben.
»Himmel, was tust du da?« fragte Jane.
»Ich sorge dafür, daß Macy nicht der Betrogene ist«, sagte Knight. »Sie werden Ihre hundert Dollar bekommen, Mr. Macy.«

»Oliver! Bist du verrückt? Wirfst einfach hundert Dollar zum Fenster hinaus ...«

»Aber ich werde dabei nichts verlieren«, gab Knight zurück. »Alles wird ins Lot gebracht. Teuflisch, sage ich dir, einfach teuflisch.«

»Ich verstehe das nicht.«

»Sieh dir den Schein an«, sagte Knight mit zitternder Stimme. »Sieh ihn dir genau an.«

Die Gravur des Bildes war wunderschön und originalgetreu. Benjamin Franklins wohlwollende Züge sahen sie milde an. Aber in der rechten unteren Ecke stand: Serie 1980 D. Und darunter konnte man die Unterschrift lesen: Oliver Wilson Knight, Finanzminister.